クリスティー文庫
4

ビッグ4

アガサ・クリスティー
中村妙子訳

JN266160

THE BIG FOUR
by
Agatha Christie
Copyright ©1927 by
Agatha Christie
Translated by
Taeko Nakamura
Published 2004 in Japan by
HAYAKAWA PUBLISHING, INC.
This book is published in Japan by
arrangement with
AGATHA CHRISTIE LIMITED,
A CHORION GROUP COMPANY
through TUTTLE-MORI AGENCY, INC., TOKYO.

目次

ビッグ4

登場人物

エルキュール・ポアロ……………………私立探偵
ヘイスティングズ………………………ポアロの友人。大尉
リー・チャン・イェン……………………〈ビッグ4〉の首領
ジョン・イングルズ………………………中国通の退職公務員
ジョナサン・ホェイリー…………………もと船乗り
ロバート・グラント………………………ジョナサンの使用人
ジョン・ハリデー…………………………イギリスの科学者
マダム・オリヴィエ………………………フランスの科学者
イネズ・ヴェロノー………………………オリヴィエの秘書
エイブ・ライランド………………………アメリカの大富豪
ミス・マーティン…………………………エイブの速記者
ジェームズ………………………………エイブの従僕
ディーヴズ………………………………エイブの侍僕
ペインター………………………………旅行家
ジェラルド………………………………ペインターの甥
アー・リン………………………………ペインターの従僕
クェンティン……………………………医者
サヴァロノフ……………………………チェスの名人
ギルモア・ウィルソン……………………サヴァロノフへの挑戦者
ソーニャ・ダヴィロフ……………………サヴァロノフの姪
クロード・ダレル…………………………俳優
フロッシー・モンロー……………………クロードの恋人
シドニー・クラウザー……………………イギリスの内務大臣
デジャルドー……………………………フランスの首相

1　予期しない客

　ドーヴァー海峡を渡るのが楽しみだという人間も、たまにはいる。デッキチェアに腰を落ち着けてのんびり過ごし、港に着いても船が係留されるまでは動きださない。それからおもむろに荷物をまとめて、慌てずさわがず下船する。正直いって私には、とてもじゃないがそんなことはできない。乗船したとたんから気を揉んでいる。スーツケースをあっちやこっちに動かし、食事のためにサルーンに降りて行っても、もしもここにいるあいだに到着したらと、おちおちしていられない。

　これはたぶん、戦争中から持ちこした習性だろう。あのころは短い休暇を能率的に過ごそうと通路のできるだけ近くにすわり、一分一秒も無駄にしてはならない、最初に下船する連中と一緒に降りようと、みっともないくらい、そわそわしていたものだった。

この七月の朝も私は手すりを前にして立って、ドーヴァーの白い断崖がしだいに近くなるのを胸をおどらせて眺めていた。まわりの船客は故国のたたずまいに感慨にふける気などなさそうで、立とうとさえしていない。だがまあ、私のように興奮している者ばかりでないのも無理はない。週末にちょっとパリに行って帰っただけの連中が大部分なんだろう。ところがこっちは一年半をアルゼンチンの牧場で過ごしての、久しぶりの帰国なんだから。

向こうではすべてがうまく運び、妻と二人で南米大陸の生活を大いに楽しんだ。そのあげくの単独の帰国で、見慣れた白い断崖が近づくにつれて、私ののどには大きな塊がこみあげていた。

フランスに着いたのが二日前のことで、所定の事務的な用件をすませて、私は今、ロンドンに向かおうとしていた。ロンドンで何カ月かを過ごし、その間、古い友人たち、とくに卵形の頭、緑色に輝く目の小男、エルキュール・ポアロと会うつもりだった。ポアロとも一年半ぶりで、不意に訪ねて驚かせたかったので、今回の帰国のことは最後に出した手紙にも書かなかった。取り引き上のちょっとしたゴタゴタをかたづけるためのロンドン行きそのものが突然決まったので、ポアロのびっくりした、うれしそうな顔を思い描くのも楽しかった。

ポアロはおそらく彼の本拠であるフラットか、少なくともその周辺にいるに違いない——そう私は予想していた。かつては依頼された事件を解決するためにイングランドの端から端まで駆けめぐったこともしばしばだったが、私立探偵としての名声がひろがるにつれ、一つの事件に専心することができなくなった。時とともに、ポアロはハーレー・ストリートの専門医なみに、コンサルタントとしてあちこちから依頼を受けるようになった。彼は見事な変装をして犯罪者を追いまわしたり、犯人の残した足跡の寸法を測ったりする、ブラッドハウンドよろしくの、姑息なやりかたをもともと軽蔑していた。

「いやいや、ヘイスティングズ、そういうことは、パリ警察のジロー警部や、あの人のお仲間に任せておきましょう。このエルキュール・ポアロのやりかたは独特のものですからね。秩序とメソッド、それに灰色の脳細胞——それだけがものをいうんですよ。フラットの肘掛け椅子にのんびりすわって、われわれはほかの連中が見過ごしてきたことに目をつけます。尊敬すべきジャップ警部のように、性急に結論を出すこともなく」

ポアロがあのフラットを空けていることはまずないだろう——そう思ったので、ロンドンに着くとすぐ、私は荷物をホテルに預けて、かつての住まいに直行した。なつかしさに胸の迫る思いで、私は女あるじのミセス・ピアスンに挨拶する間も惜しんで、階段を一段おきに駆け上がって、ポアロの部屋のドアをノックした。

「どうぞ」と聞き慣れた声が答えた。私がツカツカと入っていくと、ポアロが小ぶりの旅行カバンを片手に立っていたが、私を見るや、驚いた顔でそれを取り落として、「やあ、わが友《モナミ》！　どうしてここへ？」と口走って駆けよるなり、私を抱きしめた。しばらくぶりの再会に、どっちもしどろもどろで意味もないことを互いに言い合い、やつぎばやに問いかけ合った。その返事もそこそこに、私は妻からの伝言を彼に告げ、今度の旅の目的を何とか説明した。

「ぼくの元の部屋は今では誰かが占領しているんでしょうね？」お互いの興奮が少しさめたとき、私はようやくきいた。「あなたのいる、この古巣に、できればまた泊まりたいんですが」

ポアロの表情が変わった。「やれやれ《モンディユー》、何てことでしょうねえ《シャンス・エブヴァンダブル》！　まわりを見まわしてごらんなさい、わが友」

そう言われてはじめて私は部屋の様子に気づいた。壁ぎわに、おそろしく旧式のやたら大きなトランクが置かれ、その脇にスーツケースがいくつか、大きさの順にキチンと並んでいた。説明されるまでもなかった。

「出かけるところだったんですか？」

「ええ」

「どこへ？」

「南米ですよ」

「何ですって？」

「そうなんです。おかしなめぐり合わせじゃありませんか？　わたしはリオに行くところなんです。このところ、わたしは毎日のように独り言を言っていましたよ。『ヘイスティングズへの手紙には、何も書かずにおこう。わたしを見たら、どんなにびっくりするだろう』とね」

「しかし、いつ発つんです？」

ポアロは腕時計を見た。

「一時間後ですよ」

「あなたはいつも、誰が何と言おうが長い航海はおことわりだと言ってたじゃないですか？」

ポアロは目を閉じて身ぶるいをした。

「やめてください。考える気もしませんよ。ドクターは、船酔いで死ぬことはないなんて言いますがね。それにいっぺんだけのことじゃないかって。つまりね、あっちに行ったら、誰が何と言おうと、もどる気はしないだろうからと」

私を椅子にすわらせて、ポアロは続けた。

「どうしてこんなことになったのか、話して聞かせましょう。あなたは世界一の富豪が誰だか、知っていますか？　あのロックフェラー以上の金持ちを？　エイブ・ライランドですよ」

「アメリカの石鹸王といわれている――？」

「そのとおりです。彼の秘書の一人が訪ねてきたんです。リオの大会社をめぐって大がかりな詐欺行為の疑いがあるそうで、わたしにぜひとも現地に行って、調査をしてもらいたいという依頼です。もちろん、ことわりましたよ。事実を残らず並べてくれれば、ロンドンにいながらにして専門家としての意見を提供しようとね。ところが、それはできないと言われたんです。現地に到着したうえで、すべてをお話しすると。本来なら、話はそれで終わりのはずでした。人もあろうに、このエルキュール・ポアロに、ああしろ、こうしろと命令するなんて。しかし先方の申し出た謝礼金が桁はずれだったものですからね。生まれてはじめて、このポアロもつい、その気になってしまったというわけです。たいへんな金額だったんですよ。一財産と言っていいくらいの。それに南米行きの魅力がもう一つ、ありますからね。あなたですよ、わが友。ここ一年半、正直言って、そりゃあ、寂しかったですからねえ。わたしはまた独り言を言いましたよ。『くる日も、

くる日も、くだらん謎を解く生活にも、いい加減、嫌気がさしている。名声も、まあ、かち得た。大金の謝礼をポケットにおさめて、ヘイスティングズの近くに落ち着くことにしようじゃないか』とね」

私という人間をそんなに買っていてくれたのかと、私は少なからず、感激していた。

「そんなわけで、まあ、承知したんですよ」と彼は続けた。「一時間後には出発して臨港列車に乗らなくてはなりません。人生、皮肉ですねえ? 白状しますが、謝礼金があまで莫大でなかったら、躊躇していたんじゃないでしょうかね。ちょうど自分で調べかけていたこともありましたし。〝ビッグ4〟という言葉を聞いて、あなたなら何を連想しますかね?」

「ヴェルサイユ会議に起源のある言葉ですね。映画の世界でも〝ビッグ4〟という言いまわしをしますが。もっとつまらん団体に関連しても使われているんじゃないですか」

「なるほどね」とポアロは考えこんだようにつぶやいた。「しかしわたしがその言葉にぶつかったのは、そうした説明が該当しないような状況においてだったんですがね。国際的な犯罪者の集団といったものじゃないかと思います。ただ……」

「ただ――?」

「ただわたしには、これはおそろしく大規模な組織じゃないかと思えるんですよ。いつものわたしの勘のようなものに過ぎませんが。やあ、とにかく荷造りをすませてしまわないと。もうあまり時間がないんです」

「いっそ、やめたらどうです?」と私は促した。「キャンセルして、ぼくの帰りに合わせて、一緒の船にしたらいい」

ポアロは肩を張って、とがめるように私の顔を見返した。「あなたにはわかっていないようですね。行くといったん、断言したんですよ。このエルキュール・ポアロがです。今となっては生死にかかわる何かが起こらないかぎり、わたしの決心は変わりません」

「生死にかかわる大事件なんか、まず起こりそうにありませんしね」と私はがっかりしてつぶやいた。「〝最後の瞬間にドアが開き、予期しなかった客が登場する〟といったことでもないかぎり」

そんなふうに私が冗談まじりに引用したときだった。奥の部屋で物音がした。私たちはギョッとして顔を見合わせた。

「何でしょう?」

「驚きました《マ・フォア》ね！　どうやら、あなたの言う〝予期しない客〟が私の寝室に入りこんでいるようじゃありませんか」

「しかしどうしてまた、あそこに？　あなたの寝室には、この部屋から以外にドアはないんですよ」

「たいした記憶力ですね、ヘイスティングズ。とすると、どういうことになりますかね?」

「窓から入ったんでしょう! 押しこみ強盗ですかね。しかし壁をつたって上るのは容易なことじゃない。ほとんど不可能ですよ」

私が立ち上がって寝室のほうに歩みよりかけたとき、ドアのノブを探る音がした。私はギョッとして立ち止まった。

と、ドアがゆっくり開いた。戸口に立ったのは頭のてっぺんから爪先まで泥まみれ、埃まみれの憔悴した顔の男だった。一瞬、私たちを見つめたが、次の瞬間、男はフラッとよろめいて倒れた。ポアロは急いで歩みより、顔を上げて私に言った。

「ブランデーを――早く!」

私が急いでブランデーをグラスに注いで渡すと、ポアロはそれを男の口にあてがい、私も手を貸して彼の体を抱えて長椅子に横たえた。二、三分後、彼は目を開けて、ぼんやりしたまなざしでまわりを見回した。

「何か用事があったんでしょうね? どういうことですか、ムッシュー?」

ポアロの問いかけに男は口をちょっと開き、奇妙な機械的な声でつぶやいた。

「エルキュール・ポアロさんに——ファラウェイ・ストリート十四番地の……」

「ええ、わたしがポアロですが……」

男はポアロの答えが理解できないようで、さっきと同じ機械的な口調で繰り返した。

「エルキュール・ポアロさん——ファラウェイ・ストリート十四番地」

ポアロは矢継ぎ早にいくつかの問いかけをしたが、男はまったく答えずに、同じことを繰り返すばかりだった。ポアロは電話をするように身ぶりで私に指示した。「ドクター・リッジウェイの往診をお願いしてください」

ドクターは運よく在宅していた。彼の診療所はつい角を曲がったところだったので、数分後には飛んできてくれた。

「どうしたんです、いったい？」

ポアロの説明を聞きながら、ドクターは男を診察したが、本人はドクターの診察を受けていることも、われわれが側に控えていることにすら、気づいていない様子だった。

「どうもおかしい」と診察をすませるとドクター・リッジウェイはつぶやいた。

「脳炎か何かで……？」と私は言ってみた。

ドクターは軽蔑したように鼻を鳴らした。

「脳炎が聞いて呆れる！　そんなもの、小説家の発明ですよ！　いや、この人は何か、強烈なショックを受けたようです。ファラウェイ・ストリートに住むエルキュール・ポアロさんを見つけようと、ただそればかり思いつめてここにたどりついたらしい。それだから意味もわからずに譫言《うわごと》のように、ポアロさんの住所と名前を口走っているんでしょう」

「とすると失語症でしょうか？」と私は急きこんでたずねた。

ドクターは今度はさっきほどひどく鼻を鳴らさなかったが、何も答えずに、男に紙きれと鉛筆を渡した。

「どうするか、少し様子を見ようじゃないですか」

男はちょっとのあいだ、何の反応も示さなかったが、突然、物凄い勢いで何か走り書きしはじめた。それから、書きはじめたときと同様、唐突にやめて、紙と鉛筆を下に落とした。ドクターはそれを拾いあげて頭を振った。

「だめですね。4という数字をやたらと書きなぐるばかりで。4という数字が書いているうちにだんだん大きくなっている。ファラウェイ・ストリート十四番地と書きたいんでしょうかね。興味深い症例です——なかなか。この人を午後まで預かってくださいませんか。これから病院に出勤しなけりゃならないんですが、午後、また伺いましょう。この人のことは、ぼくが引き受けますよ。じつに興味深いケースです」

私はポアロが出発しようとしている矢先なのだと告げて、サウサンプトンまで見送りに行きたいのだがと言った。

「構いませんよ。この人はここに寝かせておいたらいい。どうってこともないでしょう。へとへとに疲れているようだし、八時間たっぷり眠りますよ、きっと。何といいましたっけね、ここの奥さんの名は？　ぼくからよろしく頼んでおきましょう」

ドクターはいつものようにせかせかと帰っていき、ポアロは時計を見ながら荷造りをすませた。

「時間というやつは、信じられないくらい、早くたつものですね。そうそう、ヘイスティングズ、あなたにやってもらいたいことができました。センセーショナルな問題を託していくことになるわけです。どこからきたともわからない、あの客ですよ。いったいどこの、どういう人間なんでしょうかねえ。それにしても残念です、出帆が今日でなく、明日だとよかったんだが。延ばせるものなら、寿命を二年、縮めたって構わないくらいです。おかしな状況です。というか、きわめて興味深いケースです。しかしつきとめるには、時間が必要です——ゆっくりした時間がね。何の用向きでここにきたのか、あの男が話せるまでに何日も、何カ月もかかるかもしれませんし」

「せいぜい親切に看護しましょう」と私は約束した。「あなたの有能な代役をつとめて」

「そう、せいぜい頼みますよ」

あまり信用されていないなと思ったが、私はさっきの紙きれを取り上げた。

「ぼくが推理小説を書くとしたら」と私は軽い口調で言った。「この一件を織りこんで、このところのあなたの口癖を表題に使いますよ。『ビッグ4《フォー》の謎』と」と冗談半分、私は紙きれの上の文字をたたいた。

そのときだった。私はハッと息を呑んだ。いままで意識がなかった病人が突然、われに帰ってすわり直し、きわめてはっきりした、よく透る声で言ったのだ。

「リー・チャン・イェン……」

まるで長い眠りから突然、呼び覚まされた人のようだった。ポアロは身ぶりで私を、何も言うなと制した。男ははっきりした、甲高い声でなお続けた。その声音から私は、何かの報告書か、講演を引用しているような印象を受けた。

「リー・チャン・イェンはおそらくビッグ4の知力を代表するといっていいだろう。彼はその指導力、原動力であって、ナンバー・ワンと呼ぶのがふさわしい。ナンバー・ツーは名前で呼ばれることはめったにない。Sに縦線を二本加えた文字、すなわちドルの符号で代表される。二本の線と一個の星で表わされることもある。星条旗の連想からアメリカ人、富の力の代表者と考えていいだろう。ナンバー・スリーが女性だということは確かである。おそらくフランス人かと思われる。地下の世界《デミ・モンド》の魔女の一人かもしれないが、はっきりしたことはわからない。ナンバー・フォーは……」

と言いかけて男の声はたゆたい、唐突にとぎれた。ポアロが身を乗りだした。

「続けてください」と彼は熱心にうながした。「ナンバー・フォーは？」

ポアロは男の顔を食いいるように見つめていた。男の顔は、身の毛のよだつような恐怖にひきつっていた。

「殺し屋……だ」と男はあえぐようにつぶやいて痙攣的に身を震わせ、次の瞬間、気を失って寝椅子の上にくずおれた。

「ああ！《モン・デイユー》」とポアロはささやくように言った。「思ったとおりです……」

「思ったとおりって、いったい、どういうことですか？」

ポアロは私の問いかけをさえぎって、「この人をわたしの寝室のベッドに運んでください」と言った。「列車に遅れずに乗るつもりなら、一分の猶予もならないのです。心底、出かけたくないんですがね。いっそ、乗り遅れればありがたいくらいですが、わたしの良心が許さないんですよ。行くと約束してしまったんですから。出かけましょう、ヘイスティングズ！」

誰ともわからない訪問客をミセス・ピアスンに託して、私たちはタクシーで駅に向かい、間一髪、所定の列車に間に合った。ポアロはむっつり黙りこんでいるかと思うと、次の瞬間にはひどく饒舌にペラペラとしゃべりだし、その合間には車窓ごしに外の景色を夢でも見ているようにぼんやり見つめていた。私が何か言っても耳にも入れていないようだったが、急に立て続けに命令をくだしたり、留守中は逐一、電報で様子を知らせるように小うるさくうながしたりするといったふうだった。

ウォーキングを過ぎたころには、私たちはどっちも黙りこんでしまった。臨港列車はもちろんサウサンプトンまで、どこにも停車しなかったが、到着前に信号が変わって一時停車した。

「ああ、何ということだ《サクレ・ミーユ・トネール》！」と突然、ポアロが大声を上げた。「何とまあ、馬鹿なことを！　今ようやっとわかりましたよ。この一時停車は天の助けだ。さあ、跳びおりてください、ヘイスティングズ、急いで！」

こう言うが早いか、ポアロは列車のドアを開けて線路上に跳びおりた。

「スーツケースをほうって、あなたも跳びおりるんです！」

ポアロの命令にしたがって、わけはわからないながら、私もまた線路の上へと身をおどらせた。今度もまた、間一髪、列車は動きだした。

「今度こそ、ポアロ、理由を話してくれてもいいでしょう？」と私は腹立ちまぎれに言った。

「わが友、やっと光明が見えたんですよ」

「光明がねえ」と私はつぶやいた。

「そう思うんですが」とポアロは続けた。「だが、そうとも言えない。スーツケースを二つ、引き受けてくれませんか？　残りは何とかわたしが運びますから」

2 精神病院から逃げた男

列車が一時停車したところは幸い駅の近くだったので、少し歩くうちにガレージを見つけ、三十分後には私たちはロンドンへと全速力で引き返していた。そのときになって初めて、ポアロは私の問いに答えてくれた。

「何が何だか、さっぱりわからないって言うんでしょうね、ヘイスティングズ？　じつは、わたしもさっきまではそうでした。しかし今ははっきり見えてきました。わたしはうまいこと、厄介ばらいされるところだったんですよ」

「何ですって？」

「ええ、きわめて巧妙な手段によってね。どこに、どのようにして追っぱらったらいいか、わたしという人間を徹底的に研究し、洞察して、ことを運んだんでしょうね。わたしの存在が煙たかったんですよ」

「誰がです？」

「ビッグ4と呼ばれる集団を組織し、法の網目をかいくぐって悪事をやってのけている、天才的犯罪者たちです。中国人、アメリカ人、フランス女性、そして……もう一人。間に合うといいんですがね。こうなったら神に祈るほか、なさそうです」

「われわれ々を頼ってやってきた、あの客の身に危険がおよぶとでも？」

「そのようですね」

人のいいミセス・ピアスンは、もどってきた私たちを見て驚きと喜びをおおげさに表現したが、私たちは挨拶もそこそこに、病人の様子をきき、彼女の答えに一安心した。訪ねてきた者は一人もおらず、病人は眠りつづけているということだった。

安堵の吐息をもらして私たちは二階に上がって行った。ポアロは外側の部屋をそそくさと横切って、奥の寝室をのぞいたとたん、取り乱した声で私を呼んだ。

「ヘイスティングズ、来てください！　この人はひょっとしてわたしたちの留守の間に死んでしまったんじゃないでしょうか……」

私は慌てて駆けよった。男は私たちがベッドに寝かせたときのままの姿勢で横たわっていたが、すでにことされており、どうやらかなり前に死を迎えたものと思われた。私は医者を呼びに走った。ドクター・リッジウェイが病院からまだ帰っていないことはわかっていたが、すぐべつな医者を連れて取って返した。

「ええ、死んでいますね。かわいそうに。引き取って世話をなさっていたホームレスですか?」と医者はきいた。

「ええ、まあ」とポアロは言葉を濁した。「死因はどういう……?」

「どうもはっきりしないんですがね。何かの発作を起こしたんじゃないでしょうか? 窒息死の兆候が見えますね。この部屋にはガスは引いてないようですが?」

「ええ、ガスはぜんぜん。電気だけです」

「窓は二つとも大きく開いていますしね。二時間ばかり前に息を引き取ったようです。届けはそちらで出してくださいますね?」

こう言いおいて医者は帰っていった。ポアロは関係方面に電話したあげく、驚いたことに私たちと親しいジャップ警部に連絡して、すぐきてもらえないかと依頼した。

騒ぎが一段落したとき、ミセス・ピアスンが目をまるくして戸口に立った。

「すみません――ハンウェルの精神病院から介護士って人が。どういうことでしょうかねえ? こちらに通しましょうか?」

私たちがともかくもうなずくと、制服姿の大柄な、がっしりした体格の男がツカツカと入ってきた。

「おはようございます」屈託のない声だった。「お宅でうちの患者をあずかっておられるようで。昨夜、ズラかったんですがね」

「確かにここにいたことはいたんですが」とポアロは静かに言った。

「いた？　じゃあ、あいつまた――？」と介護士はちょっと心配そうだった。

「いいえ、亡くなったんですよ」

介護士は驚くより、何より、心からホッとしたように見えた。

「本当ですか？　まあ、誰にとっても、いちばんありがたい結末ですがね」

「この人は――その――危険な存在だったんですか？」

「殺人狂か――ってことですか？　とんでもない。虫一匹、殺しはしませんよ。被害妄想なんですよ、かなり強度の。中国の秘密結社の連中に閉じこめられていたなんて言ったり。この手の患者はみんな、似たりよったりですがね」

私は身震いをした。

「そちらに収容されて、どのくらいになるんでしょう？」とポアロがきいた。

「かれこれ二年になりますね」

「なるほど」とポアロはつぶやいた。「ひょっとして妄想などでなく、まったくの正気だったんだとは――つまり彼の言うとおりのことがあったんだとは、誰も考えなかったんでしょうか？」

介護士はニヤリと口もとをゆがめた。

「正気なら、うちのような施設に何の用があるんです？　みんな、言うんですよ——自分は正気だって」

ポアロはそれっきり黙って、介護士に遺体を示した。介護士は一目見て言った。

「ああ、こいつですよ——間違いありません」冷淡な声だった。「おかしなやつでしたがね。私はいったんもどって、死体を引き取る手配をして出直しましょう。事情が事情ですからね。死体をこれ以上、ここに置いとかれちゃ、お宅だって、いい迷惑でしょうし。しかし検死審問には一応、出ていただくことになるでしょうね。じゃあ、いったん失礼しますよ」

ぶっきらぼうに頭を下げて、介護士は足をひきずりながら帰っていった。

その数分後に、ジャップ警部が到着した。あいかわらず快活で、きびきびした物腰だった。

「お召しによって参上しましたよ、ポアロさん、何か私にできることでも？　どこかの珊瑚礁かなんぞに、今日あたり、お出かけと聞いていましたが？」

「やあ、ジャップ、見てもらいたい男がいるんですがね。この男に以前に会ったことはありませんか？」

ポアロはジャップを寝室に案内した。警部は怪訝そうな顔で死体を打ち眺めた。

「ちょっと待ってくださいよ。確かに以前に会ったことがあるような気が……私は記憶はいいほうだと思うんですがね。やあ、なんだ、メイアリングじゃないか！」

「メイアリング？」

「秘密情報部員ですよ。警視庁の人間ではありません。五年前にロシアに行ったんですが、それっきり消息が知れなかったんです。ボルシェヴィキにやられたものと思われていたんですが」

「これで何もかも符号します」ジャップが帰った後でポアロが言った。「ただ、この場合は自然死のようですがね」

ポアロは立ち上がって、納得がいかないといった表情で、死体をじっと見下ろした。と、かすかな風が窓から入ってきてカーテンがひるがえった。ポアロはふと見上げてきいた。「この人をベッドに寝かせたときに、あなたがこの窓を開けたんでしょうね、ヘイスティングズ？」

「いいえ、開けませんよ」と私は答えた。「ぼくの記憶ではこの窓は閉まっていましたがね」

ポアロはビクッと頭を上げた。

「閉まっていた——ところが今は開いている。どういうことだろう？」

「誰かが窓から忍びこんだのでは——？」

「そうかもしれませんね」とポアロは気のない口調でぼんやりつぶやき、一、二分、間を置いてから言った。

「今、考えているのはそのことじゃないんですよ、ヘイスティングズ。窓が一つ開いているだけだったら、それほど気を引かれないんですがね。ところが二つとも開いている。奇妙です」

ポアロは居間へと急いだ。

「おや、居間の窓も開いていますよ。こっちの窓も閉まっていたはずですよね……ああ！」

ポアロは死体の上に身をかがめて、口のあたりを入念に調べた。それから顔を上げて言った。

「猿ぐつわをはめられていた形跡がありますよ、ヘイスティングズ。猿ぐつわをはめておいて毒殺したようです」

「本当ですか！」と私はショックを受けて叫んだ。「いずれ。検死の際に明らかになるでしょうが」

「何もわかりますまいよ。強力な青酸を嗅がされて死んだんです。鼻の下に当てがわれたんでしょう。殺人者は窓を残らず開けてから立ち去ったんです。青酸は揮発性がつよいですが、アーモンドのにおいがはっきり残りますからね。においが消えていれば、他殺の疑いもかからないし、医師たちは何らかの形の自然死という診断を下すでしょう。この人は秘密情報部員で、五年前からロシアで行方知れずになっていたって、ジャップは言っていましたっけね」

「最後の二年間は精神病院に収容されていたとしても、それに先立つ三年間はどこで、どう過ごしていたんでしょう？」

ポアロは頭を振ったが、ふと私の腕をつかんだ。

「時計をごらんなさい、ヘイスティングズ、あそこの時計をごらんなさい！」

私はポアロの視線を追って、炉棚の上の時計に目をやった。四時で止まっている。

「モナミ、誰かがあの時計の針を動かしていますね。巻いてから三日しか、たっていないのに止まっている。あれは八日巻きの時計なんですがね」

「しかし何のために？　殺しが四時に起こったという印象をあたえようっていうんでしょうか？」

「もっと筋道の立った考えかたができませんかね、モナミ？　あなたの灰色の脳細胞をはたらかせてください。いいですか？　あなたがメイアリングだったとします。ふと何かの物音が聞こえた。危険の予感。死の予感。何か残したい、手がかりを残したい。四時ですよ、ヘイスティングズ、四時、すなわちナンバー・フォー、殺し屋。とっさのすばらしい思いつきです！」

　ポアロは隣室に走っていき、受話器を取り上げ、ハンウェル精神病院を呼び出した。

「ハンウェル精神病院ですね？　今日、そちらの患者が一人、脱走したということですが？　何ですって？　すみません、ちょっとお待ちください。もう一度、お願いします。ああ、なるほどね《パルフエトマン》」

　ポアロは受話器を置き、私を振り返った。

「聞きましたか、ヘイスティングズ？　脱走した患者なんて、いなかったそうです」

「しかしさっききた、あの男は——あの介護士は？」

「そう、どうやら……」

「どうやら？」

「ナンバー・フォーです——殺し屋ですよ」

　私は愕然とポアロの顔を見つめ、一、二分の間を置いて、ようやく言った。

「今度、どこかで会ったら、すぐわかりますよ。それだけは確かだ。あれだけ特徴のある顔ですからね。忘れるものですか」

「本当にそう思いますか、モナミ？　わたしはそうは思いませんがね。がっしりした体格の、粗野な赤ら顔の男で、濃い口髭を生やし、しゃがれ声で話した。今度、われわれが彼に会うときは、おそらくそんな特徴はきれいさっぱり消えているでしょう。目にも、耳にも、これといった特徴はなかった。歯はおそらく義歯だったと思いますしね。人相、風体からの確認は、あなたが考えるほど、容易ではないんですよ。次の機会には――」

「次の機会がある――そう思いますか？」と私はさえぎった。

ポアロは重々しい顔つきで答えた。

「生死を賭けた対決ですよ、これは、モナミ。一方にあなたとわたし、もう一方にビッグ4。第一ラウンドは相手側の勝ちでした。しかしわたしを追っ払おうという彼らの計画は失敗した。これからは彼らも、このエルキュール・ポアロが相手だと覚悟したらいいでしょう」

3 リー・チャン・イェン

偽の介護士の訪問を受けて後、一日、二日のあいだ、私は彼がまたやってくるのではないかと望みをかけて、かたときもフラットを離れる気になれなかった。先方としてはい変装を見やぶられたと勘ぐる理由はないわけだし、死体を運びだそうとするかもしれない。しかしポアロはそんな私の思惑を、鼻の先であしらった。

「モナミ、まだそんなことを当てにしているんですか？　まあ、待っていたらいいでしょう。退屈しのぎにはなるかもしれません。わたしはそんな無駄な時間つぶしはまっぴらですがね」

「しかし、ポアロ、何だってあの男、見やぶられる危険をおかしてまで、やってきたんですかね？　後で死体を引き取りにくる気なら、まあ、わからないこともありません。このままじゃ、自分についての証拠をこっちに提供しただけで、得るところは何もなかったんじゃないかと思いますがね」

ポアロはフランス人がよくするように肩を大きくすくめた。「あなたはナンバー・フォーの目で物事を見ていませんからね、ヘイスティングズ。証拠、証拠って、彼に不利な、どんな証拠があるって言うんですか？　死体はありますよ。ですが、あの男が殺されたという証拠からしてないんですから。青酸は吸いこんだ場合は何の痕跡も残しませんからね。われわれの留守中、訪ねてきた者はいなかった。それ以前のメイアリングの動静についても、われわれには何もわかっていないんですし……

そうですとも、ヘイスティングズ、ナンバー・フォーは何の痕跡も残していませんし、彼自身、そのことをよく承知しています。彼の訪問は偵察の含みを持っていたと言っていいでしょう。メイアリングが死んだことを確かめたかったのかもしれませんが、それよりもこのエルキュール・ポアロを見にきたんじゃないですかね。彼が恐れている、唯一の敵とじかに言葉をかわすために」

ポアロの推理はいかにも彼らしく、自惚《うぬぼ》れもいいところだったが、私は反論をさし控えた。

「じゃあ、検死審問は？」と私はきいた。「あなたは逐一、くわしく説明して聞かせ、警察にナンバー・フォーの人相風体をくわしく教えるんでしょうね？」

「何のために？　慎重そのもののイギリス人の検死陪審員に強烈な印象をあたえるよう

な、どんな証拠を示すことができるっていうんですか？　ナンバー・フォーの外見を、われわれが逐一説明したとしても、何の価値もないんじゃないですかね。おそらく事故死という評決が出るでしょうが、黙って聞いておくほかないでしょう。あまり希望は持てませんね。あの利口な殺し屋は、第一ラウンドではエルキュール・ポアロを騙すことができたと——そこまで甘いかどうか、わかりませんが——少々いい気分かもしれませんよ」

例によって、ポアロの言ったとおりだった。介護士と自称した男はそれっきり、姿を見せず、検死審問（私も出廷して証言をしたが、ポアロは顔も出さなかった）はとくに世間の注目をあつめることもなかった。

南米への旅行に備えて、ポアロは私が到着する前に用事にしめくくりをつけていたので、さしあたってほかに引き受けている事件もなく、たいてい在宅していたが、私は彼からこの事件についての見解をほとんど引き出すことができなかった。彼はおおかた肘掛け椅子にすわって過ごし、私が何か言ってもさっぱり乗ってこなかった。

ところがある朝（殺人事件から一週間ばかりたったときのことだった）、ポアロは私に、ある人を訪問しようと思うんだが、一緒にくるかときいた。もっとも訪問先については、きいても答えてくれなかった。

もともとポアロは秘密主義で、最後の最後まで手のうちの札を見せないことを好んだ。この場合も、バスを降りてから列車を二つ乗りついで、ロンドンの南部の郊外のひどく冴えない地域にたどりついてから、ようやく行く先について明かしてくれた。

「今日はね、ヘイスティングズ、中国の地下組織について、イギリスでいちばん通暁している人物を訪ねようと思っているんですよ」

「へえ——何という名の人ですか？」

「名前を言っても、あなたは聞いたことがないと思いますよ。ジョン・イングルズ氏という人です。表むきは引退した公務員で、とくに知恵者というわけでもありません。彼の家には中国の骨董品がワンサとありましてね。ひとくさり、それらについて話しては知人、友人を退屈させているらしい。しかしその筋のお偉方から、私が聞きだしたいと思っている情報を伝えてくれる人間がいるとしたら、まずジョン・イングルズだろうと言われたものですからね」

その後間もなく、私たちはイングルズ氏の住まいである月桂樹荘《ローレルズ》と呼ばれる家の階段を上がっていた。私の見たところ、あたりに月桂樹が植わっているようでもなかったから、おそらく郊外にありがちな、曖昧な命名法でこんな名がついているのではないかと思われた。

無表情な顔つきの、中国人の召使いに案内されたのだが、イングルズ氏は角ばった体つき、ちょっと黄ばんだ顔、奇妙に内省的な感じの、くぼんだ目の人物だった。彼は手にしていた手紙を脇に置き、立ち上がって私たちを迎えてくれたが、一通りの挨拶がすむと、手紙に目を落としながら言った。

「どうかおかけください。ハースリーの手紙によると、何か私にききたいことがおありとか。お役に立つことがあるかもしれないと言ってよこしました」

「そうなんです、ムッシュー。ひょっとしてリー・チャン・イェンという男について何かご存じではないかと思いまして」

「意外なことをおっしゃいますね。予想もしていませんでした。あの男のことを、どうしてご存じなんでしょうか？」

「ではあなたは彼のことを知っていらっしゃるんですか？」

「一度だけですが、会ったことがありますし、彼についていささか承知してもおります。あまり知りたくもないんですがね。しかしイギリスに、彼に関して耳にしたことのある方がおられるというだけでも驚きです。それなりに大した人物でしてね――中国の大官としてですが。その点はあなたもご承知でしょう。しかしそれは肝心かなめのことではありません。彼がすべての背後にいると考える理由があるのです」

「何の背後ですか?」

「あらゆる問題の背後に彼の存在があるんですよ。現在、世界中に見出されている不安材料、あちこちで起こっている労働問題、いくつかの国々で勃発している革命。理由もなしに危惧するたちとも思えない人々が、文明の崩壊をねらう力がいろいろな場面の陰にひそんでいると断言しています。ロシアでもさまざまな徴候が見えます。レーニンやトロツキーは操り人形にすぎず、彼らの行動自体、ほかの人間の頭脳に操られているんですよ。あなたが納得なさるような、はっきりした証拠をお見せすることはできませんが、私は、こうした行動の陰のブレーンはリー・チャン・イェンのそれだと確信しております」

「まさか!」と私はさえぎった。「それは少々考えすぎではありませんか。中国人が、ロシアでそんな影響力をふるうなんて」

ポアロは私にむかって顔をしかめて見せた。「あなたにとっては、ヘイスティングズ、あなた自身が想像しているもの以外はみんな、考えすぎというわけなんでしょうが、わたしはこちらのイングルズさんと同意見ですよ。さあ、続けてくださいませんか、イングルズさん」

「いったい、彼の目的がどういうものなのか、何を手中におさめたいと思っているのか、はっきりわかってると言う気はありません」とイングルズ氏は続けた。「ただ彼に取りついているのがムガール帝国のアクバル皇帝、アレクサンダー、ナポレオンといった英雄の偉大な頭脳をおそった権力欲、征服欲といった、一種の病気ではないか——そう思えてならないのです。最近まで、征服には軍隊の力が必要でした。しかし現代のような不安の世紀には、リー・チャン・イェンのような人間には他の手段がありますからね。賄賂や宣伝に注ぎこむことのできる、無限の富を彼が持っているという証拠を、私は入手しています。この世界がこれまで夢にも知らなかったような、何らかの強大な科学的な力を自由にできるという情報もあります」

ポアロは一語も聞きもらすまいというように、イングルズ氏の言葉に熱心に耳をかたむけていた。

「中国ではいかがです？　リー・チャン・イェンは、中国でも活動しているんでしょうね？」

イングルズ氏は大きくうなずいた。

「そう、中国でもね。法廷でものをいうような証拠は提供できませんが、私が調べたところでは、まさにそのようです。私は、今日の中国で重きをなしている人物はすべて個人的に知っていますが、このことははっきり申し上げられます。あの国で重要人物と目されている人間はじつは、大した個性の人物ではありません。彼らは人形使いの熟練した手によって操られている操り人形にすぎません。その手こそ、リー・チャン・イェンのそれなのです。彼は今日の東洋を支配する頭脳です。私たち西欧の人間には、東洋の事情はさっぱりわかりませんし、将来においても理解にあまるでしょう。けれどもリー・チャン・イェンは東洋を動かす中心的な力です。彼が脚光を浴びることは、今後もないでしょう。彼自身が北京にある豪壮な邸宅から動きだすことはないでしょうが、彼が人形使いであることには変わりありません。そう、じつに巧妙な人形使いです。その意のままに、はるか遠くの土地でさまざまなことが起こるわけです」

「彼に対抗する者はいないんですか？」とポアロがきいた。

イングルズ氏は椅子から身を乗り出した。

「過去四年間のうちに、四人の男がそれを試みました」ゆっくりした口調だった。「すばらしい人材ばかりでした。真摯で、頭脳明晰で。そのうちの一人くらいは、やがてはリー・チャン・イェンの計画に歯止めをかけることができたかもしれません」と急に言葉を切った。

「それで？」と私はうながした。

「四人とも亡くなりました。一人は論文を書き、北京で起こった暴動に関連して、リー

・チャン・イェンの名をあげました。その二日後、彼は路上で刺し殺されました。犯人は捕まっていません。残る三人の罪科も、似たようなものでした。講演、論文、あるいは会話の中で、それぞれがリー・チャン・イェンの名を暴動や革命に関連してあげたのです。そうした無謀な行動の一週間後に、二人とも亡くなりました。一人は毒殺され、もう一人はコレラで。コレラが流行していたわけでもない、単発のケースでした。最後の一人は、ベッドで死体となって発見されたのです。この場合は、死因もまったくわかりませんでした。私は死体を見た医者から、信じられないほど強力な電流が走ったように、死体は黒焦げになって萎縮していたと聞きました」
「彼らの死とリー・チャン・イェンを結びつけるものは何もなかったんでしょうが、しかし何らかの兆候はあったんじゃありませんか？」

イングルズ氏は肩をすくめた。

「兆候ですか。確かにありましたよ。あるとき、私は頭の切れる、若い中国人の化学者と話し合ったことがありました。リー・チャン・イェンに目をかけてもらっていた男です。この男があるとき、私のところにやってきたんですが、ひどく怯えていましてね。一目で神経がまいりかけていると察しがつきました。リー・チャン・イェンの宮殿のような大邸宅で、彼の采配のもとに実験をしていると言っていましたがね。クーリーを実験台にして。その実験というのが、人間の生命と苦痛をおよそ無視した、いまわしいもののようでしてね。それで神経がまいって恐怖のあまり、見るに忍びないほど、憔悴していたんでしょう。私は自宅の階上の部屋に彼を寝かせました。翌日、いろいろと質問をするつもりでした。もちろん、自分の軽率さを思い知らされることになったのですが」

「やつらがその化学者を亡きものにしたんですね？　どんな手をつかったんですか？」

「それは今後もわからずじまいでしょう。私が夜中にふと目を覚ますと、家中が火炎に包まれていました。私は命からがら逃げだしたのですが、調査の結果、最上階で驚くほどはげしい火の手が上がったらしく、私を頼ってやってきた若い化学者はその火事で焼け死んでしまったのです」

イングルズ氏の熱心な口調から、彼の頭がこの問題でいっぱいになっていると察しがついた。彼自身、そんな自分にハッと気づいたのだろう、弁解がましく笑った。

「しかしもちろん、証拠はないんですよ。あなたがたもやっぱり、私が妙な考えに取りつかれていると思っておられるんでしょうがね」

「それどころか」とポアロは静かに言った。「わたしたちには、あなたのお話を額面どおり、受け取る理由が大ありなんですよ。わたしたちも、リー・チャン・イェンに少なからず興味をいだいていますので」

「あなたがたがリー・チャン・イェンのことをご存じとは奇妙ですね。イギリスに住んでいる人が彼のことを聞いたことがあるなんて、夢にも思いませんでしたよ。どのようにして彼のことを知られたのか、聞かせていただきたいものですね――お差し支えなければ」

「もちろんです。一人の男が救いをもとめて、わたしのところにやってきました。はなはだしいショックを受けているようでしたが、その口を洩れる言葉をつなぎ合わせて、わたしたちはこのリー・チャン・イェンという人物に興味をいだいたのです。彼は四人の人物について語りました。ナンバー・ワンはリー・チャン・イェン、ナンバー・ツーは正体不明のアメリカ人、ナンバー・スリーもやはり正体不明のフランス女性、そしてナンバー・フォーはこの組織の執行官とでもいいましょうか――殺し屋です。しかしそんなふうに話してくれた男は死にました。いかがでしょう、ムッシュー、〝ビッグ4《フォー》〟という言葉を聞いたことがおありですか？」

「リー・チャン・イェンに関連してではありません。ええ、彼との関連ではぜんぜん。しかし聞いたことがあるというか、どこかでその文字を見たように思います。つい最近のことです――何か奇妙な関連で。ああ、思い出しましたよ」

イングルズ氏は立ち上がって象眼をほどこした、漆塗りのキャビネットの前に歩みよった。私が見ても贅をこらした絶品とわかった。イングルズ氏は一通の手紙を手にしてもどってきた。

「これをごらんください。年取った船乗りからもらったんですがね。彼とは上海で会ったんですが、白髪のごろつきでしたよ。おそらく今ごろは酒のせいで、体がイカれているに違いありません。それでこれも、アルコール依存症からくる譫言《うわごと》のようなものだと思ったんですがね」

彼は手紙を読み上げた。

はいけい。わたしを覚えておられるかどうか。上海で一度、とても親切にしてもらったことがあります。もういっぺん、助けてもらえないでしょうか？　この国から出るのにどうしても金が要るんです。ここは敵に知られていないとは思っていますが、いつなんどき、やつらがおそいかかってくるかもしれません。ビッグ4がですが、生きるか、死ぬかのせとぎわなんです。金は十分ありますが、引き出すわけにはいきません。国外に出ようとしていると、やつらに気づかれるからです。二百ポンドを札で郵送してもらえないでしょうか。きっとおかえしします。ちかいます。

「ダートムアのホッパートン、グラニット・バンガローという住所です。私から二百ポンドせしめようという、見えすいた企みだと思いましたし、二百ポンドといえば私には大金ですからね。もしも何かのお役に立つようでしたら、ごらんください」とイングルズ氏は手紙をさし出した。

「ありがとうございます《ジュ・ヴ・メルシ》、ムッシュー。この足で即刻、ホッパートンに向かいましょう」

「おやおや、それはどうも。私もご一緒していいでしょうか？　困るとおっしゃるなら、やめますが？」

「それどころか。一緒においでくだされば、こちらとしてもありがたいくらいです。しかしすぐ出かけませんとね。このままでも、ダートムアに着くころには、夕暮れになってしまうでしょう」

　ジョン・イングルズは二分間で支度をととのえて出てきた。間もなく私たちはパディントン駅から出る西部地方行きの列車の車中にあった。ホッパートンは荒野の端の窪地に家がゴタゴタとかたまっている感じの、小さな村だった。モアトンハムステッドから九マイルの距離で、私たちが車で到着したときは午後八時ごろだったが、七月なのでまだ明るかった。

村のせまい通りをしばらく走った後、私たちは道をきこうと向こうからやってきた老人の脇で車を止めた。

「グラニット・バンガローね」と老人はゆっくりした口調で言った。「グラニット・バンガローに行きなさるのかね？」

私たちが、そうだと言うと、老人は通りのどんづまりの小さな灰色のコテージを指さした。

「あれがそのグラニット・バンガローだがな。警部さんに用があるのかね？」

「警部さん？　どういうことです？」とポアロが鋭い口調できいた。

「じゃあ、殺しのことは聞いていなさらないんだね？　ショックだったなあ、もう。たいへんな血だったそうだよ」

「何てことだ《モン・ディユー》！」とポアロはつぶやいた。「その警部さんに会って話を聞きましょう」

五分後、わたしたちはメドーズ警部と向かい合っていた。最初は素っ気ない応対だったが、ポアロがジャップ警部の名を出すと、たちまち愛想がよくなった。

「ええ、けさ、殺されたようです。ショッキングな殺しでしたよ。モアトン警察に電話があったので、すぐやってきたんですがね。奇妙な事件です、何から何まで。じいさん——七十歳ぐらいでしょうかね。たいへんな酒好きってことでしたね——は居間の床にノビていましたよ。頭に打撲傷があり、のどが大きく掻き切られていましたっけ。居間はどこもかしこも血だらけでした。まあ、ご想像に任せますよ。ベッツィー・アンドルーズって女が料理をしに通ってきているんですが、そのベッツィーの話では、ホェイリーは小さなヒスイの人形を大切にしており、たいへんな値打ち物だと常々言っていたそうですが、そいつがそっくりなくなっていたとか。もちろん、盗みに入った人間が見とがめられて居直ったんでしょうが、いろいろと不審な点がありましてね。じいさんは二人の人間を雇っていました。この村に住む、さっき名をあげたベッツィー・アンドルーズと、ロバート・グラントという荒くれ男と。ロバートはいつものようにミルクを取りに農場に出かけ、ベッツィーは隣家に息ぬきに行き、二人とも留守だったそうです。ベッツィーのほうはほんの二十分——十時と十時半のあいだに——家をあけただけだったと言っていましたね。グラントが一足早くもどりました。開いていた裏口から入って——このあたりじゃ、家に鍵をかける者はいないんですよ——少なくとも日中は——ミルクをしまい、自分の部屋に行ってタバコをのみながら新聞を読んでいたそうです。何かおかしなことがあるとは夢にも思わなかったそうで——まあ、彼の言い分ですがね。そこにベッツィーが帰ってきて、居間をのぞき、死人さえ目を覚ますような悲鳴を上げたんですよ。筋の通った言い分でした——一応はね。二人が出かけているあいだに誰かが家に押しこみ、じいさんを殺したということのようでした。しかし私はすぐ、犯人はよっぽど肝のすわった人間らしいと思ったんですよ。白昼堂々と村の通りを歩いてか、誰かの裏庭を伝い歩いてかはとにかく、グラニット・バンガローのまわりはごらんのとおり、グルッと家々に囲まれていますからね。なのに、誰も気づかなかった。これはどういうわけでしょうかね？」

メドーズ警部はいわくありげに言葉を切った。

「なるほど。おっしゃろうとしていることはよくわかります。続けてくださいませんか」とポアロは言った。

「どうもおかしい——と私は思いました——奇妙だと。それであらたな目でまわりを見まわしました。例のヒスイの人形ですが、行きずりの浮浪者の目に値打ち物だと映るでしょうか？　それに白昼、そんな凶行におよぶなんて、どうかしています。じいさんが助けを呼んだらと考えますとね」

「警部さん、ちょっとうかがいますが、被害者の頭部の傷は死ぬ前に加えられたものなんでしょうね？」とイングルズ氏がきいた。

「そのとおりです。犯人は被害者をまずぶんなぐって気を失わせておいて、それからのどを掻き切ったんでしょうね。それは、はっきりしています。しかしいったい、どうやって家に入り、また出ていったんでしょうかね？　この村のようにせまいところでは、見慣れない人間が通りかかれば、どうしたって人目をひきます。私にはすぐピンときましたよ。つまり誰も通りかからなかったんですよ。私は周囲の状況を入念に眺めました。昨夜は雨降りでしたからね。キッチンに入った足跡、出て行った足跡、いずれもはっきりしていました。居間に残っていた足跡は二通りだけでした。ベッツィーの足跡は戸口まででした。ホェイリー氏はカーペット地の室内用スリッパーをはいていましたが、ほかにもう一組の足跡が残っていたんですよ。こいつがまた罰当たりにも血溜りの中に踏みこんだと見えて——いや、失礼しました、つい」

「気になさらないでください。まったく妥当な表現です」とイングルズ氏は微笑して答えた。

「足跡はキッチンまで続いていましたが、そこまででした。これが第一点。ロバート・グラントの部屋のドアの横木に、かすかなしみがついていました——血痕と思われます。これが第二点。第三点は、グラントのブーツです。ぬぎ捨ててあったんですが、こいつを足跡にあてがったらピッタシだったんですよ。これで決まりってわけで、私はグラントをしょっぴきましたよ。そればかしじゃありません。やつの部屋にあった旅行カバンに何が入っていたと思います？　例のヒスイの人形ですよ。それと仮出獄許可証が見つかったんです。ロバート・グラントは本名をエイブラハム・ビッグズといって、五年前に住居侵入罪と強盗罪に問われた男だったんです」

警部は勝ち誇ったように言葉を切った。

「これだけの事実が明らかになっているんですからね。そちらとしては、どうお考えでしょうか？」

「たいへんはっきりしておりますね」とポアロは答えた。「まったくの話、びっくりするほど、はっきりしていると申し上げてもいいでしょう。このビッグズとか、グラントとかいう男ですが、すこぶる愚かな、無教育な男のようですが？」

「そのとおりですよ。粗野な、どうしようもない、愚かな男です。足跡がどんな意味を持つかもわかっておらなかったんでしょう」

「推理小説を読むたちでないことは明らかですね。警部さん、おめでとうございますと申し上げましょう。犯罪が行なわれた現場を見せていただけるでしょうか？」

「もちろんです。これからご案内しましょう。足跡はぜひ、ごらんいただきたいですね」

「わたしもぜひとも見たいと思います。たいへん興味があります。じつに頭のいい犯罪ですね」

私たちはすぐ現場に向かった。イングルズ氏と警部が先に立った。私はポアロの袖を引いて耳打ちした。「どう思いますか、本当のところ？ 目に見えることばかりでなく、真相がまだ隠されていると思っているんですか？」

「そこが問題なんですよ、モナミ。ホェイリー氏の手紙には、ビッグ4に追いかけられている――そう書いてありましたね。ビッグ4はれっきと存在しまず。こけおどしなんかじゃないということは、あなたも、わたしも、ちゃんと承知している。しかし実際にはすべてがこのグラントという男の仕業だと告げているようです。なぜ、彼はそんなことをしたんでしょうか？ ヒスイの小さな人形のためですか？ それとも彼自身、ビッグ4の手先なんでしょうか？ そんなふうに見えることは確かです。しかしヒスイがどんなに高価でも、ああした男がその値打ちを知っているわけはありません。そのために人を殺すほど執着するとは、とても考えられません。あの警部さんも、そのくらい、気づいてもよかったのではありませんかね。第一、人形を盗んで逃げるほうが、あんなひどい殺し方をするより、よっぽど利口ではないでしょうかね？ そうですとも、デヴォンシャー警察のあの警部さんは、灰色の脳細胞を使わなかったようですね。足跡の寸法を計るだけで、自分の考えを秩序とメソッドをもってまとめることをしなかった。残念です」

4　骨つきの羊肉《マトン》

メドーズ警部はポケットから鍵を取り出してグラニット・バンガローの玄関のドアを開けた。からりと晴れた、気持ちのいい日で、靴跡が敷物の上に残る気づかいはなさそうだったが、それでも私たちは屋内に入る前に入念に靴の底をマットの上でこすった。

暗がりの中から一人の女が出てきて、警部に何か言った。警部は彼女と二言、三言、何やら言葉をかわした後、肩ごしに私たちに告げた。

「どうか、ご自由にごらんください、ポアロさん。私は十分ほど、失礼します。ところでここにグラントのブーツがあります。足跡と比較なさるかと思って、持ってきたんですよ」

私たちは居間に行った。警部の足音が遠ざかった。イングルズ氏は片隅のテーブルの上に載っている中国の骨董品に注意を引かれたらしく、そばに寄って眺める様子で、ポアロの行動には何の注意もはらっていなかった。ところが私はポアロのすることを、ほとんど息を呑む思いでじっと見守っていた。居間の床には濃い緑色のリノリウムが張ってあるので、足跡はきわめてはっきり残る。部屋の向こうの端のドアはせまいキッチンに通じている。キッチンからはドア続きで洗い場に行ける(裏口はこの洗い場にあった)。もう一つのドアがグラントが寝泊まりしている部屋に通じていた。ポアロは歩きまわりながら、半ば独り言のようにつぶやいていた。

「死体はここにあったわけです。あの大きな赤黒いしみと、一面に飛び散っている赤いはねから、それとはっきりわかります。室内用スリッパーの跡、9サイズのブーツはあなたにもすぐ見て取れるでしょうね。しかしすべてがゴッチャになっています。キッチンとのあいだを往復している二通りの足跡。殺人者が誰であれ、そっちから入ったことは確かです。ブーツを持っていましたね、ヘイスティングズ? こっちによこしてくれませんか」

それを足跡と注意ぶかく見くらべて、ポアロは言った。「そう、この足跡は両方とも同一人物、おそらくロバート・グラントのものでしょう。そっちのドアから入って、老人を殺し、キッチンにもどった。その際、血溜まりに踏みこんだ。出て行くときに残した足跡をごらんなさい。ところがキッチンには彼の足跡はない。村人の足跡が入りみだれているばかりです。グラントは自分の部屋に入っていった——いや、まず、殺人現場にもどったようです。ヒスイの人形を盗むためですかね？　それとも自分が犯人だという証拠を残してきたのに気づいたんでしょうか？」

「二度目にもどったときに殺したんじゃないですかね？」

「それは違います《メ・ノン》。注意して見てください。居間から出ている足跡は血まみれですが、その上に、居間に入って行く足跡が重なっています。いったい、何のためにもどったんでしょうかね？　後からヒスイの人形のことでも思い出したんでしょうか？　それは、どう考えても不合理です。馬鹿げていますよ」

「そう、まあ、自分が犯人だと白状しているようなものですからね」

「まさにね《ネスパ》。どうも、ヘイスティングズ、何もかも理屈に合いませんね。わたしの灰色の脳細胞が、そんな馬鹿げたことがあるものかと呆れています。グラントの寝室に行ってみましょう。確かにドアの横木の上に血痕があります。足跡もかすかについている。血に染まった足跡がね。ロバート・グラントの足跡です。死体のそばにも、彼のもの以外には足跡は残っていなかった。外からあの家に入った人間は、彼以外にはいないということになる。足跡から判断するかぎり、そうとしか思えません」

「ばあさんのメイドはどうなんですか？」と私は思い出して言った。「彼女はグラントがミルクを取りに行った後、家に一人で残っていたんですよ。主人を殺してから家を出たとも考えられるじゃありませんか。それ以前には外に出なかったとすると、足跡はつかなかったでしょうからね」

「よく気がつきましたね、ヘイスティングズ。その仮説があなたの頭に浮かぶかどうかと待っていたんですよ。わたしもいったんはそう考えましたが、どうも違うと判断したんです。ベッツィー・アンドルーズはこの村の人間です。このあたりでは、誰もが彼女を知っているでしょう。ビッグ４と関係があるなどということは考えられません。それにホェイリー老人は屈強な男だったようです。これは男の殺しですよ。女にはやれません」

「ひょっとしたらビッグ４が、居間の天井裏に何か巧妙な仕掛けでも隠していたのではありませんかね？　何かが自動的に下がってきて、老人ののどを掻き切って、ふたたび取りこまれるというのは？」

「旧約聖書にあるヤコブの梯子のようにですか？　あなたにゆたかな想像力があることはよく承知していますよ。しかしねえ、何事も程度問題ですから」

わたしは恥ずかしくなって沈黙した。ポアロはあいかわらず部屋の中を歩きまわって、どうも合点がいかないといった表情を浮かべて、こっちの部屋をのぞいたり、あっちの戸棚を開けてみたりしていたが、突然、ポメラニアン種の犬を思わせる、興奮したような、甲高い叫び声を上げた。私が駆けよると、彼は貯蔵室に立ちはだかっていた。片手に——羊肉《マトン》の骨つきの股肉《もも》を一本、握っていた。

「どうしたんです、ポアロ?」とわたしは声をかけた。「頭がおかしくなったんじゃないでしょうね?」

「この羊肉《マトン》を見てください! よく見てください!」

私は言われるままにその股肉をとくと見た。とくにどうということもない、ごくありきたりの股肉だった。私がそう言うと、ポアロはいかにも嘆かわしげに私を打ち見た。

「これが、あなたには見えないんですか? これですよ! この股肉です! よく見てください、これを!」と言いながらポアロは手にした股肉をもう一方の手の指で弾いて、小さな氷柱をとばした。

ポアロは私の想像力の途方もなさを指摘したが、彼自身のほうがよっぽど突拍子もない行動を取っているじゃないかと私はむかっ腹を立てていた。ポアロはこの氷柱に猛毒があると、真剣に考えているのだろうか? 彼の興奮ぶりはそうとしか、思えない。

「こいつは冷凍肉ですよ」と私はせいぜい穏やかに言った。「ニュージーランドからの輸入肉です」

ポアロはちょっとのあいだ、私の顔を見つめていたが、ふと笑いだした。私がたぶん、怪訝そうな顔をしていたからだろうが、ようやく笑いをおさめて言った。

「まったくあなたという人にはかないませんね、ヘイスティングズ、あらゆることを知っている――まったくの話。何て言いましたっけね、そういう人物のことを？　知らないことがない、まあ、生き字引とでもいいますか」

その羊肉《マトン》をもう一度、皿の上に投げやって貯蔵室から出て、彼はふと窓の向こうに目をやった。

「警部さんがもどってくるところです。ここで見たいと思ったものはすべて見ましたから、ちょうどいいタイミングです」何か思い悩んでいるようにぼんやりした様子で、指先でテーブルをコツコツたたいていたが、ポアロはふときいた。「今日は何曜日でしたっけ、モナミ？」

「月曜日ですよ」と私は少々あっけにとられて答えた。「しかし何だって――？」

「ああ、月曜日でしたか！　運のわるい日ですね。月曜日に殺人を犯すのはとんでもない間違いです」

居間にもどると、ポアロは温度計を眺めた。

「天気は晴朗、華氏七〇度。典型的なイギリスの夏の日です」

イングルズ氏はあいかわらず、中国製の陶器をかわるがわる手に取って眺めていた。

「捜査には関心がおありにならないようですね、ムッシュー？」とポアロが水を向けた。

イングルズ氏はにんまり微笑した。「私の専門ではありませんから。骨董品のめききはやりますが、こうしたたちの捜査はどうもね。引きさがって、お邪魔にならないようにしているのがせいぜいのところです。東洋に滞在しているあいだに、忍耐はかなり身につきましたし」

メドーズ警部は、長いこと中座して、と謝りながらそそくさと入ってきて、現場をひとわたり案内しようと申し出たが、私たちは何とかそれを拝辞した。

「いろいろご親切にありがとうございました、警部さん」と村の通りを歩きながら、ポアロは言った。「もう一つだけ、お願いがあるんですが」

「死体をごらんになりたいということでしょうか？」

「とんでもない！　死体には、何の関心もありません。ロバート・グラントに会わせていただきたいんですよ」

「そういうことでしたら、私と一緒にモアトン警察までおいでいただかないと」

「ええ、お供しますよ。できれば、グラントと二人だけで話したいんですが」

警部は上唇をさすった。「それはどうでしょうか……」

「スコットランド・ヤードに連絡してくだされば、問題なく面会がゆるされると思いますが」

「もちろん、あなたの名声は私も承知しております。警察に力を貸してくださったことも一度や二度ではなかったそうですし。ただお申し出は少々異例のようでして……」

「ぜひともお願いしたいのです」とポアロは落ち着いた口調で言った。「然るべき理由があるのです。グラントは犯人ではありません」

「何ですって？　では犯人は誰なんです？」

「犯人は比較的若い男です。一頭立ての二輪馬車でグラニット・バンガローに乗りつけました。家の中に入って主人を殺し、また馬車に乗って立ち去ったのです。無帽で、服に多少血のしみがついていたのではないかと思われます」

「ですが――もしもそんな人間が通ったら、村の人間が気づいていたはずじゃないですか！」

「そうとも限りませんよ――場合によってはね」

「暗くなってからなら、あるいは。しかし白昼の殺しだったんですよ、これは」

ポアロは微笑しただけで、何も答えなかった。

「それに二輪馬車で乗りつけたなんて。どうしてそんなことがわかるんですか？　あの家の外の通りはずいぶんいろいろな乗り物が行き来します。しかし該当するような乗り物が通ったという形跡はありません」

「肝心なのは心の目ですからね」

メドーズ警部は額にそれとなく手をやって、私にむかって意味ありげに微笑した。ポアロさんは少々イカレているのでは、と言いたいのだろう。私にも、どういうことなのか、さっぱりわけがわからなかったが、いつもどおり、ポアロに全幅の信頼を置いていた。


その後、ともかくもみんなでモアトンに車でもどり、ポアロと私はグラントとの面談を許された。ただし巡査の立ち会いでということになった。ポアロはグラントと顔を合わせるなり、ズバリときいた。

「グラント、あんたがこの殺人事件については無実だということはわかっている。いったい、どういうことだったのか、あんたの言葉で話してくれないか」

グラントは中背の、人相のあまりよくない男だった。何度も刑務所のご厄介になっているのだろう。

「おれは殺しなんぞ、やっちゃあいませんよ。誓ってもいい」と彼は哀れっぽい声で言った。「誰かがあのちっちゃな人形を、おれの荷物の中にいれたんです。おれはハメられたんですよ。何度も言ったとおり、帰るとすぐ、自分の部屋に行ったんです。ベッツィーが金切り声を上げるまで、何も知りませんでした。後生だ、信じておくんなさい！」

ポアロは立ち上がった。

「本当のことを言えないなら、ここまでとしよう」

「後生だ、だんな……」

「あんたは居間に入って行った——ご主人が死んでいることはすぐわかった。逃げようとしていたときに、ベッツィーが悲鳴を上げたんだろう」

グラントはポカンと口を開けて、ポアロの顔を見返した。

「そうじゃないとでも言うのかね？　あんたに言っておく。本当のことを洗いざらい、言うことだ。あんたが助かるチャンスはそれしかないんだからね」

「言いますよ、みんな、思いきって言っちまいますよ」とグラントは口走った。「だんなの言うとおりです。帰るとすぐ、おれは主人の部屋に行き、主人が死んでるのを見つけたんです。床にぶっ倒れて、その辺じゅう、血だらけでした。おれは恐ろしくなったんです。やつら、おれに前科があることを調べて、おれがやったと言うに違いありませんからね。とにかく逃げたかったんです——すぐに、主人の死体が見つからないうちに」

「ヒスイの人形は？」

グラントはためらった。

「それはその……」

「あんたがあの人形を盗んだのは、本能への復帰のようなものだったんだろう。あれが高価な代物だということは、この家の主人の口から聞いて知っていたんだね？　行きがけの駄賃に、そっくりみんな、もらっていこうと考えたんだろう。その気持ちもわからないこともないが。さて、いいかね？　正直に答えるんだよ。人形を盗んだのは二度目に入って行ったときなのかね？」

「二度目だなんて！　いっぺんだけでたくさんでしたよ！」

「確かなんだね？」

「ああ、確かです」

「よろしい。ところで、刑務所を出たのはいつのことだね？」

「二カ月前です」

「グラニット・バンガローの仕事口はどうやって見つけたんだね？」

「出所者援助会の世話で。出所したときに援助会の人が迎えにきてくれたんです」

「どんな人相の男だったね？」

「牧師さんじゃあなかったが、似たような格好でしたね。黒い中折れ帽をかぶって、ちょっと気取った歩き方をしていました。前歯が一本、折れていて、眼鏡をかけていましたよ。名前は確か、ソーンダーズさんといいました。罪をおかしたことを後悔しているのなら、いい仕事口を世話してやろうと言ったんです。その人の保証で、ホェイリーさんのところに住みこんだんですよ」

ポアロは立ち上がった。

「いろいろ話してくれてありがとう。まあ、希望を捨てないことだ」戸口に行こうとして立ち止まり、ポアロはつけ加えた。「ソーンダーズはあんたに、ブーツをくれなかったかね？」

グラントはひどくびっくりした顔をした。

「そのとおりです。だが、それをどうして知っているんですね？」

「物事を心得ているのが、わたしの仕事だからね」とポアロは答えた。

警部に一言二言、言いおいて、ポアロとイングルズ氏と私はホワイト・ハート亭に向かい、ベーコン・エッグとデヴォンシャー・サイダーの昼食をとった。

「何かわかりましたか？」とイングルズ氏が笑顔を向けた。

「ええ、すっかりね。しかし証拠を示すのはむずかしいでしょうね。ホェイリーはビッグ4の命令で殺されたんですよ。しかしグラントの所業じゃあありません。頭のひどくいい男がグラントにあの家の口を世話し、彼に殺人の罪をかぶせたんです。前科がありますし、むずかしいことではなかったでしょう。その折、彼はグラントにブーツをあたえました。同じものをもう一足、用意してあったと思いますよ。後は簡単しごくだったでしょう。グラントが家を出ているとき、ベッツィーが隣の人とおしゃべりに花を咲かせていたあいだに——これはおそらく、毎日のことだったんでしょう——犯人はグラントのと同じブーツをはいてキッチンから入り、居間に行って一撃のもとに老人を倒し、のどを掻き切ったんです。そのうえでキッチンにもどり、ブーツをぬぎ、もう一足のブーツをはいて、ぬいだブーツを持って馬車に乗りこんで立ち去ったんです」

イングルズ氏はポアロの顔をじっと見返してきいた。

「ちょっとひっかかるところがあるんですがね。犯人の姿を見た村人が一人もいなかったのはどういうわけなんでしょう？」

「ああ、そこがナンバー・フォーの賢いところなんですよ。多くの人が彼を見ていた。しかし同時に彼を見た者はいなかった。彼は肉屋の馬車で乗りつけたんでしょうね」

私は思わず叫んだ。

「例の股肉か！」

「そう、ヘイスティングズ、例の股肉です。あの朝、グラニット・バンガローに来た者はいない――誰もがそう言いましたよ。だが、わたしは貯蔵室で羊の股肉を見つけました。まだ凍ったままでした。月曜日のことですから、その朝、配達されたに違いありません。土曜日に配達されたのだとしたら、この暑さです。日曜には解けていたでしょうからね。ですから、誰かがグラニット・バンガローにやってきたに違いない。血のしみが服のそこここについていても怪しまれない人間が」

「じつに巧妙ですねえ！」とイングルズ氏が感心したように言った。

「そうです。頭がいいんですよ、ナンバー・フォーは」

「エルキュール・ポアロに匹敵するくらいにね」と私はつぶやいた。

ポアロはとがめるような視線を私に送った。威厳のあるまなざしだった。

「間違ってもそんな冗談を言うものではありませんよ、ヘイスティングズ」諭すような口調だった。「無実の男が絞首台に送られるのを、このわたしが阻んだんですからね。一日の仕事としては、それで十分ではありませんかね？」

5　若い科学者の失踪

陪審員がジョナサン・ホェイリーの殺害についてロバート・グラント（本名ビッグズ）にたいして無罪の評決を出したときにも、メドーズ警部は彼の潔白を全面的に信じたわけではなさそうだった。グラントの前科、ヒスイの人形を盗んだこと、足跡にピッタリ合うブーツなどから、単細胞の頭の彼はその有罪を信じて疑わず、容易にはひきさがろうとしなかった。しかしポアロは気の進まぬ彼に証拠を提出させ、陪審員たちを納得させた。犯行のあった月曜日の朝、肉屋の荷馬車がバンガローに乗りつけるのを見た証人が二人、証言台に立ち、村の肉屋も配達日は水曜と金曜だけだと証言した。

一人の女が肉屋の配達員がバンガローを出るところを見たことを証言したが、その男の人相風体をきかれても、髭面なんかではなく、中肉中背で、まるっきり肉屋の店員らしかったと言うばかりだった。ポアロはそんなことは初めからわかっていたと言うように、肩をすくめた。

「わたしが言ったとおりだったでしょう、ヘイスティングズ」とポアロは法廷を後にしながら言った。「ナンバー・フォーはひとかどの芸術家なんですよ、犯罪面のね。つけ髭やサングラスで変装するなんてことはやらないんです。確かに人相は変えますよ。しかしそんなのは序の口です。その間、彼は、なろうとしている当の人間になりきるのです。役柄を演じきるわけですよ」

ハンウェルの精神病院の介護士というふれこみのあの男にしても、まったくそれらしく見え、疑いをさしはさむ余地がなかったことを、私は思い出していた。

とにかく少々がっかりの結末で、このダートムアの一件は本来の捜査に何ら貢献しなかったように思われた。しかし私がそう言うと、ポアロはすぐ、まったくの不首尾とは言えないと反論した。

「われわれは確実に前進しているんですよ。彼と接触するたびに、その心のうちが少しずつ、明らかになっています。彼のメソッドもね。ところがわれわれの計画や、われわれ自身については、先方は何も知らないんですから」

「しかし、ポアロ、その点では彼も、ぼくも、似たようなものじゃないですか」と私はこぼした。「あなたはぼくにはまったく無計画のように見える。あなたはただすわって、相手が何か仕掛けるのをただ待っているように見えます」

ポアロは微笑した。

「モナミ、あなたはまったく変わっていませんね。即刻、行動に移って、相手に飛びかかりたくてうずうずしている。もしかしたら」と彼はふと言った。ドアをノックする音が聞こえたのだ。「行動のチャンスの到来かもしれません。我々の好敵手のご入来でしょうかね」

ジャップ警部が一人の男を同伴して現われたとき、私の顔に浮かんだ失望の表情を見てとって、ポアロは愉快そうに笑った。

「おはようございます、お二人さん」とジャップは言った。「アメリカ合衆国の秘密情報部のケント大尉をご紹介します」

ケント大尉は背の高い、痩せぎすの男で、木彫りの面のように無表情だった。

「どうかよろしく」と彼は握手の手をぎごちなくさしのべて、低い声でつぶやいた。

ポアロは炉の火の上に薪を一本、ほうりこみ、すわり心地のいい椅子を炉の前に引き寄せた。私はグラスとウイスキーとソーダを盆に載せて運んだ。大尉はグッと一口飲んで、満足そうな顔をした。

「イギリスに禁酒法なんて、しょうもない法律がないのは結構なことですな」

「ところでさっそく、本題に入りましょう」とジャップが言った。「ここにおいでのポアロさんが私に、一つの依頼をなさいました。ビッグ4という通り名の組織に関心をいだいておられて、仕事上、そうした名にぶつかることがあったら知らせてほしいと言われたのです。私もその当座は大した関心をいだかなかったのですが、心に留めてはおったのです。それで、こちらにおいでのケント大尉がアメリカから少々奇妙な話を持ってこられたとき、私はすぐに申しました。『ムッシュー・ポアロのところに行きましょう』とね」

ポアロがケント大尉に目を向けると、今度は大尉が話を引き取って続けた。

「ポアロさんも新聞で読んでおられるのではないかと思いますが、日本をおそった大地震の後、アメリカの水雷艇と駆逐艦が何隻か、暗礁に乗り上げて沈没しました。当初は津波の影響だろうと観測されておったのです。ところが最近、あるギャングの一味を検挙したところ、その巣窟で押収した書類から、もろもろの事件についてまったくあたらしい事実が判明したのです。この書類はビッグ4の名で知られている組織があることに触れていて、何か強力な電波機器についてのおおまかな説明が記されていました。この装置というのは前人未踏の途方もなく強力な電波エネルギーを集中させようとするもので、あたえられた標的に強力なビームを集束することができるものなのです。この発明の主張するところは、私にはどう見ても荒唐無稽のように思われましたが、いちおう検討してもらうために本部に送りました。目下、本部のお偉いさんの教授の一人がかかりきりで研究しているとのことです。一方、イギリスの科学者の一人がイギリス学術協会でこの問題に関して論文を発表したらしいんですよ。仲間の研究者たちはこの論文をたいして買っていなかったようでした。どう考えても非現実的で奇想天外という印象をあたえたようです。しかし当人はしごく真剣に自説に固執し、自分の実験の成功はもう間近だと言っていたそうです」

「それで《エ・ビヤン》？」とポアロは関心を示してきいた。

「イギリスに渡って、その科学者に会ったらどうかと言われましてね。まだ若い人でしたよ。ハリデーという名でした。その問題に関しては第一人者でしょう。私は、彼の主張していることが本当に可能かどうか、会って確かめるつもりでした」

「可能だったんですか？」と私は敢えてきいた。

「わかりません。まだハリデー氏に会っていませんし、会えそうにもないんです」

「つまり」とジャップが言葉短く言った。「ハリデー氏は行方知れずなんですよ」

「いつからですか？」

「二カ月前のことです」

「警察には知らせたんですか？」

「ええ、もちろん。奥さんが取り乱した様子で、われわれのところにやってきたんです。われわれとしても、できるだけの手段を講じたんですが、私は最初から、見つかる見込みはなさそうだと思っていました」

「どうしてですか？」

「見込み薄なんでね、男がこんなふうに行方知れずになった場合は、えてして」とジャップは片目をつぶって見せた。

「こんなふうにとは？」

「なんせ、パリのことですからね」

「じゃあ、ハリデー氏はパリで？」

「ええ、専門の研究の関係でパリに行くと言っていたようです。もちろん、何やかや理由をつける必要はあったでしょうね。しかしご承知のように、パリで行方知れずになるというのがどういうことを意味するか、それはあなたがたもおわかりでしょう。ならずもの《アパッシュ》の仕事だったら、どうしようもありませんが、自分から行方をくらましたのかもしれませんしね。こっちのほうがいっそうよくあることのようです。歓楽の都、花の都ですからね、パリは。家庭生活に嫌気がさしたあげくかもしれません。彼が行方知れずになる前に、夫婦のあいだが揉めていたという噂もあります。とすると、まあ、単なる家出とも考えられますし」

「さあ、どんなものでしょうかね」とポアロは考えこんだように言った。

ケント大尉は好奇心に駆られているように、ポアロの顔に目を注いでいた。

「さっき、話題に上ったビッグ4というのは、どういうものなんですか、ポアロさん?」

「ビッグ4は中国人を頭目にいただく国際組織です。この中国人がナンバー・ワンなのです。ナンバー・ツーはアメリカ人です。ナンバー・スリーはフランス女性、殺し屋と呼ばれるナンバー・フォーはイギリス人です」

「フランス女性がまじっているんですか?」と言って、ケント大尉は口笛を吹いた。

「ハリデーはパリで失踪した。いわくありげですね。その女性の名は?」

「わかりません。彼女については何も知られていないのです」

「しかしどうやら、これはただごとではなさそうですね」

ポアロは盆の上のグラスをきちんと並べながらうなずいた。いつもながら整頓好きの彼はつい手が出てしまうのだろう。

「ところで水雷艇や駆逐艦を沈めたというのは、どういうことでしょう? ビッグ4というのは、ドイツの示威運動のようなものなんですかね?」

「ビッグ4はどこの国の手先でもありません。彼らは自分たち自身をのみ、代表しています、大尉《ムッシュー・ル・キャピテーヌ》さん。彼らのねらいは世界制覇なのです」

アメリカ人は笑いだしたが、ポアロの真面目な顔を見て笑顔を消した。

「あなたはお笑いになりますがね、ムッシュー」とポアロは指を一本、突っ立てて振った。「よく考えていただきたいですね。灰色の脳細胞をせいぜい使って。自分たちの破壊力を誇示しようとして、あなたの国アメリカの海軍力の一部を葬ったのは、どういう連中だったのでしょうか？　まったくの話、それは彼らの所持する驚異的な力を示すあらたな実験にすぎなかったのですから」

「まあ、思う存分、ご意見をお述べください、ムッシュー」とジャップ警部は快活な口調で言った。「犯罪の天才といった連中のことをいろいろ聞いていますが、実際に会ったことはありませんのでね。あなたはケント大尉の話を聞かれたわけです。私にできることがこのうえ何かあったら、どうかおっしゃってください」

「そうですね、ミセス・ハリデーの住所を教えていただけますか？　よかったら紹介状を書いていただけるとありがたいんですが」

そんなわけで、翌日、私たちはサリー州チョーバムの村の近くのチェトウィンド・ロッジを訪ねた。

ミセス・ハリデーは背の高いブロンドの女性で、夫の行方について何とか情報を得たいと気が気でない様子だった。とてもかわいらしい五歳くらいの娘をかたわらに引き寄せていた。ポアロは訪問の目的を切り出した。

「ああ、ポアロさん、おいでくださってありがとうございます。あなたのお名はもちろん、存じあげています。警視庁の人たちときたら、わたしの話をろくに聞いてもくれず、何もわかっていませんのよ。フランスの警察も似たようなもの――いえ、もっとひどいくらいですわ。誰も彼も、夫がほかの女と駆け落ちしたって思いこんでいるようで。そんなこと、あるわけがないんです。あのひと、仕事のことしか、頭にないんですから。わたしたちの言い争いの原因はそれなんですの。仕事のほうがわたしより大事だと思っているんですのよ、あのひと」

「イギリスの男性にはどうも、そういう傾向があるようですね」とポアロはなだめるように言った。「仕事でなければ、ゲームやスポーツに入れあげるのが普通のようです。そうしたものにしごく真剣《オー・グラン・セリュー》に立ち向かうのが、お国の男性の特徴ではないでしょうか。さて、マダム、ご主人が失踪なさったときのことをできるだけ、くわしく、正確に、また整然とお話しいただきたいのですが」

「夫は七月二十日の木曜日にパリに出かけました。仕事の関係でいろいろな方とお会いすることになっておりました。とりわけ、マダム・オリヴィエにぜひともお目にかかりたいと言っておりました」

ポアロは著名なフランスの女性科学者の名を聞いて、大きくうなずいた。彼女の業績はあのマダム・キュリーにも勝るとも劣らぬくらいで、フランス政府から叙勲され、現代の最も傑出した人物の一人といわれていた。

「その日の夕方にはパリに着き、すぐカスティリョーヌ街にあるカスティリョーヌ・ホテルに直行いたしました。一泊して翌朝、約束のあったブルゴノー教授にお目にかかりました。態度もノーマルで、これといって変わった点はなかったそうです。話がはずみ、翌日、教授の研究室で、ある実験を見せていただくということになったとか。ランチはカフェ・ロワイヤールで一人でとりました。その後、森《ボア》を散歩し、それからパシーにあるマダム・オリヴィエのお宅に伺いましたそうで。マダム・オリヴィエのお宅でもごくノーマルな態度で、失礼したのは午後六時ごろだったそうです。夕食をどこでとったかはわかっておりません。たぶん、どこかのレストランで一人でとったと思われます。ホテルにもどったのは午後十一時ごろで、自分宛ての手紙がきていないかときいた後、すぐ部屋に引き取ったそうです。翌朝、ホテルを出て、それっきり、見た者がいないのです」

「ホテルを出られたのは何時だったのでしょう？　おそらくブルゴノー教授の研究室に向かわれたのでしょうが——？」

「わかりません。ホテルを出るところを見た者がいないものですから。朝食《プチ・デジュネ》はとらなかったようで、おそらく早朝に出発したのでしょう」

「それとも前夜、また外出したか……」

「それはないと思います。ベッドにやすんだ跡がありましたし、そんな時刻に出かければ、当直のポーターが見ているでしょうし」

「おっしゃるとおりでしょうね、マダム。そういたしますと、やはり翌日の早朝、ホテルを出られたのでしょう。ということは、ある意味ではちょっとした安心材料です。その時間でしたら、ならずもの《アパッシュ》に襲われたということはありますまい。ご主人の荷物ですが、すべてホテルに残っていましたか？」

ミセス・ハリデーはなぜか、答えたくなさそうだったが、ようやく言った。

「いいえ、小ぶりのスーツケースを一つ、持って出ましたようです」

「なるほど」とポアロは考えこんでいるような口調でつぶやいた。「マダム・オリヴィエのお宅を出た後、どこに行かれたんでしょうか？　それさえわかれば、いろいろと見当がつくんでしょうが。誰に会ったんでしょう？　その点が謎です。マダム、わたしとしては警察の見解を受け入れるいわれはないと思います。警察は一貫して、〝事件の《シェル》かげに女あり《シェ・ラ・ファム》〟と考えますが、その夜、何かが起こって、このためにご主人が計画を変更なさったのは明らかなのです。ホテルに帰って、手紙がきていないかときいた――そうおっしゃいましたっけね？　手紙はきていたのでしょうか？」

「ええ、一通だけ。たぶん夫がイギリスを発った日に、わたしが書いたものだと思いますけれど」

　ポアロは一分たっぷり、物思いに沈んでいたが、勢いよく立ち上がった。

「マダム、どうやら、解決の糸口はパリにあるようです。それを見つけるために、わたしは即刻、パリに発つつもりです」

「でも夫がいなくなってから、ずいぶん時が経過していますのよ」

「そのとおりです。しかし、すべての鍵がパリにあることは明らかです」

　ドアのノブに手をかけて、ポアロは足を止めた。

「マダム、ご主人がビッグ4という言葉を口にされたことはなかったでしょうか？」

「ビッグ4ですって？」とミセス・ハリデーはきき返した。「さあ、なかったと思いますけど」

6　階段の女性

ミセス・ハリデーから聞きだすことができたのはそれだけだった。私たちは急いでロンドンにもどり、翌日、大陸に向けて出発した。ちょっと悲しげな表情を浮かべてポアロは私に言った。

「ビッグ4という、この連中はわたしを少しもくつろがせてくれませんね、モナミ。われわれの旧知の〝人間の猟犬〟とでもいうべき、あの警部さんのように、わたしもさっぱり落ち着くことができずに動きまわっている有様なんですから」

「パリに行けば、ご本人に会えるんじゃないですか？」たぶん、以前に会ったことのある、辣腕で知られる、パリ警察のジロー警部のことを言っているのだろうと私は察していた。

ポアロは顔をしかめた。「できれば会いたくないですね。わたしを嫌っていますよ、あの人は」

「しかし見も知らぬイギリス人の二カ月前の夜の行動を調べようなんて、もともと雲をつかむような話ですからね」

「たしかに容易なことじゃないでしょうね、モナミ。しかしあなたも知っているとおり、わたしの場合は、むずかしいほど、腕が鳴るんですよ」

「ビッグ4の仕業なんでしょうか？」

ポアロはうなずいた。

私たちの捜査は必然的に、パリ警察がすでにやったことの繰り返しだったから、ミセス・ハリデーからすでに聞いていること以外に、あたらしい情報は聞きだせなかった。ポアロはブルゴノー教授とかなり長時間、面談し、ハリデーがその夜の予定について、何か言い残さなかったかときいてみたが、何もわからなかった。

次の情報源は、あの有名なミセス・オリヴィエだった。パシーの彼女の家の階段を上がりながら、私はそわそわしていた。科学の世界で女性が彼女のように顕著な役割をつとめるなんて——とても信じられない気持ちだった。そうしたたぐいの仕事に必要とされているのは、どうしたって男性の頭脳だろうに。

マダム・オリヴィエの家のドアを開けてくれたのは、十七歳ばかりの少年で、物腰が儀式ばっていて、ミサの際に司祭を助ける助祭のような印象だった。ポアロは前もってマダム・オリヴィエに面会を申し入れてあった。一日の大半を研究に没頭している彼女は、予約なしでは誰とも会わないと聞いていたからだった。

私たちが通されたのはせまいサロンで、待つほどもなくマダム・オリヴィエが現われた。たいへん背の高い女性で、白い長いオーバーオールに身を包んでいるために、いっそう上背があるような印象を受けた。尼僧のそれに似たかぶりものをつけており、面長な顔は白皙《はくせき》というより青ざめて見え、黒めがちの目は、ほとんど狂信的といえるような炎に燃えて、すばらしくうつくしかったが、現代のフランス女性というよりは中世の女祭司の感じがした。片方の頬の傷を見て私は、三年前に彼女の実験室で爆発事故があったことを思い出した。彼女の夫と助手が亡くなり、彼女自身もひどい火傷を負ったと報じられていた。その事故以来、彼女は世間から引きこもって情熱的に研究に打ちこんで暮らしてきた。私たちを迎えた彼女の物腰は丁重だが、しごく冷ややかだった。

「警察の方も何度か訪ねてこられましたが、あちらと同様、そちらさまのお役に立つようなことは、私は何も持ち合わせていないと思いますがね」

「マダム、恐縮ですが、わたしの場合、警察と同じ質問はいたさないのではないかと思います。まず伺いたいのは、その日、ハリデー氏とどういった事柄について話し合われたかということです」

マダム・オリヴィエはちょっとびっくりしたような顔をした。

「もちろん、あの方の研究についてですわ。私の研究についても少々」

「最近、イギリス学術協会で発表されたハリデー氏の理論についても話し合われたのでしょうか？」

「もちろんです。主としてその理論について意見を交換いたしました」

「あの方の考えは、少々突拍子もないものだったのではありませんか？」とポアロは軽い口調できいた。

「ある人たちはそう思っているようですね。でも私はそのようには考えておりません」

「あなたは彼の考えは実現可能だとお考えなんでしょうか？」

「ええ、まったく可能です。私自身の研究も、ある点では彼のそれと似ています。私はこれまで、ラジウムの放射崩壊の際にできる、一般にはラジウムCとして知られている物質の出すガンマ線について研究してきたのですが、その過程で非常に興味深い磁気現象に遭遇したのです。本当のところ、磁気と呼ばれている力の実際の性質については、私なりの理論を持っているつもりですが、今度の私の発見については、今のところ、まだ世間に発表する時期に至っておりません。ハリデー氏の実験と意見は、私にとってはきわめて興味深いものでした」

ポアロはうなずいて、さらに一つ、質問をした（ちょっと意外な質問で、私はびっくりして思わず彼の横顔に目を走らせた）。

「マダム、そうした話し合いをどこでなさったのでしょう？　このサロンでですか？」

「いいえ、私の実験室ででした」

「実験室を見せていただいてもよろしいでしょうか？」

「もちろんです」

マダム・オリヴィエは先に立って、さっき彼女が入ってきた戸口から狭い通路に出て、そこからさらに戸口を二つ通って、広い実験室へと私たちを案内した。ビーカーや坩堝《るつぼ》、その他、私が名前さえ知らない、さまざまな器具が並び、二人の研究者が忙しそうに何かの実験をしていた。マダム・オリヴィエが二人を紹介してくれた。

「私の助手の一人のマドモアゼル・クロードです」背の高い、真面目そうな表情の若い女性が頭を下げた。「同じく助手のムッシュー・アンリ。古くからの信頼できる友人です」

小柄の黒い髪の青年がぎごちない物腰で会釈した。

ポアロはまわりを見まわした。ドアはほかに二つあった。マダム・オリヴィエはその一つが庭に、もう一つが小さな研究室に通じていると説明した。ポアロはそうした説明に耳をかたむけた後、よかったら、さっきのサロンにもどりたいと言った。

「ところでマダム、ハリデー氏と面会なさっているあいだ、あなたはずっとお一人だったんでしょうか？」

「ええ、ムッシュー、私の二人の助手は隣の小さいほうの研究室におりましたから」

「ハリデー氏との会話がひょっとして外に洩れたということは考えられますか？　あの二人の助手の方なり、ほかの誰かになり」

マダム・オリヴィエはちょっと考えてから頭を振った。

「そんなことはないと思います。ええ、そう断言できると思いますね。ドアはみんな、閉まっておりましたし」

「この部屋の中に何者かが隠れていたということはありえますか？」

「あそこの片隅に大きな戸棚がありますが――でもそんなこと、とても考えられません」

「まったく考えられないというわけでもなさそうですね《パ・トウ・タ・フエ》、マダム。もう一つ、よろしいでしょうか？　ハリデー氏はその晩の計画について、何か言及なさっていませんでしたでしょうか？」

「いいえ、何も言っておられませんでしたが」

「ありがとうございました、マダム、お手間を取らせて申し訳ありませんでした。いえ、お見送りいただかないでも大丈夫です。ご心配なく」

ホールに出たとき、ちょうど一人の女性が私たちがさっきしたように玄関から入ってきて、階段を駆け上がった。重たげな喪服《もふく》に身を包んでいた。フランス人の寡婦のようだった。

「めったにいないタイプの女性ですね、今のは」とポアロがつぶやいた。

「マダム・オリヴィエですか？　ええ、確かに――」と私はうなずいた。

「いえ《メ・ノン》、マダム・オリヴィエではありません。マダム・オリヴィエが稀有な天才だということは周知の事実ですからね。わたしが言っているのは、今しがた、階段を駆け上がっていった女性のことですよ」

「顔は見えませんでしたがね」と私は驚いてつぶやいた。「あなたにも見えなかったんじゃありませんか？　先方も、こっちを見ていませんでしたし」

「それだから、めったにいないタイプだと言ったんです」とポアロはおだやかな口調で言った。「自分の住まいの――鍵を開けて入って行ったところを見ると、ここに住んでいるんじゃないかと思いますからね――ホールで見知らぬ男二人と出会った。ところがほとんど何の注意も払わずに自室に上がっていった。変わっていますね。まったく不自然です。おや、何ということだ《ミーユ・トネール》！」とポアロは前に進みかけた私を手荒く引きもどした。間一髪、一本の木がゴーッという音を立てて歩道に倒れた。ポアロは青ざめた顔で呆然と立ちつくした。

「あぶないところでしたよ！　しかしこっちもこっちです。まるで警戒していなかったんですから――いや、こんなことがあろうとは、ほとんど予期していませんでした。しかしわたしは目ざといたちですからね――猫のように。そうでなかったらエルキュール・ポアロは今ごろは圧死していたでしょう。世界にとってはたいへんな損失です。そう、あなたもね、モナミ。もっともあなたの場合は、国家的な損失とは言えないかもしれませんが」

「ご親切にどうも」と私は冷ややかに言った。「で、これからどうします？」

「どうするかですって？」とポアロは叫んだ。「じっくり考えてみますよ。たった今、ここで、われわれの灰色の脳細胞をせいぜい働かせましょう。消息不明のハリデー氏ですが、彼は本当にパリに着いたんでしょうか？　どうやらそれは確かと思われます。以前から知り合いのブルゴノー教授が会って話をまじえているんですからね」

「いったい、何が言いたいんですか、ポアロ？」と私は思わず大きな声で言った。

「それは金曜日の朝のことでした。その夜の十一時以後、行方が知れないわけですが、午後十一時に本当に彼を見た者がいたんでしょうか？」

「ホテルのポーターが――」

「ええ、当直のポーターが見たと言っているそうですね。しかしそれ以前にハリデー氏を見ているわけではないんですから。一人の男が入ってきた。ハリデー氏によく似ていた――ナンバー・フォーなら、そっくりに演技できるはずです――彼は自分あての手紙はきていないかとききき、自室に行って小ぶりのスーツケースを荷づくりし、翌朝、人知れず出ていった。その夜は誰もハリデー氏を見ていないんです。すでに敵の手中に落ちていたんでしょうから。マダム・オリヴィエが会ったのはハリデー氏だったんでしょうか？　おそらく。なぜなら、見てくれは欺くことができたかもしれませんが、彼女の専門の話題については欺くことなど、できるわけもなかったでしょうからね。ハリデー氏はここにやってきました。マダム・オリヴィエに会った後、辞去しました。それから何が起こったのでしょう？」

私の腕をつかんで、ポアロはマダム・オリヴィエの家のほうへと引っ張っていった。

「さて、モナミ、ハリデー氏が失踪した日の翌日だと仮定してみてください。わたしたちは足跡を探しています。あなたは足跡が好きですよね？　ごらんなさい。ここに足跡があります。男のもの――おそらくハリデー氏のものです……彼もわれわれのように右に曲がります。とても威勢よく歩いています。おや、べつな足跡が彼の後を追いはじめましたよ――そそくさと――小さな足跡、たぶん女性のものです。ああ、きましたね。ほっそりした若い女性です。寡婦のかぶるヴェールをつけています。『恐れ入ります、ムッシュー、マダム・オリヴィエがお呼びしてくるようにおっしゃいましたので』ハリデー氏は立ち止まります。引き返します。ちょうどせまい小道が二つの庭を分けているところで呼びとめたのは偶然でしょうか？　若い女性は先に立ちます。『こっちが近道ですのよ』右側がマダム・オリヴィエの庭です。左側にはべつな家が建っています。その庭から、さっきの木がわれわれの上に倒れかかったことを思い出してください。両方の庭からは木戸で、その小道に通じています。待ちぶせはそこで行われたんですよ。数人の男たちが現われて、ハリデー氏を、もう一方の家に連れこんだのです」

「何てことだ、ポアロ！」と私は怒鳴った。「まるで目の前でそうしたことが行われるのを目撃したような言い方ですね！」

「わたしは心の目で見ているんですよ、モナミ。しかしそんな経緯だったに違いありません。さあ、あの家にもどりましょう」

「もう一度、マダム・オリヴィエに会おうというんですか？」

ポアロは謎のような微笑を洩らした。

「いいえ、ヘイスティングズ、わたしはあの階段を上がって行った女性の顔が見たいんですよ」

「あの女性はどういう人でしょう？　マダム・オリヴィエの親戚でしょうか？」

「いいえ、秘書か何かじゃないでしょうか？　それもたぶん、ごく最近、雇われたんじゃないでしょうかね」

例の助祭のような感じの、もの静かな少年がドアを開けてくれた。

「今、入って行った未亡人のヴェールをかけた女性は何という名ですか？」

「マダム・ヴェロノーのことでしょうか？　マダムの秘書の？」

「ええ、その人です。ちょっと話したいんだが、取り次いでもらえないだろうか？」

少年はいったん引っこみ、すぐまた出てきた。

「すみません、マダム・ヴェロノーはまた出かけられたようです」

「そんなはずはない」とポアロは静かな口調で言った。「わたしの名を言ってくれませんかね。わたしはエルキュール・ポアロです。すぐ会いたいんだと言ってください。これから警察に行こうと思っているのだと」

少年はまた引っこんだ。そして今度はマダム・ヴェロノーその人が階段を降りてきた。彼女は先に立ってサロンに行き、私たちはその後に続いた。彼女が振り返ってヴェールを上げたとき、私は私たちの好敵手、あのロシアのロサコフ伯爵夫人の顔を認めて驚いた。彼女はロンドンで、なかなか巧みに宝石泥棒をやってのけたことがある。

「ポアロさん、ホールであなたを見たとき、ああ、マズいと思ったのよ、わたし」と彼女は嘆かわしそうに言った。

「しばらくですね、ロサコフ伯爵夫人」

彼女は首を振った。

「今はイネズ・ヴェロノーよ。スペイン国籍でフランス人と結婚していたの。わたしに何かご用、ムッシュー・ポアロ？　あなたって、本当にこわい人ね、ロンドンからわたしを追いかけていらしたの？　マダム・オリヴィエにわたしのことをバラして、パリから追い出そうっていうんでしょ？　わたしたち、あわれなロシア人だって、何とか生きていかなきゃならないのよ」

「いや、今度は宝石泥棒より、もっとずっと大ごとですよ、マダム」とポアロは彼女の顔を見つめて言った。「わたしはこれから隣の家に行って、ムッシュー・ハリデーを解放しようと思っています。まだ命があればですがね。わたしにはすべてがわかっているんですよ」

マダム・ヴェロノーの顔はさっと青ざめた。彼女は唇を嚙み、いつものように、とっさに心を決めたらしかった。

「ええ、まだ生きていますわ。でも隣の家にいるわけではありません。ねえ、ポアロさん、取り引きをしましょうよ。わたしを逃がしてくだされば、ムッシュー・ハリデーをお返ししますわ——もちろん、死体なんかじゃなく、元気な姿で」

「いいでしょう。こちらから同じ提案をしようと思っていたところですよ。ところで、あなたの雇い主はビッグ4なんでしょうか？」

マダム・ヴェロノーの顔がふたたび死人のそれのようにサッと色を失うのを、私は見た。

しかし彼女はその問いには答えずに、「電話をかけさせてくださる？」ときいて、交換手にある番号を告げた。「彼が閉じこめられている家の番号よ。警察に知らせてくださってもいいわ。警察が到着するころには、からっぽになっているでしょうよ。ああ、かかったわ。もしもし、アンドレ？　わたしよ、イネズよ。あのベルギー人に何もかも知られてしまったのよ。ハリデーをホテルに返して、早く逃げることね」

受話器をかけると彼女は微笑をたたえて、私たちのところにもどってきた。

「ホテルまで、わたしたちと一緒にきてくださいますか、マダム？」

「そうおっしゃると思ってたわ。ええ、ご一緒しましょう」

私がタクシーを止め、ホテルに向かった。ポアロはちょっと怪訝そうな表情だった。ことがあまりにも容易に運ぶので、戸惑っていたのだろう。ホテルに到着すると、ポーターがすぐ近よってきた。「お客がお部屋でお待ちです。だいぶ弱っておいでのようでした。看護婦がつき添っていましたが、もう帰ったようです」

「わかったよ。わたしたちの友人だろう」とポアロは答えた。

部屋に行くと、窓際の椅子にやつれた顔の若い男がすわっていた。疲れきっている様子だった。ポアロが近づいていきいた。「ジョン・ハリデーさんですね？」男はうなずいた。「左の腕を見せてくださいませんか。あなたがもしもジョン・ハリデーなら、左の肘のすぐ下にほくろがあるはずです」

男は黙って左腕を伸ばした。ほくろをそれと認めて、ポアロはロサコフ伯爵夫人に一礼し、彼女は黙って立ち去った。

ブランデーを一杯飲むと、ハリデーはいくらか元気を回復したようだった。

「ああ、まるで地獄にいる思いだった——生き地獄に。やつらは人間じゃあない。悪魔ですよ。家内はどこにいますか？　ぼくのことを、どう考えているんでしょう？　やつらは言った——家内はぼくが——」

「奥さまはそんなばかなことなど、考えておられませんよ」とポアロはきっぱり言った。

「あなたにたいする奥さまの信頼は少しも揺らぎませんでした。奥さまはあなたを待っておいでです。奥さまとお子さんがあなたを待っておられるんですよ」

「ありがたい。ふたたび自由になったことが信じられませんよ」

「少し元気になられたようですね、ムッシュー。何が起こったのか、最初からくわしく話していただきたいんですが」

ハリデーは何とも言えない表情で、ポアロの顔を見返した。

「何も――覚えていないんですよ」

「何ですって？」

「ビッグ４という言葉を聞いたことがありますか？」

「ええ、少々」とポアロは無表情に答えた。

「あなたはぼくが知っていることを知らない。やつらには無際限の力があるんです。ぼくが何も言わなければ、どうってことはないでしょう。しかしほんの一言でも洩らしたら、ぼくばかりか、ぼくの最愛の家族が言うに耐えない目に遭わされるのです。何をおっしゃろうと、無駄です。ぼくは何も知らない。何も覚えていないんです」

ハリデーは立ち上がって、部屋から出ていった。

ポアロの顔には困惑しきっているような表情が浮かんでいた。

「そういうことですか。ビッグ4がまた勝ったんですね。それはそうと、ヘイスティングズ、あなたの握っているものは何ですか？」

私はそれをポアロに渡した。

「伯爵夫人が走り書きして渡したんです」

ポアロはそれを読みあげた。

「さようなら《オ・ルヴォワール》——Ⅳ」

「ＩＶ——彼女の頭文字ですね。しかし同時に4を意味するローマ数字でもある。不思議です。どういうつもりなんでしょうかねえ、ヘイスティングズ？」

7 ラジウムが盗まれる!

解放された夜、ハリデーは私たちの隣室に泊まった。彼がうめいたり、うわごとのように哀れっぽく抗議したりする声が夜っぴて聞こえ、あの家での経験に神経がボロボロになっていることが察せられた。朝になっても、ハリデーからは何も聞きだすことはできなかった。彼は口を開けば、ビッグ4の限りない力について恐ろしげに語り、彼らについて一言でも洩らせばかならず復讐の鉄槌が下ると言うばかりだった。

昼食の後、彼はイギリスの妻と娘のもとに出発したが、ポアロと私はそのままパリに留まった。私はすぐにも行動を起こしたかったので、ポアロが落ち着きはらっているのを見て腹が立った。

「ねえ、ポアロ、この機会にやつらをやっつけようじゃないですか」

「たいした勢いですね、モナミ、見上げたものです! しかしどこに行って、誰をやっつけるんですか? すみませんが具体的に言ってみてください」

「ビッグ4ですよ、もちろん」

「それは言うまでもないことですがね《ス・ラ・ヴァ・サン・ディール》。しかしどうやってやっつけるんです？」

「警察に……」と私はおずおずと言ってみた。

　ポアロは微笑した。

「警察はわたしがいい加減な話をつくりあげていると非難するでしょう。何の証拠もないんですから——まったく。ここはじっくり待つ必要があるんですよ」

「何を待つんですか？」

「先方が行動に出るのを待つのです。イギリスではボクシング《ラ・ボクス》については誰もが知っていますし、たいへんな人気があります。ボクシングでは一方が積極的に動かなければ、相手側が攻撃に出ざるをえません。相手が仕掛けてくるのを待つことによって、こっちは相手について、何かを知るわけです。これがわれわれの手なんですよ——先方に攻撃を仕掛けさせるんです」

「じゃあ、あなたはやつらが仕掛けてくると思うんですか？」と私は半信半疑だった。

「ええ、それは確かです。まず彼らはわたしをイギリスから追い出しにかかりましたが、見事に失敗しました。ついであのダートムアの事件が起こりました。われわれが乗りこんで、真犯人の身代わりとして捕まった犠牲者を絞首台から救いました。昨日は昨日で、われわれは彼らの計画の遂行に干渉しました。もちろん、彼らとしても、そのまま引っこんではいないでしょう」

私たちがこのことについて思いめぐらしていたとき、ドアをノックする音がしたと思うと、返事も待たずに一人の男がつかつかと部屋に入ってきて、ドアを閉めて私たちの前に立った。背の高い、痩せた男で、ちょっと鉤型の鼻、黄ばんだ顔色だった。オーバーコートのボタンを喉もとで留め、中折れ帽を目深にかぶっていた。

「突然うかがってどうも」と男は言った。「しかしもともと用件そのものが桁はずれなものですからね」

微笑を浮かべて男はテーブルに歩みより、そばの椅子に腰を下ろした。私が跳びかかろうとしたとき、ポアロが身ぶりで止めた。

「おっしゃるように、ムッシュー、たしかに少々唐突な訪問ですね。どういうご用件でしょうか？」

「ポアロさん、用件は簡単しごくです。あなたのおかげで、私の友だちが迷惑しているんですよ」

「どういうことでしょう？」

「ポアロさん、そんな質問を本気でしておられるわけじゃないでしょうね？　どういうことか、百もご承知だと思いますが?」

「お友だちとはどういう方々のことか、まあ、それによりけりでしょうがね」

それには答えずに男はポケットからシガレット・ケースを引き出して、タバコを四本、抜きだしてテーブルの上に投げやった。それからまたそれを拾い上げ、ケースに納めてポケットにしまった。

「なるほど」とポアロはつぶやいた。「そういうことですか。で、お友だちはどういう提案をしておいでなんでしょう?」

「私の友人たちは、あなたがご自分の稀有な才能を正統的な犯罪の捜査に使ったらいいのにと残念がっています。本業にもどって、ロンドンの社交界の女性たちの問題の解明に当たるに越したことはないだろうと」

「しごく平和的な展望ですね」とポアロは答えた。「で、わたしが同意しなかった場合にはどうなるんでしょう?」

男はおおげさな身ぶりをした。

「もちろん、私としてはたいへん遺憾に思いますね。偉大なムッシュー・エルキュール・ポアロのご友人がた、崇拝者たちも残念に思うことでしょう。しかし残念がる人間がいくらいても、死者を生き返らせることは無理でしょうね」

「たいへんデリケートなご提案です」とポアロはうなずいた。「それで、わたしが承諾した場合はどういうことになるんでしょうか？」

「その場合は当方としても相応の穴うめを考えています」

男は札入れを取り出して、紙幣を十枚、テーブルの上に投げ出した。一万フランの紙幣だった。

「これはまあ、保証金のようなものです。この十倍の金額をお払いしようと考えているんですがね」

「呆れたものだ！」と私は思わず跳びあがった。「われわれがそんな提案に同意すると思うことからして——」

「まあ、すわってください、ヘイスティングズ」とポアロが強い口調で言った。「あなたの真っ正直な、高潔な気持ちを無理にでも抑えてすわってください。さて、ムッシュー、あなたへのご返事ですが、それはこうです。ここにいる、わたしの友人があなたを捕まえているあいだに、警察に通報してあなたを逮捕してもらうのはわけのないことでしょうが、どうしてそうしないと思われますか？」

「そうしたければ、そうしたらいいじゃありませんか。あまり利口な行動ではなさそうですが」

「こっちの気にさわることばかり、言うやつだ」と私は口走った。「ポアロ、ぼくはこれ以上、我慢できませんよ。早く警察に電話したらどうです?」

すばやく立ち上がると、私はドアを背にして立った。

「まあ、それが常道でしょうがね」とポアロは思案しているようにつぶやいた。

「が、あなたとしては常道を行く気はない」と男は微笑を浮かべて言った。

「早く、ポアロ!」と私はうながした。

「そう、まあ、あなたの責任においてね、モナミ」こう言って、ポアロが受話器を取りあげたとき、男が猫のように身軽に私に跳びかかってきた。私はそれを予期しており、一分後には、われわれは組んずほぐれつ取っ組みあっていた。男がよろめいて一瞬、たじろぐのを見て、私がここぞとばかり、攻撃をかけてうまく行ったと勝利感に酔いかけたときだった。思いがけないことが起こった。私の体は宙に舞い、頭から先に向こう側の壁にぶつかっていた。すぐ起き上がったのだが、しかし相手はすでに部屋の外に逃れており、ドアは閉まっていた。私は戸口に駆けつけてドアをガタガタと揺さぶったが、外側から鍵がかかっていた。私はポアロの手から受話器を引き取った。

「フロントですか? 今、出て行こうとしている男を捕まえてください。背の高い男で、オーバーコートのボタンをのどもとまで留めて、中折れ帽をかぶっています。怪しいやつなんですよ！」

数分後、ドアの鍵がまわって、支配人が戸口に立った。

「あいつを捕まえてくれましたか？」

「いいえ、誰も階段を降りてきませんでしたが」

「取り逃がしたんですね、それじゃあ？」

「いいえ、私どもの前を通って出て行った者は一人もおりませんでした、ムッシュー。そんな人間がいたら、もちろん引っ捕らえておりましたでしょう」

「しかし誰かが通ったんじゃないですかね」とポアロがもの柔らかな口調で言った。

「ホテルのスタッフはどうでしょう？」

「ボーイが一人、盆を持って通りましたが」

「ほう！」とポアロが意味ありげにつぶやいた。

興奮して、しきりに弁解しながら支配人がやっと出て行ったとき、ポアロが考えこんだ様子で言った。「それでそのボーイはコートのボタンをのどもとまで留めていたんでしょうね」

「すまない、ポアロ」と私はしょんぼりつぶやいた。「あいつをやっつけたと思った瞬間、こっちが背負い投げを食っていたんです」

「そう、あれは日本のジュウジュツという手でしょう。心配は要りませんよ、モナミ。すべては計画どおりに——彼の計画どおりに進捗しています。むしろそれが、こっちの狙いなんですから」

「これは何だろう？」と私は床の上に置かれている褐色の品を見て口走った。

それは茶色の革製の紙入れだった。さっきの格闘のあいだに、あの男のポケットの一つから落ちたものだろう。フェリックス・ラオン名義の領収書が二枚と、もう一枚、折りたたんだ紙片が入っていた。ひろげて見て、私はドキッとした。ノートをちぎったもので、二言、三言、鉛筆で走り書きしてあった。

「次の会議は金曜の午前十一時。エシェル通り三十四番地」

大きな4という数字が署名代わりだった。

今日は金曜日、炉棚の上の時計は十時半を指していた。

「やあ、何て間がいいんだろう！」と私は叫んだ。「願ったり、かなったりじゃないですか！　しかしポアロ、すぐ出かけないと。これはめったにないチャンスですよ！」

「なるほど、やつはそれでわざわざやってきたんだな」とポアロはつぶやいた。

「どういうことですか、なるほどって？　ぼんやり考えこんでいる場合じゃありませんよ」

ポアロは私の顔を見返して微笑をふくんでゆっくり頭を振った。

「『あたしの客間にお入りなさいとクモはハエに言いました』ですか？　イギリスの童謡にありましたね、確かそんなのが。相手は頭のはたらく連中です。エルキュール・ポアロには、とてもおよばないでしょうね」

「何を言いたいんですか、ポアロ？」

「わたしはけさのお客の訪問の理由を考えてみたんですよ。先方は金の力で本気でわたしに、この一件から手をひかせるつもりだったんでしょうか？　それとも威しが功を奏すると考えていたんでしょうか？　そうとも思えませんね。だったら、いったい、何のために？　ここにきて、先方の計画の全容がわたしにもはっきり見えてきたんですが、じつに抜け目のない、頭のいい計画です。わたしを買収するか、威しをかけてひきさがらせようという思惑がはたらいているんですよ。あの男は、あなたとの取っ組み合いを避けようという素振りさえ、見せませんでした。あの格闘のせいで、紙入れを落としていったのが、ごく自然に見えたわけですし、疑いをいれる余地もありませんでした。そのあげく、最後に巧妙な落とし穴が待っているという寸法です。『エシェル通り三十四番地、十一時』とんでもない！　エルキュール・ポアロはそうやすやすと、カモにはされませんよ」

「そうだったんですか?」と私は愕然として喘ぐように言った。ポアロは顔をしかめてつぶやいた。「しかしどうにもわからないことがありますね」

「何ですか?」

「時刻ですよ、ヘイスティングズ、十一時というのがどうもね。わたしを誘いこもうという気なら、夜のほうが好都合じゃないでしょうか? 何だってそんな早い時刻に? けさ、何らかの出来事が起ころうとしているんでしょうか? エルキュール・ポアロに知られたくないような何かが?」ポアロはどうもわからないというように首を振った。

「まあ、いずれわかるでしょう。わたしはここにすわって待ちますよ、モナミ。けさは出かけずに、ここで成り行きを見守っていましょう」

　時計が十一時半を指したとき、呼び出しがかかった。速達がとどいたのだ。ポアロは封筒を開けて、中に入っていた手紙を読んで私に渡した。あの世界的な名声を持つ女性科学者のマダム・オリヴィエからだった。ハリデー氏の失踪事件に関連して、たまたま前日に会っている彼女が、この手紙を受け取りしだい、パシーの彼女の家にきてほしいと言ってよこしたのだった。

　私たちはただちにその要請にこたえて、彼女の家に向かった。マダム・オリヴィエはこの前、私たちが通された小さなサロンで待っていた。面長な、尼僧のような顔、隠れた情熱に燃えている目、私は今さらのように、ベクレルやキュリー夫妻の輝かしい後継者である、この女性の人となりから発する驚嘆に値する力に感銘を受けていた。

会うとすぐ、マダム・オリヴィエは切り出した。

「お二人は昨日、ハリデー氏の失踪に関して、私に会見を申しこまれましたね？　あの後、再度、私の家をお訪ねになって、私の秘書のイネズ・ヴェロノーにお会いになったとも聞いております。その彼女がお二人と一緒に家を出たきり、もどっていないのですけれど」

「それで、わたしどもにご連絡なさったのでしょうか？」

「いいえ、それだけではありません。昨夜、研究室に賊が侵入して、重要書類と覚え書きが盗まれました。賊はそれよりはるかに重要なものを盗もうとしたのですが、幸い大金庫を開けることができなかったのです」

「マダム、わたしどもの承知しています事実を申し上げましょう。あなたの元秘書のイネズ・ヴェロノーは本名をロサコフ伯爵夫人といいまして、たいへん腕のいい泥棒です。ハリデー氏の失踪に関しても、彼女が黒幕だったと思われます。彼女をいつお雇いになったのでしょうか？」

「五カ月前のことでした。お話をうかがって、たいへん驚いております」

「ごもっともですが、これは事実です。なくなった書類ですが、容易に発見されるようなところに保管してあったのですか？　それとも内部から情報が洩れた結果なのでしょうか？」

「泥棒がどこを探したらいいか、書類の所在を正確に知っていたというのは、たいへん不思議です。ひょっとしてイネズが――」

「ええ、賊が彼女から入手した情報にもとづいて行動したということについては、疑いの余地がありません。しかし賊が発見できなかったという、その貴重な品というのは何ですか？　宝石類ですか？」

マダム・オリヴィエはかすかな笑みをたたえて首を振った。「いいえ、宝石類よりははるかに貴重なものです」ちょっとまわりを見まわして身を少し乗り出し、彼女は声をひそめて言った。「ラジウムです、ムッシュー」

「ラジウムですって？」

「ええ、ムッシュー。私の研究はちょうどその核心ともいうべき段階にさしかかっております。私自身も少量ですがラジウムを持っておりますが、それ以上に現在の研究段階で私に貸与されているものがあります。大した量ではありませんが、世界全体の保有量の相当な部分を占めており、数百万フランの価値があるのです」

「で、それはどこに保管されているんでしょうか?」

「大金庫の中の鉛のケースに納められています。ことさらに古い、使い古されたもののように見えますが、じつはその金庫はメーカーの技術の粋を凝らしたものです。泥棒もそれでおそらく開けることができなかったのでしょう」

「そのラジウムをあなたは、いつまで保管なさるご予定なんですか?」

「あと二日だけです、ムッシュー。二日あれば実験は終わるでしょうから」

ポアロは目を輝かせた。

「そのことを、イネズ・ヴェロノーは知っているんですね? よろしい。とすると、われわれの友人はかならず戻ってくるでしょう。わたしのことは誰にもおっしゃらないでくださいますね? ご安心ください。ラジウムはわたしがかならず守ります。実験室から庭に通ずるドアの鍵は、あなたがお持ちになっていらっしゃるんですね?」

「はい、ムッシュー、ここにあります。私は合鍵を持っておりますから。こちらはこの家と隣家とのあいだの小道に通ずる庭木戸の鍵です」

「ありがとうございます、マダム。今夜はいつものようにおやすみください。ご心配は要りません。すべてをわたしにご一任ください。ほかの人には一言もお洩らしにならないように。二人の助手さん、マドモアゼル・クロードにも、ムッシュー・アンリとかいう名の、あの青年にも。とくにあの人たちには何もおっしゃってはいけません」

ポアロは満足げに両手を揉み合わせながら、同家を後にした。

「これからどうするつもりなんですか？」と私はきいてみた。

「ええ、ヘイスティングズ、わたしはパリを出てイギリスに向かうつもりなんですよ」

「何ですって？」

「荷物をまとめてから昼食をとり、北駅に向かいましょう」

「しかしラジウムは？」

「イギリスに向けて出発するとは言いましたが、到着するとは言いませんでしたよ、わたしは。まあ、ちょっと考えてみてください。わたしたちはしっかり見張られているんですからね。イギリスに帰ったと相手に思わせる必要があるんですよ。わたしたちが列車にちゃんと乗りこむところを見ないかぎり、敵は安心しないでしょう」

「最後の瞬間に列車をそっと降りて舞いもどるというんですか？」

「いやいや、ヘイスティングズ、敵はわれわれが本当に乗車して出発するのを見ないかぎり、信じないんじゃないですかね」

「しかしいったん発車したら、カレーまではノン・ストップですがね」

「料金を払う気さえあれば、止められるでしょう」

「とんでもない、ポアロ、いくら金を積んだってそれは無理です。断られるに決まっていますよ」

「モナミ、あなたは非常用の小さなハンドル《シグナル・ダレ》に気づいたことはないんですか？　列車を止めるためのハンドルですよ。あのハンドルをやたらに引っ張って走行中の列車を止めると、百フランの罰金を科せられるんでしたね？」

「じゃあ、ポアロ、あなたはあのハンドルを引っぱるつもりなんですか？」

「わたし本人ではありません。友人の一人のピエール・コンボウがわたしに代わってそうするでしょう。彼が車掌とすったもんだし、乗客がワイワイ言っているあいだに、われわれは人知れず姿を消すわけです」

ポアロのやり方をよく心得ているらしい、旧知のピエールが彼の指示どおりに事を運んだ。私たちの乗った列車がパリの郊外にさしかかったとき、列車は急停車した。ピエール・コンボウがいかにもフランス人らしく車掌とおおげさにやり合っているあいだに、ポアロと私は誰にも気づかれずに列車を降りた。その後、私たちは変装して、風貌をすっかり一変させた。変装に必要なものは、ポアロが小さなケースにあらかじめ用意していた。労働者がよく着る青い上っぱりを着た、しがない二人づれを装って、われわれはパッとしない宿屋で食事をしたため、パリに取って返した。

た。私たちは道の両側に周到に目をくばってから、小道にまぎれこんだ。マダム・オリヴィエの家はしんと静まりかえっていた。一つのことは確かだった。私たちのあとをつけている者はいなかった。

「やつらはまだ姿を現わしていないでしょうね」とポアロが私の耳にささやいた。「明日の晩まではやってこないかもしれませんよ。しかしラジウムがこの家に保管されているのはここ二日だけだということは、彼らも知っているはずですからね」

私たちは細心の注意をはらって庭木戸の鍵穴に鍵を入れて回した。木戸は音もなく開き、私たちは庭に入ることができた。

そのときだった。予期せぬ事態が起こったのだ。アッと言う間もなく、われわれは囲まれ、口をふさがれ、縛りあげられた。少なくとも十人ばかりの男たちが待ちぶせしていたのだ。抵抗は無益だった。ポアロと私は小荷物のように縛りあげられて運ばれた。驚いたことに、彼らは私たちを、マダム・オリヴィエの家のほうへ連れていき、鍵を使って中に入ると研究室に運びこんだ。男たちの一人が大金庫の前に身をかがめるのを、私は見た。ドアがゆっくりと開き、私は一瞬、背筋が寒くなった。やつらはわれわれを、この金庫の中に閉じこめてジワジワと窒息死させるつもりかもしれないと思ったのだ。

ところが驚いたことに、金庫の中には地下へと続く階段がしつらえられていた。この狭い階段を私たちは降ろされて、広い部屋に連れこまれた。背の高い、堂々たる体格の一人の女性が立っていた。黒いベルベットのマスクで顔を覆っていた。その物腰から、すべては彼女の指示にしたがって運ばれているらしいと見当がついた。男たちはポアロと私を床の上に引き据えて覆面の女性と三人だけにして立ち去った。その女性が誰だが、私にもすでにわかっていた。ビッグ4の一人であるフランス女性、ナンバー・スリーに違いなかった。

彼女は私たちのかたわらにひざまずき、猿ぐつわを取り去ったが、縄目はそのままだった。立ち上がって私たちと向かい合い、彼女はやおら黒いマスクを取り去った。マダム・オリヴィエであった。

「ムッシュー・ポアロ」と彼女は低い声で嘲るように言った。「偉大な、すばらしい、ユニークなムッシュー・ポアロ、私は昨日の朝、あなたにたいして警告を発したはずです。あなたは愚かにも敢えてそれを無視なさいました。私たちに太刀打ちできると思ったのですね。そのあげく、このていたらくです！」

ゾッとするような冷たい、悪意のこもった声音に、私は震えあがった。冷ややかな声音と、その目に燃える情熱的な炎との差が私の恐怖をつのらせた。この女性は狂っている。天才の狂気といっていいだろう!

ポアロは何も答えず、啞然としてただ見つめるばかりのようだった。

「これでやっとけりがつくわけですね。私たちの計画への干渉を見逃すわけにはいきませんからね。最後に何か、ご希望でもおありですか?」

いよいよこの世の見納めかと私は生きた心地もしなかった。しかしポアロはすばらしかった。ひるみもせず、顔色も変えず、いかにも興味ありげに目を放さずにマダム・オリヴィエの顔を凝視していた。

「あなたの心理状態に、わたしはいたく興味をそそられております」と彼は静かな口調で言った。「その心理研究に当てる時間があまりないのはかえすがえすも残念です。ええ、お願いしたいことがあります。死刑の宣告を受けた者も、最後の願いはかなえてもらえるのでしたね。このポケットにシガレット・ケースが入っています。お差し支えなかったら――」と彼は自分を縛っている縄目を見下ろした。

「なるほどね!」と彼女は声を上げて笑った。「手を縛っている縄をほどいてもらいたい」「あなたは利口な人だわ、エルキュール・ポアロさん、それはちょっとできない相談ね。でもそうね、せっかくのお頼みだから、タバコをくわえさせてあげましょう」

マダム・オリヴィエはポアロの脇にひざまずき、シガレット・ケースからタバコを一本、抜き出してポアロの口にくわえさせた。

「ではマッチをすってさしあげましょうかね」

「それにはおよびませんよ、マダム」ポアロのその声音に、私はハッとした。マダム・オリヴィエもビクッとしたようだった。

「どうか動かないでくださいとポアロは言った。「動くと後悔なさいますよ。ひょっとして南アメリカのインディアンが毒矢に使うクラーレの成分についてご存じないでしょうか？　ほんの掻き傷からでもたちどころに死が訪れるそうですよ。インディアンのある部族のあいだでは、吹き矢につかうといわれています。わたしは、見たところタバコそっくりの吹き矢をつくらせたんですよ。口に当てて吹きとばしますと……ああ、びっくりされたようですね。動かないほうがよろしいでしょう。このタバコはじつによくできていましてね。一吹きすると、魚の骨に似た矢が空を切って飛んで的に当たるという寸法です。あなたにしても、死に急ぐおつもりはないのではないでしょうか。ですからまず、ヘイスティングズの縄を解いていただけませんか。両手はつかえませんが、頭を振り向けることはできますから、あなたは射程範囲におられるわけです、マダム。よく気をつけて縄を解いてくださるようにお願いいたします」

のろのろと、震える手で、怒りと憎しみに顔をひきつらせながら、マダム・オリヴィエは身をかがめてポアロの命令どおり、わたしの縄を解いた。自由の身になった私に、ポアロは指示をあたえた。

「あなたを縛っていたその縄でマダムを縛ってください、モナミ。そう、結構です。しっかり縛りましたか？　じゃあ、わたしを解放してください。マダムが手下どもを帰したのはありがたかったですね。われわれとしても何とか、ここを抜けだせるのではないでしょうか」

一分後、ポアロは私と並んで立って、マダム・オリヴィエにむかって慇懃に一礼した。

「エルキュール・ポアロはそうやすやすとは死にません、マダム。ではおやすみなさい」

猿ぐつわがはまっているので、マダム・オリヴィエは無言だったが、その輝く目にこもる殺意に、私は戦慄した。二度とふたたび、この女性の手中に落ちたくない――私は心からそう思った。

三分後、私たちは家の外に出て、庭を急ぎ足に横切っていた。道路には人けがなく、私たちは間もなく敵の巣窟を遠くあとにしていた。

ポアロがふと言った。

「彼女が言ったとおり、わたしはまったく愚かでしたよ。われながら呆れます。敵の罠になど、はまるものかといい気分だったんですからね。もっとも罠ともいえない、お粗末なものだったのに、わたしは自分からまんまとそれにはまったんですから。やつらは、わたしが罠を見やぶることを、最初から予期していたんでしょう。むしろそれを当てこんでいたんです。すべてがこれで説明がつく。ハリデーが難なく解放されたことも、何もかもね。マダム・オリヴィエが一切を取りしきっていたのです。ヴェラ・ロサコフはほんの手先にすぎなかったんですよ。マダム・オリヴィエはハリデーの研究成果を必要としていた。彼女自身、すばらしい天才ですから、彼を困惑させていたギャップを埋めることができたのです。そうですよ、ヘイスティングズ、わたしたちはナンバー・スリーが誰であるかを知るにいたりました。世界で最もすぐれた科学者、それこそ、彼女です！　考えてもみてください。東洋の頭脳、西洋の科学、我々がまだ正体を知らない、ナンバーワンとナンバー・フォー。だが、かならずつきとめてみせますよ。明日はロンドンにもどり、時をうつすことなく、彼らの正体をあばく努力を続けましょう」

「マダム・オリヴィエを告発する気はないんですか？」

「告発しても、とても信じてもらえないでしょう。あの女性はフランスの朝野の崇拝を受けています。それにわたしたちには何の証拠もないんですからね。彼女のほうでわれわれを糾弾しないなら、もっけの幸いと感謝すべきでしょう」

「そんな！」

「だってそうでしょう？　わたしたちは他人の家にその家の鍵を持って侵入したんですよ。マダム・オリヴィエは鍵を渡した覚えはないと言いはるでしょうし。彼女は金庫の前に立っているわれわれを見つけた。ところがわれわれは彼女に猿ぐつわをはめ、縛り上げて逃走した。幻想をいだいてはいけません、ヘイスティングズ、英語に〝ブーツを左右はき違えている〟という言い回しがありますね。こっちにとって不利な証拠を握っているのは彼らなんですから」

8　敵の陣営に乗りこむ

パシーのマダム・オリヴィエの家での一件の後、私たちは急いでロンドンにもどった。何通かの手紙がポアロを待っていた。そのうちの一通を奇妙な笑みを浮かべて読みくだして、ポアロはそれを私に渡した。

「読んでみてください、モナミ」

私はまず文末の「エイブ・ライランド」という署名を眺めて、いつかのポアロの〝世界一の富豪〟という言葉を思い出した。ライランド氏の手紙はぶっきらぼうといっていいくらい簡潔で、南アメリカに来てもらえないかという自分の申し出をポアロが最後の瞬間に断ったことにふれて、納得できないと不興を洩らしていた。

「考えさせられますね、この文面には」とポアロはつぶやいた。

「少しばかり、腹を立てているとしても無理はないでしょう」

「いやいや、あなたはさっぱりわかっていないんですね。メイアリングが何と言ったか、覚えていませんか？　ほら、このわたしたちの家に逃げこんだ男ですよ。敵の手にかかって死んでしまいましたがね。彼は言いました。『ナンバー・ツーはSに縦線を二本加えた文字、すなわちドルの符号で表わされる』と。『二本の線と一個の星で表わされることもある。星条旗の連想からアメリカ人、富の力の代表者と考えていいだろう』と。こうした言葉に加えて、ライランドが多額の金を餌に、わたしをイギリスから誘い出そうとしたことを考え合わせてみてください。どう思いますか、ヘイスティングズ？」

「つまり」と私はポアロの顔を見つめた。「大富豪のエイブ・ライランドこそ、ナンバー・ツーではないかということですか？」

「ヘイスティングズ、さすがです。そのとおりですよ。大富豪という、あなたの口調が彼の重要性を雄弁に物語っていますがね。一つのことを頭にたたきこんでおいてください。ビッグ4は各方面のトップクラスの人間の指導下にある組織です。ライランド氏は悪辣な手も平気で使うと聞いています。たいへんな能力を持ち、ひとかけらの良心もない男、彼のすべての必要を満たすだけの財力を持ち、無限の権力をほしいままにしていると言われています」

ポアロの見解には確かに聞くべきものがあると思いながら私は、いつからライランドをナンバー・ツーと考えるようになったのかときいてみた。

「さあ、それなんですが、わたしも、はっきりそう断言しているわけではないんですよ、モナミ。つきとめることができれば、この上なしですがね。はっきりそう言えれば、ゴールはそれだけ間近なんですが」

「この手紙を見るかぎり、彼はロンドンに到着したばかりのようじゃないですか」と私は手紙を指先でたたいた。「訪問して、じかに謝ったらどうですか？」

「そうですね。考えておきましょう」


二日後、ポアロがひどく興奮した様子で部屋にもどってきて、やにわに私の両手を握りしめた。

「驚きましたよ！　願ってもない機会が開けたんです。こんなことはめったにあることじゃありません。しかしたいへんな危険が予知されますのでね。あなたに提案することからして、二の足を踏んでいるんですよ、正直な話」

ポアロが私の恐怖心をそそろうとしているのだったら、まったくのお門違いだった。私がそう言うと、彼はようやく具体的に説明しはじめた。

どうやらライランドはイギリス人の秘書を探しているらしかった。社交界での立ち居振舞が申し分なく、見てくれもまずまずという人間が望ましいという。ポアロは、私が応募したらいいのではないかという意見なのだった。

「わたし自身、申し出てもよかったんですがね、モナミ」とポアロは弁解がましく言った。「しかしわかってもらえるとは思いますが、わたしがそうした役柄にふさわしく変装するのは、まずできない相談ですから。英語は流暢に話しますよ――興奮したときはべつとして――しかしイギリス人として通るほどではありません。それにこの口髭を思いきって剃り落とすとしても、エルキュール・ポアロはエルキュール・ポアロですから」

私もそれは同感だったし、自分が喜んでその役を引き受けてライランド家に乗りこもうと言いきった。

「もっとも雇ってもらえるかどうかは怪しいものですがね」

「ああ、もちろん、彼はあなたを雇うでしょうよ。先方が舌なめずりして飛びつくような紹介状を用意しましょう。内務大臣の推薦を頼んでみますよ」

内務大臣の推薦とはおおげさなと思ったが、ポアロは私の抗議を片手で払いのけた。

「なあに、何でもありゃしません。あの人のためにちょっとした事件を解決したところですしね。わたしが乗りださなかったら、たいへんなスキャンダルに発展していたでしょう。すべてが慎重に、デリカシーをもって解決されましたからね。内務大臣はわたしの頼みなら何だって聞き入れようという心境なんですよ」

私たちのこの計画の第一段階は、メーキャップの達人といわれている男を頼むことだった。小鳥のように、首をかしげる癖のある、小柄な男で、ポアロ自身に少々似ていた。彼はしばらく無言で、私の顔を見つめていたあげく、仕事に取りかかった。半時間後に鏡の中の自分を見たとき、私はまったく愕然とした。特別に工夫された靴のおかげで、背丈が少なくとも二インチは高くなっており、コートの仕立てのせいで、痩せぎすのひょろひょろした印象をあたえた。顔つきも一変していた。眉毛が巧妙に変えられたために、まるで違う表情が浮かんでおり、ふくみ綿のせいで頰が丸みをおび、顔の日灼けはどこへやら、口髭もなくなって、口の片側に金歯が一本目立っていた。

「あなたの名はアーサー・ネヴィルですからね。よく心得ていてくださいよ。どうか、あなたに神のご加護がありますように。危険な敵地に親友を送りだすんですからね。心配しないと言ったら嘘になります」

ライランド氏が指定した時間に、サヴォイ・ホテルにおもむいた私の胸は、興奮に高鳴っていた。

一、二分ほど、待たされた後、私は階上の彼のスイートに案内された。

ライランドはテーブルにむかってすわっていた。手紙を読んでいたところらしく、横目で見ると、内務大臣の直筆のようだった。噂に聞く、このアメリカの億万長者とは初対面だったが、私は知らず知らず、強烈な印象を受けていた。上背のある、瘦せた男で、顎が突き出し、やや目立つ鉤鼻、毛虫のように濃い眉毛の下の目は灰色で冷たく輝いていた。ふさふさした髪は半白、口の端にくわえた葉巻（後から聞いたところによると、葉巻は彼のトレードマークのようなものらしかった）が思わせぶりな印象を添えていた。

「まあ、かけなさい」と言って、彼は目の前の紹介状を指の先でトントンとたたいた。

「これを読んだところでは、きみは申し分のない候補者のようだ。ほかに当たってみるまでもあるまい。社交界のことには通じているんだろうね？」

その点では満足していただけると思う――と私は答えた。

「つまりだ。このほど、買い入れた田舎の別荘に公爵や伯爵、子爵を招いた場合、身分や爵位にしたがって晩餐の食卓のすわり順をうまいこと、按配してもらいたいんだが、抜かりはないだろうね？」

「はい、お任せいただいて結構です」と私は微笑して答えた。

二、三のやりとりの後、私は正式に雇われることになった。ライランド氏が望んでいるのは、イギリスの社交界についてよく心得ている秘書だった。事務的な用件については、アメリカ人の秘書と速記者が円滑にこなしていた。

二日後、私はライランド氏がロームシャー公爵から半年間、借り受けることにしたというハットン・チェイス荘に出かけた。

私に割りふられた任務はさほどむずかしいものではなかった。かつて一時、多忙な国会議員の私設秘書をつとめたことがあったし、まんざら縁のない仕事でもなかったのだ。ライランド氏は週末にはたいてい大勢のお客をもてなしたが、週の中ほどは人の出入りは比較的少なかった。アメリカ人の秘書のアップルビーとは一緒になる機会があまりなかったが、人柄のいい、これといって変哲のないアメリカ青年で、仕事はなかなかよくできるようだった。速記者のミス・マーティンとは頻繁に交渉があった。彼女は二十三、四歳の赤褐色《オーヴァン》の髪の感じのいい女性で、茶色の目はたいていはつつましく伏せられていたが、どうかすると、いたずらっぽい、快活な光にあふれた。ライランド氏を嫌っていて、かすかな不信の思いをさえいだいているようだと私は見ていた。もちろん、そんな素振りはまったく見せないようにしていたが、ある日、思いがけず、そんな気持ちを私に打ち明けた。

私はというと、いうまでもなく、家中の人間を周到に観察していた。従僕の一人と何人かのメイドはあらたに雇われた人たちだったが、執事と家政婦、それに料理長は公爵家づきのスタッフだった。メイドたちには、ことさらに注意を払うにも当たらないと私は思っていた。やはり家つきの従僕頭を補佐する役目のジェームズを周到に観察して私は、この男がただの従僕だということは歴然としていると判断した。もともと公爵家の執事が雇いいれたのだし、べつに問題はなさそうだった。

私が疑惑をいだいていたのはニューヨークからライランドが連れてきて彼の身のまわりの一切の世話をしている侍僕《ヴァレ》のディーヴズだった。生粋のイギリス人で立ち居ふるまいも申し分がなかったが、私は漠然とした猜疑の目を彼に向けていた。

私がハットン・チェイス荘に行って三週間がたったが、ポアロと私の疑惑を裏づけるような出来事は何一つ起こらず、ビッグ4の活動を思わせるようなことはいっさいなかった。ライランド氏は確かに個性のきわめて強い、精力絶倫という感じの男だったが、私は彼をナンバー・ツーと見ているのは、ポアロのめがね違いだったのではないかとひそかに考えていた。ある夜の晩餐のときにライランドがポアロの名をさりげなく口にするのを、私は耳にした。

「頭のよく働く小男だという話ですがね。当てにならん食わせものですよ。どうしてそう思うのかですって？　ちょっとした仕事を依頼したんですが、いざとなったら、知らぬ顔をきめこんだんです。あれ以来、私はあなたがたの絶賛するエルキュール・ポアロ氏を、まったく買っておらんのですよ」

こうした折々、私は頬に詰めた綿を意識せずにはいられなかった！

ある日のこと、ミス・マーティンが私に、少々奇妙な打ち明け話をした。その日、ライランドはアップルビーを連れてロンドンに出かけて留守だった。ミス・マーティンと私はお茶の後、連れだって庭を散歩していた。私はミス・マーティンに好意をいだいていた。日ごろ気取りのない、自然な物腰の彼女がその日はいつになく考えこんでいるように見えると思っていたのだが、しばらくの沈黙の後、彼女がふと言ったのだ。

「あたし、ここの仕事をやめようかって思案しているんですの、ネヴィル少佐」

私がちょっと驚いて見返すと、彼女は急いで言葉を続けた。

「ええ、もちろん、すばらしい仕事口だってことはわかっていますのよ――ある意味ではね。やめるなんて馬鹿だって、たいていの人は言うでしょうね。でもひどいあしらいを我慢する気はありませんわ。ちょっとしたことをガミガミ言われて。どんな場合でも、紳士なら女性をあんなに怒鳴りつけるなんてことはぜったいにしないと思いますもの」

「怒鳴りつけたんですか、ライランド氏が？」

ミス・マーティンはうなずいた。

「ふだんから怒りっぽくて短気な人だとは思っていたんですけどね。こういう仕事をしていると、よくぶつかることですし。でもあの怒りようは普通じゃありませんわ。それもほんのちょっとしたことですのに。あたし、一瞬、殺されるんじゃないかって、本気で震えあがったくらいでしたわ」

「そのときのことを、話していただけますか？」と私は好奇心を動かしていた。

「ご承知と思いますけど、あたし、ライランドさん宛ての手紙を開けることになっていますの。手紙によってはアップルビーさんに回しますけど、たいていはあたしが処理することになっています。とにかく最初の仕分けはいつも、あたしがしていますのよ。来信の中に青い封筒に入ってくる手紙がときどきあるんです。片隅に小さく4と書いてあります。あら、ごめんなさい、何かおっしゃいました？」

4と書いてある封筒と聞いて、私は思わず、叫び声をあげていたのだが、首を振って、どうか続けてくれとうながした。

「昨日、あたし、うっかりその封筒を開けてしまったんです。開けてはいけない、そのままじかにライランドさんに渡すようにって、いつもきびしく言われているんですけど。もちろん、普段はかならずそうしていましたのよ。でも昨日は郵便があんまりどっさりきたものですから、あたし、気が急いていて、開けるはずじゃなかった青い封筒を開封してしまったんです。でもすぐ気がついて、ライランドさんのところに持ってって、わけを説明したんです。そうしたら……本当にびっくりしてしまいましたわ、ひどい癇癪を起こして！　あたし、もう怖くて……」

「で、何が書いてあったんですか、その手紙には？」

「それがね、まったくどうってこと、なかったんですの。間違いに気がつく前に、あたし、文面に目を走らせましたのよ。とても短い文面でしたわ。今でも一言、一言、覚えているくらいです。読んだ者が動転するようなことは何一つ、書いてなかったんですのに」

「よかったら、その文面を繰り返してみてくださいませんか」

「ええ」とちょっと口をつぐみ、ミス・マーティンはゆっくり言った。私は一語一語をそれとなく書き取った。


拝啓。この際、緊急に必要なのは物件の下見ではないでしょうか。石切り場も含めてとお考えなら、一七〇〇〇ポンドが適当なところかと存じます。十一パーセントの仲介料は高すぎます。四パーセントで十分でしょう。

拝具

アーサー・リヴァシャム

ミス・マーティンは続けた。

「ライランドさんが買い取りを考えていらっしゃる不動産についてだと思いますけど、でもそんな些細なことで癇癪を起こす人って——何ていうか、危険なんじゃないかって気がして。あたし、どうしたらいいとお思いになります、ネヴィル少佐？　この世の中のことは、あなたのほうがあたしよりずっと経験がおありでしょうし」

私は極力彼女をなだめて、ライランド氏はおそらく、アメリカ人によくあるように消化不良の気味でむしゃくしゃしてあなたに当たったんだろうと言った。そうこうするうちに彼女もそれなりに気持ちがおさまったらしく明るい顔で立ち去った。むしろおさまらないのは私のほうだった。一人になったとき、私は手帳を取り出して、さっき、書きなぐった手紙の文面を読み直した。とくに何ということもない事務的な手紙だが。ライランドが計画している何かの取り引きに関するものなのだろうか？　商談がまとまるまでは、詳細がほかに洩れてはならないと思いさだめているのかもしれない。確かにそういう解釈も可能だ。しかし私は、封筒に小さく記されていた4という数字のことを思い出した。探しもとめていた手がかりをやっと摑んだということなのかも。

その夜、私はその手紙のことを思いめぐらしつづけ、翌日も暇さえあればそのことを考えていた。突然、私はハッとした。何ということはない。4という数字こそが手がかりだったのだ。手紙の文章の四つ目ごとの単語を拾って並べてみると、まったく違うメッセージが伝わってくる。「緊急。石切り場。一七、十一。四」。

数字の解明は容易だった。一七は十七日――十月の十七日、つまり明日のことだろう。十一は午後十一時、四は署名に違いない。正体不明のナンバー・フォーか、それともビッグ4のしるしか。石切り場もすぐわかった。母家から半マイルばかりの所に、今は使われていない大きな石切り場があった。人がめったに立ち寄らない場所だし、密会には理想的だろう。

ほんのちょっとのあいだだったが、万事を一人で取りしきりたいと気持ちが動いた。今度ばかりは、ポアロも恐れ入るだろう。

しかし結局、私はその誘惑に打ち勝った。ゆゆしい大捕物を前にしているのだ。単独行動を取って、成功のチャンスをつぶす危険がないとはいえない。そんな権利は私にはあたえられていないのだ。ここにきて初めて敵を出しぬくことができるのだし、せっかくの機会をフイにしてはいけない。正面切って認めたくはないが、二人のうちではポアロのほうが私より数段、頭が冴えているというのは動かしがたい事実なんだから。

私は急いでポアロ宛てに手紙を書いて一切を伝え、ビッグ4のその会合での打ち合わせを洩れ聞くことがぜったいに必要だと思うと強調した。すべてを私に一任しようというならそれでも構わないが、ポアロ自身が乗り出すほうが賢明と考えるならと、駅から石切り場までの道順をこと細かに知らせた。

手紙は自分で村に持っていって投函した。ハットン・チェイス荘に滞在中もポアロと連絡を取ることはできたが、私宛ての手紙が読まれることがないとはいえないので、連絡はもっぱらこっちからと申し合わせていた。

翌日の晩を、私は緊張と興奮のうちに過ごした。たまたま客がなかったので、私はライランド氏と彼の書斎にこもって過ごした。予期していたことで、ポアロを駅に出迎えることはできないだろうと見当がついていたが、おそらく午後十一時のかなり前に手があくことは予想できた。

十時半を過ぎたとき、思ったとおり、ライランド氏が時計を見上げて、「ここまでだな、今夜は」と言った。私は心得てひきさがり、二階の自室にひっこむように見せかけて脇の階段をそっと降りて庭に忍び出た。白いシャツが目立たないように黒っぽいオーバーコートを着ていた。

庭を少し歩きながら何気なく振り返ったとき、ライランド氏が書斎のフランス窓から降り立つのが見えた。約束の場所に行くつもりだろう。その先を越そうと、私は足取りを速めた。石切り場に到着したときには息が少し切れていた。あたりには人影はなく、私は茂みの陰に身をひそめ、ことの展開を待った。

十分たって、ちょうど十一時になったとき、ライランドがやってきた。帽子をまぶかにかぶり、あいかわらず葉巻をくわえていた。すばやくまわりを見まわして後、彼は石切り場に降りて行った。やがて低い囁き声が聞こえてきた。ほかの連中——どういう人間かはわからないが——はどうやら一足先に待ち合わせ場所に到着していたらしい。私は茂みからそっと忍び出て、音を立てないように用心しながら、せまい小道を伝いおりた。大きな岩が、彼らと私のあいだを隔てているばかりだった。闇にまぎれて、私は岩の陰からそっとのぞき、そのとたん、ギョッとして立ちすくんだ。自動拳銃の黒い銃口が突きつけられていたのだ！

「手を上げろ！」とライランド氏が言葉短く言った。「待っていたんだよ、おまえをな」

岩陰にすわっていたので顔は見えなかったが、その声にこもっている威嚇は不気味だった。ついで私は首筋に冷たい鋼鉄の銃口を感じた。ライランドが拳銃を下げるのが見えた。

「よし、ジョージ、こいつをこっちに進ませろ」

歯嚙みしながら、私は闇の中を進まされ、ジョージ（顔はやはり見えなかったが、疑ってもいなかった、あの侍僕《ヴァレ》のディーヴズだろうと見当がついた）によって猿ぐつわを噛まされ、縛りあげられた。

ライランドがまた口を開いた。その冷たい、威嚇的な声はまるで別人のようだった。

「ここできみたち二人は死ぬことになる。きみたちはことあるごとにビッグ4の邪魔をしてきた。地すべりというやつについて、聞いたことがあるかね？　二年ばかり前にもいっぺん、ここで地すべりがあった。今夜、二度目の地すべりが起こることになっている。そのほうの準備はすっかり完了している。ところできみの仲間は時間を正確に守らないようだね？」

私は震えあがった。ポアロがいつ何どき、この連中の罠の中に踏みこまないともかぎらない。なのに、私は彼に警告を発することもできないのだ。彼が私にすべてを任せる気になって、ロンドンに留まっていてくれたら！　来ようという気を起こしたなら、とっくに着いているはずだ。

時が刻々移るにつれて、私の胸のうちに希望が息づきはじめた。ところが突然、その希望が無残に打ちくだかれた。足音が聞こえた。用心ぶかい、忍ぶような足音。しかし確かにこっちに近づいてくる。私は苦悶に身もだえした。小道を歩きかけてちょっと立ち止まったと思うと、次の瞬間、ポアロが姿を現わした。頭をちょっと一方にかしげて、闇をすかし見ていた。

満足げな唸り声がライランドの口を洩れ、彼は自動拳銃でねらいをつけた。「手を上げろ」

ディーヴズが跳び出してポアロを後ろから押えた。待ちぶせは完璧に計画されていたのだ。

「お目にかかれて光栄です、エルキュール・ポアロさん」とライランド氏が苦りきった声音で言った。

ポアロは感心するほど、落ち着きはらっていたが、その目はあたりに油断なく配られていた。

「ヘイスティングズは？　彼はどこにいます？」

「そう、お二人さんがお揃いで仲よく罠にかかったというわけです。ビッグ4の罠にね」

ライランドは高笑いした。

「罠ですって？」

「現にその有様じゃないか」

「そう、確かに罠が仕掛けられていましたね」とポアロはおだやかな口調で言った。

「しかしあなたは間違っておられますよ、ムッシュー。罠にはまったのはあなた方です

──わたしとわたしの友人ではありません」

「何だって？」と口走って、ライランドは大型の自動拳銃を上げた。しかしそのまなざしがふと揺らぐのを私は見た。

「あなたが銃を発射なされば、殺人の現場を少なくとも十対の目に目撃されることになります。絞首刑はまぬがれないでしょう。ここは厳重に包囲されています。警視庁の連中によって、一時間前から。王手というわけですね、エイブ・ライランドさん」

奇妙な口笛の音がその口を洩れたと思うと、まるで手品のように闇の中から何人もの人間がおどり出た。ライランドと侍僕《ヴァレ》は取りおさえられ、武装解除された。警官隊の隊長に二言三言、言うと、ポアロは私の腕を取って石切り場を後にした。

一息ついたとき、ポアロは私をかたく抱きしめた。

「間に合ったんですね！　無事だったんですね！　よかった。あなたを一人で敵地に乗りこませたことで、何度、わたしは自分を責めたことか」

「どこも何ともありませんよ」と私はポアロの抱擁から身を引き離して言った。「しかしどういうことですか？　あなたもうまく引っかかったんじゃなかったんですか？」

「いえ、わたしはむしろ、やつらが仕掛けてくるのを待っていたんですよ。そうでもなかったら、どうしてあなたを敵の陣営に一人で乗りこませたりしますか？　あなたの偽名、変装――うまく相手を騙せるとは、ほんの一分間だって、わたしは思っていませんでしたよ」

「何ですって？　あなたは何も言ってくれなかったじゃありませんか！」

「これまでも何度も言ったように、あなたは真っ正直な、じつにうつくしい人柄です。あなたには人を騙せない。まずあなた自身を騙さなければ――そうわたしは思ったのです。敵はあなたの正体を最初から見やぶっていました。そしてわたしの予期どおりの行動に出ました。灰色の脳細胞をはたらかせる人間にはお見通しでしたがね。つまり、やつらはあなたを囮にしようと考えたのです。ミス・マーティンをあなたに接近させたのも、やつらの手でした。ついでですが、あの娘さんの髪の毛は赤みがかっていたんでしょうね？」

「ミス・マーティンのことですか？」と私は素っ気なく言った。「彼女の髪の毛は赤褐《オーヴァ》色《ン》のデリケートな色合いですが、それが何か――」

「まったく呆れた周到さです――感心します《エパタン》よ、あの連中の徹底ぶりには！　あなたの心理研究までやっていたんですからね。そうなんですよ。ミス・マーティンもそれなりの役柄を演じていたんです。手紙を一言一句、繰り返して聞かせ、ライランド氏に怒鳴られたことまで打ち明けたんですからね。あなたはその文面を書き取り、一心に考えた。

暗号文は巧みに考えてあった。一応むずかしいが、むずかしすぎるほどではなかった。あなたはそれを解いた。そしてわたしを呼びよせた。

しかし彼らは、わたしがまさにその瞬間を待ちうけていたのだということを知らなかった。わたしはすぐジャップと連絡を取り、手はずをととのえたんです。そこでこのとおり、すべて思惑どおりに運んだわけです」

ポアロの言葉は私にとって、あまり愉快ではなかったので、はっきりそう言った。私たちは早朝の鈍行でロンドンにもどった。とても居心地のわるい旅だった。

わたしが入浴後、うまい朝食をゆっくりとろうかと考えていたとき、居間にジャップの声が響いた。私はバスローブを羽織って、居間へと急いだ。

「あなたのおかげで、とんだキリキリ舞いをさせられましたよ」とジャップが言っていた。「ひどいじゃないですか？　今度ばかりは、あなたのおかげでとんだ無駄骨折りをさせられましたよ、ポアロさん。あなたでも間違うことがあるんですね」

ポアロは何とも言えない表情を浮かべていたが、ジャップは構わずに続けた。

「あなたの言う一網打尽を真に受けて、それこそ、網を張って待ち受けていたわけですが、結局のところ、網に引っかかったのは従僕だったんですから」

「従僕ですって？」と私は喘ぐように問い返した。

「そうですよ。ジェームズとかいいましたね。こいつが召使い部屋で賭けをしたってんですから、呆れたもんだ。うまく旦那に化けて気取り屋の秘書に一杯食わせてやろうって。つまりヘイスティングズ大尉、あなたのことらしい。ビッグ4とか何とかいう秘密結社についてのスパイものの話をでっちあげてね」

「そんな！」と私はつぶやくのがやっとだった。

「信じられないって言うんですか？　私は従僕を引き連れて、すぐさまハットン・チェイス荘に向かいましたよ。そうしたらどうです？　ライランド氏本人はちゃんとベッドでおやすみだった。執事と料理人、その他大勢が賭けをしたと白状し、深夜の大捕り物は馬鹿げた茶番劇でチョン。ライランドの侍僕《ヴァレ》のディーヴズという男までつるんでいたそうですから」

「なるほど、それで偽ライランドは顔がかげになるようにしていたんですね」とポアロがつぶやいた。

ジャップが帰った後、私たちは顔を見合わせた。

「しかしヘイスティングズ、これではっきりしましたね、ライランドがナンバー・ツーだということが」とポアロが言った。「従僕による一幕は、万一の場合の逃げ道を確保しておくためだったんでしょう。その従僕こそ――」

「ええ」と私はささやくように言った。

「そう、ナンバー・フォーだったんですね」

9　黄色いジャスミンの謎

まったくポアロはいい気なものだ。口を開けば、時とともにいろいろな情報が入ってくるし、敵の心理状態について洞察することが可能になったなどと言っている。だが私自身は、もう少しはっきりした手がかりがなければ満足できなかった。

私たちがビッグ4と接触するようになってからこっち、彼らは二つの殺人事件をおかし、ハリデー氏を誘拐し、最近ではもう少しでポアロと私を殺すところだった。それなのに私たちはこれまでのところ、何一つ、はかばかしい成果をあげていない。

ポアロは私の不平を軽くいなした。

「これまでのところはそう見えるでしょうね、ヘイスティングズ。彼らは笑っています――確かに。しかしイギリスにも〝最後に笑う者がいちばん大笑いする〟という諺があるじゃありませんか。まあ、最後にどういうことになるか、それは見てのお楽しみでしょう。それに」と彼はつけ加えた。「わたしたちの相手は、その辺の小悪党とは大違いです。なにしろ、世界第二の頭脳を向こうに回しているんですからね、われわれは」

「では世界第一の頭脳の持ち主は誰なんです?」ときいて、ポアロの自惚れを満足させようなどという気は、私にはさらさらなかった。わかりきっていたからだ。というか、ポアロが何と答えるかは、きかなくてもわかる。その代わり私は、敵の所在をつきとめるために、どういう方策を取っているのか、聞きだそうとしたが、うまく行かなかった。いつものことだが、ポアロは自分の行動をいっさい、秘密にしている。ただインドや中国やロシアの秘密情報部と連絡を取っていることは確かと思われた。時折の彼の自画自賛から、相手の心理状態を推測するという点でもかなりの進展が見られるらしかった。

最近では彼は個人的な仕事はほとんど引き受けていないようで、法外な謝礼が見こまれる依頼も断っていた。興味を感じた問題は折にふれて調査しているが、ビッグ4の活動とは縁がなさそうだと見きわめたとたんに、手をひいていた。

こうしたポアロの態度に、ジャップ警部はホクホクしていた。実際のところ、彼がいくつかの難事件を解決したのはポアロからヒントを(こんなつまらない事件を持ってくるなんてと言わんばかりの口調を我慢して)もらったおかげということは、否定できないようだった。

そうした助力にたいする礼心もあったのだろう、ジャップはポアロが少しでも関心を示しそうな情報を、細大もらさず提供してくれた。新聞が「黄色いジャスミン事件」と名づけた事件の捜査の指揮を取るように命じられると、ジャップはすぐポアロに電報をよこし、よかったらこっちにきて捜査に加わってはどうかと持ちかけた。

この電報に応えて（エイブ・ライランド家での私の冒険の約一カ月後だった）、ポアロと私はロンドンの煙と埃をあとにして、ウスターシャーのマーケット・ハンドフォードの町に向かう鉄道のコンパートメントの乗客となっていたのであった。事件の舞台となった家は、この小さな町にあったのだ。

コンパートメントの腰かけの一隅にのんびりすわって、ポアロは「この事件についてのあなたの意見を聞かせてもらいたいですね、ヘイスティングズ」と言った。

私はすぐには答えなかった。こんなふうに意見をもとめられるときは、慎重に言葉を選ぶ必要があると思ったからだった。

「かなりこみいっている事件のようですね」と私は用心ぶかくつぶやいた。

「ええ、かなりね」とポアロは舌鼓でも打つようにうれしげに言った。

「こんなふうに時を移さず駆けつけるところから察すると、あなたはペインター氏は自殺でも事故でもない、殺害されたのだと考えているんでしょうね？」

「いや、いや、ヘイスティングズ、それはあなたの誤解ですよ。ただペインター氏が痛ましい事故の犠牲者だったとしても、いまだに説明のつかない、不可解なふしがかなりあるものですからね」

「ええ、ぼくがこみいっていると言ったのも、そういう意味だったんですがね」

「主な事実を整然と列挙して、静かに検討してみようじゃないですか？　あなたの口から事の次第を話してみてくれませんか？」

そこで私は、ポアロの言うとおり、あくまでも整然と、明快にと留意しつつ、この事件について物語りはじめた。

「ではまず、ペインター氏のことから。年齢、五十五歳、富裕で、教養もあり、世界の各地を股にかけて、ここ十二年ばかりはほとんどイギリスに寄りつかなかったらしい。ところが旅行また旅行の毎日に飽きがきたんでしょうかね、突然、ウスターシャーのマーケット・ハンドフォードの町の近くにちょっとした家を買って落ち着くことにした。居を定めた後、彼は真っ先に唯一の身内である甥のジェラルド・ペインターという男に手紙を書いて、クロフトランズ荘というその家で一緒に暮らさないかと持ちかけた。ジェラルドは彼の末の弟の息子で、金とは縁のない画家だったが、伯父の誘いを渡りに舟と喜んで応じた。同居して約七カ月たったとき、悲劇が起こったのです」

「あなたの話しぶりはすばらしい。まるでレコードでも聞いているようです。わたしがよく知っているヘイスティングズとはとても思えない」

そんな余計な感想は聞き流すことにして、私は続けた。興に乗って、つい夢中になっていた。

「クロフトランズ荘には召使い六人のほかに、身のまわりの世話をする中国人の従僕でアー・リンという名前の男がいました」

「中国人の従僕のアー・リンですか」とポアロはつぶやいた。

「先週の火曜日の夕食後、ペインター氏は気分がわるいと言って、召使いの一人に医者を呼ばせました。床につく必要はないと言いはって、彼は医者の診察を書斎で受けたので、そのとき、医者とのあいだで、どういうやり取りがあったかは明らかでありません。しかしドクター・クェンティンは辞去する前に家政婦に会って、ペインター氏の心臓がひどく弱っているので皮下注射をした、しばらくそっとしておいてあげるようにと言い、そのうえで召使いたちについて、いつ、雇い入れたのか、紹介者は——などと、少々奇妙な質問をしました。

家政婦は知っているかぎりのことを答えましたが、どうしてそんなことをきくのだろうと不審に思ったそうです。翌朝、思いもかけぬ、恐ろしい悲劇が明らかになりました。メイドの一人が階下に降りようとして、肉でも焦げているような、不快な匂いが主人の書斎から漂ってくるのに気づき、書斎のドアを開けようとしましたが、中から鍵がかかっていて開けることができませんでした。ジェラルド・ペインターと中国人の従僕が呼ばれて、ドアをこわして中に入ると、むごたらしい光景が彼らを迎えました。ペインター氏はストーブのガスの火の上にうつぶせに倒れ、〝顔も、頭部も、見分けがつかないほど〟焼け焦げていたのです。

もちろん、その当座は恐ろしい事故が起こったのだと誰もが思いこんで、疑う者もいませんでした。誰かに責任があるとしたら、患者に麻酔薬を注射して、ストーブのそばという危険な場所に残して帰ったクェンティン医師だったかもしれません。しかしその後、いささか奇妙な事実が明らかになったのです。

床の上に新聞紙が一枚、落ちていました。クェンティン氏の膝から滑り落ちたものでしょう。ひっくり返して眺めると、インクでかすかに文字が書きなぐられていました。ペインター氏がすわっていた椅子のそばに書き物机があり、右手の人さし指が第二関節までインクで汚れていました。ペンを握る力もなく、最後の力を振りしぼって指をインク壺にひたしてやっと一言、新聞紙の上に書きなぐったものらしく思われました。どういう意味か、あまりにも突拍子がなくて、誰にもまるで見当がつきませんでしたが、そこには『黄色いジャスミン』という文字が残っていたのです……

クロフトランズ荘は壁に黄色いジャスミンがまつわっている家で、ペインター氏が断末魔に書き残したメッセージはこの花に何か関係があるのではないかと思われました。かわいそうに、頭がおかしくなっていたのだろうというのが、おおかたの観測でした。もちろん、何かいいネタはないかとやきもきしていた新聞記者たちは、この事件を『黄色いジャスミンの謎』と呼んで、面白おかしく書き立てました。事件とは関係のない、意味のない言葉だったかもしれなかったのですが……」

「意味のない言葉――そうあなたは言うんですね?」とポアロがきき返した。「あなたがそう言うんですから、おそらく何の関係もないんでしょう」

皮肉かと私はポアロの顔を見返した。しかし彼の表情は真面目で、皮肉を言っているとも思えなかった。

「そうこうするうちに、世人の注目のうちに検死審問の日がきました」

「話がいよいよ佳境に入るわけですね」

「村の人々や警察は、ドクター・クェンティンにたいして、あまりいい感情を持っていなかったようです。村の医師のドクター・ボリソーがたまさかの休暇で留守をしているあいだ、医療を引き受けている臨時の代診で、彼の不注意が事故にみちびいたと見られなくもなかったのですから。しかしドクター・クェンティンの証言はひどくセンセーショナルでした。ペインター氏はクロフトランズ荘に移ってきて以来、ずっと加減がわるく、ドクター・ボリソーの診察を受けていたのですが、ドクター・クェンティンは問題の夜、急遽呼ばれて彼を診察したとき、その症状のあるものに奇異な印象を受けたそうです。その前にもドクターは一度、彼を診たことがあったということでしたが、問題の夜、書斎で二人だけになったとき、ペインター氏は容易ならぬことを打ち明けました。気分がとくにわるいから往診を頼んだのではなく、ディナーに出されたカレーの味がおかしかったので、それで来てもらったのだとペインター氏は言いました。口実をもうけてアー・リンを数分間、遠ざけて、自分はカレーをボウルにあけて取っておいた、何か異常はないか、ごく内々で調べてもらいたい――そう依頼したというのです。そんなわけで来てもらったので、実際に具合が悪くて往診を頼んだわけではないとも言いましたが、疑惑をいだいたショックのせいか、心臓がちょっと影響を受けているようで、ドクターは麻酔薬ではなく、ストリキニーネを注射して辞去したということでした。

　事件の経緯は、この医師の話で一応明らかになったと思われたのですが、あらたに焦点として浮かびあがった、そのカレーというのを分析したところ、二人の人間を殺すに十分なアヘンが含まれていたというのです！」

　ここまで話して私はちょっと口をつぐんだ。

「それであなたの結論は、ヘイスティングズ？」とポアロがおだやかな声できいた。

「はっきりしたことは言えませんね。事故かもしれません。同じ夜に、誰かがペインター氏を毒殺しようとしたというのは——そう——まあ、偶然の一致とも考えられます」

「しかしあなたはそうは思っていないんですね？　殺人事件だと考えたい——そうなんでしょう？」

「あなたは、ポアロ、そうは思わないんですか？」

「モナミ、あなたとわたしでは、推理の方式からして違います。私は殺人事件と事故という、まったく異なった二つの結論のあいだでどっちかを選ぼうとしているわけではありません。それは『黄色いジャスミンの謎』が解ければ、おのずと明らかになります。ところで、ヘイスティングズ、書き残された文字について、あなたは何か抜かしていますね？」

「『黄色いジャスミン』という言葉の下に互いに直角をなすように細々と引かれていた二本の線のことですか？　べつに何てこともないんじゃないですかね、あれは」

「あなたという人は、自分が考えたことだけが重要だと考える傾向がありますからね、ヘイスティングズ。しかしどうでしょう、このあたりで『黄色いジャスミンの謎』から『カレーの謎』に移っては？」

「ああ、誰がカレーに毒を入れたかですか。どういうわけで？　わからないことが山ほど、ありますね。もちろん、カレーを用意したのはアー・リンでしたね。ですが、なぜ、アー・リンが主人を殺したいと思うでしょう？　彼は中国の秘密結社の一員だったんでしょうか？　黄色いジャスミン組とか何とかいう？　そういうたぐいのことが、よく新聞種になりますからね。ああ、それからジェラルド・ペインターの存在も無視できませんん」

私は唐突に言葉を切った。

「そうそう」とポアロはうなずいた。「ジェラルド・ペインターがいました。伯父さんの相続人でしたね、彼は。しかしその晩は家では食事をとらなかった」

「カレーにまぜものをしたのは彼だったのかもしれませんね。自分は家を空けるようにして」と私は言ってみた。「食べずにすむように」

ポアロは私の推理に少なからず感銘を受けたらしかった。私を見やった彼のまなざしにはそれまでと違って、それとはない敬意がこもっていた。

「ジェラルド・ペインターは夜がふけてから帰宅しました」と私は自分の立てた仮説を追ってつぶやいた。「伯父の書斎に明かりがついているのを見て、部屋に入って行き、自分の企みが失敗したことを悟って、伯父をねじふせて火の中にその頭を突っこんだんでしょう」

「ですが、ペインター氏は五十五歳で、まだ元気だったんですからね。おめおめと焼き殺されるでしょうか？　それはどうもねえ、ヘイスティングズ」

「ポアロ、もういいでしょう？　いい加減に、あなたの絵解きを聞かせてもらいたいですね」

ポアロは私の顔を見やって微笑をたたえて胸をグッとはり、勿体ぶった様子で口を開いた。

「これが殺人事件だとすると、問題は、なぜ、そうした方法を取ったかでしょうね。理由はたった一つしか、考えられません。顔が見分けのつかないほど焼けただれることを狙ったんですよ」

「何ですって？　じゃあ、あなたは――」

「まあ、そう急かないでください、ヘイスティングズ。わたしなりに、そういう推理をしてみたと言おうとしたんですよ。死体がペインター氏のものではないのではという疑問に根拠があるでしょうか？　誰かほかの人間のものだったと考える根拠は？　この二つの疑問を検討してみてわたしは、そういうことはありえないという結論に達したんですよ」

「それで？」

「へえ！」と私はちょっと失望してつぶやいた。

ポアロの目がキラッと光った。

「それでわたしは一人ごとを言ったんですよ。『ここにはどうにも腑に落ちないことがある。調べてみよう。ビッグ4にばかり、かまけているのは感心しない』とね。ああ、そろそろ到着しますよ。わたしの小さなブラシはどこでしょう？　どこに入りこんでしまったんでしょう？　ああ、ありました。すみませんが、ヘイスティングズ、ブラシをかけてくれますか？　わたしもあなたの上着にブラシをかけてあげますから……そうですね」とポアロはブラシをしまいながら、考えこんでいるようにつぶやいた。「一つの考えに取りつかれるのは感心しません。わたし自身、この事件について、そうした落し穴にはまるところでした。あなたが言った二本の線、あれについてだって、わたしは、『ビッグ4』と書きかけていたんじゃないかって、つい思ってしまうんですから」

「あなたにはあきれますよ、ポアロ」と私は笑いだしていた。

「おかしいですよね。わたしはあらゆるところにビッグ4の手を見ているんです。しかしまったく違った環境《ミリュー》で機知をはたらかせるのはいいものです。ああ、あそこにジャップが迎えにきていますよ」

10　その後の捜査

ジャップ警部はプラットホームで私たちを迎えて、うれしそうに挨拶した。

「やあ、ポアロさん、うれしいですね。あなたが関心を持たれると思ったものですからね。こいつは第一級のミステリーですよ」

ジャップはどうやらこの事件に手を焼き、ポアロから何によらずヒントを得られればと当てこんでいるらしい——そう私は察した。

ジャップが待たせておいた車で、私たちはクロフトランズ荘に向かった。クロフトランズ荘は四角い、白塗りの地味な家で、壁に黄色いジャスミンをふくめて蔓植物がまつわっていた。私たちの視線を追って、ジャップ警部も上を見上げた。

「断末魔の苦しみの中で、あんな花のことを書くなんて、頭がおかしくなっていたんでしょうな。戸外にいる気にでもなっていたんじゃないですかね」

ポアロは微笑を浮かべてきいた。

「どっちですか、ジャップさん、あなたは事故だと思いますか、それとも殺しだと？」

ジャップはちょっと間がわるそうな顔をした。

「そう、まあ、カレーのことがなければ事故だと言いきるんですがね。生きている人間の頭を火の中に突っこむなんてばかげていますからね。大声でわめいて騒ぎたてるにきまっているでしょうし」

「ああ」とポアロは低い声で言った。「わたしは馬鹿でした。大馬鹿でしたよ。あなたはわたしよりずっと頭がいい、ジャップ」

ジャップは誉められて面食らったような顔をした。ポアロは自惚れがつよく、めったに人を誉めない。ジャップは顔を赤らめて、まあ、それはどんなものかと口ごもった。

家に着くと、彼は先に立って、クロフトランズ荘の惨劇の現場のペインター氏の書斎に私たちを案内した。天井の低い、ひろびろとした部屋で、壁に書棚が並び、革ばりの大きな肘掛け椅子がいくつか置かれていた。

ポアロはすぐに、砂利を敷いたテラスに向かって開けている窓を眺めた。

「あの窓は掛けがねがかかっていたんでしょうか？」

「重要な点ですからね、それは。書斎を出たとき、ドクターはドアを後ろ手で閉めただけだったそうです。しかし翌朝、見たときには、窓には鍵がかかっていました。誰が鍵をかけたんでしょうかね？ペインター氏でしょうか？アー・リンはかんぬきまで掛けてあったと言っていますが、ドクター・クェンティンは閉めてはあったが、鍵はかけてなかったように思うと言っています。確言はしていません。その点がはっきりしていると大いに参考になるんですが。ペインター氏が殺害されたとすると、誰かが窓もしくはドアから入ったことになります。ドアからだとすれば、犯人は内部の人間です。窓からだとすれば、誰の仕業か、わかったものではありません。ドアをこわして中に入ったとき、彼らはすぐ窓を開けはなったそうです。メイドは窓の掛けがねはかかっていなかったと言っていましたね。ですが、このメイドの言うことは当てになりません。水を向ければ、何だって思い出しそうな女ですから」

「鍵はどこにありましたか？」

「それがまた問題でしてね。こわれたドアの残骸の中に転がっていたんですよ。鍵穴にささっていたのが、落ちたのかもしれません。それとも部屋に入った連中の一人が落としたとも考えられます。ドアの下から押し入れたのかもしれませんし」

「つまり、すべてが〝かもしれない〟なんですね」

「そうなんですよ、ポアロさん、それなんです、問題は」

ポアロは浮かぬ顔でまわりを見まわしていた。

「どうもさっぱりわかりませんね。ちょっと光明がさしたような気がしたんですが、またしても、さっぱりわからなくなってしまいました。手がかりも、動機も、はっきりしません」

「ジェラルド・ペインターには強力な動機がありますがね」とジャップが苦りきって言った。「かつてはなかなかの放蕩者だったようですから。金づかいも荒かったそうですし。画家なんて、まあ、似たりよったりです。道徳観念がてんで欠けていますから」

画家一般の気風についてのジャップの誹謗にはあまり注意をはらわず、ポアロは、あなたの手はよくわかっていると言わんばかりに微笑を浮かべた。

「ジャップ、あなたはわたしにたいして、目くらましの手をつかおうとしているんじゃないでしょうね？　あなたが疑いをかけているのが中国人のアー・リンだということくらい、わたしにもわかりますよ。あなたは芝居が上手ですからね。わたしに手を貸してもらいたいと思っている。なのに、わざと煙幕をはっている」

ジャップは高笑いした。

「あなたにはかないませんよ、ポアロさん。ええ、私はあの中国人が本ボシだとにらんでいます。カレーに毒をまぜたのも彼だったんでしょうし、主人を亡きものにしようといっぺん、試みたとすれば、それっきりで終わりにするわけはないでしょうからね」

「さあ、それはどうでしょうか」とポアロはつぶやいた。

「ただ動機がね。動機が見あたらんのですよ。異教徒の復讐といったものでしょうかね」

「盗まれたものはないんですね？　なくなったものは？　宝石とか、金とか、書類といったものがなくなっているといったことは？」

「ええ——まあ……」

曖昧な口調に、私は耳をそばだてた。ポアロも同様だった。

「盗まれたものはありません」とジャップは言った。「しかしペインター氏はたまたま、本を書きかけていましてね。われわれも、けさ、はじめて知ったんですが。出版社から手紙がきたんですよ、けさ。原稿を引き渡してもらいたいという文面でした。完成したばかりのようでしてね。しかしその原稿というのが、どこを探しても、出てこないんですよ。甥のペインターとあちこち探したんですが、影も形もありませんでした。どこかに隠してあるんじゃないでしょうかね」

ポアロの目はキラリと輝いた。私がいやになるほど、よく知っている、あの光だった。

「その本は何という題なんでしょう？」

「『中国の隠れた手』といったと思いますがね」

「ああ」とポアロはほとんど喘ぐようにつぶやき、それから早口に言った。「アー・リンを呼んでもらえますか？」

アー・リンは目を伏せて、脚をひきずりながら現われた。弁髪がヒョイヒョイ揺れていた。その顔はまったく無表情で、何の感情も表われていなかった。

「アー・リン」とポアロは呼びかけた。「ご主人が亡くなって残念に思っているんだろうね？」

「ええ、とてもざんねん。いいご主人でした」

「誰がご主人を殺したか、見当がつかないかね？」

「わかりません。わかれば、けえさつに言います」

ポアロはなお質問し、アー・リンはあいかわらず無表情に答えた。カレーをどのようにして調理したかということ、それにはコックは手を出さなかったということ、彼のほか、誰も手をふれていないということなどを。そんなことを申し立てたら、自分の手で主人を殺したと認めるようなものだということが、この男にはわかっていないのだろうか――と私は訝しく思った。庭に面した窓がその夜、ちゃんと施錠してあったとも彼は言った。翌朝、開いていたとしたら、主人が自分で開けたことになる。ポアロはしばらくしてアー・リンを去らせた。

「ああ、ちょっと、アー・リン」アー・リンが戸口まで行ったとき、ポアロはふと呼びとめた。「あんたは黄色いジャスミンのことも、まったく知らないと言ったそうだね?」

「知りません、何も。わたしが何を知ってるって言うんです?」

「文字の下に書いてあったしるしについてもかね?」

こう言いながら、ポアロは身を乗りだして、小さなテーブルの埃だらけの表面に手早く何かを描いた。すぐ消してしまったのだが、私は近くにいたので、とっさに何を描いたのか、見て取っていた。縦に線を一本引き、それと直角に横線を引き、さらに縦に一本。大きな4という数字だった。一瞬、恐怖の表情が仮面のようなアー・リンの顔にあふれるのを、私は見た。しかし次の瞬間には、その顔には何の表情もうかがわれなかった。

もう一度、「わたし、何も知りませんです」と最前の言葉を重々しく繰り返して、彼は引きさがった。

ジャップが甥のジェラルド・ペインターを呼びに出て行くと、ポアロは言った。

「ビッグ4ですよ、ヘイスティングズ、またしてもビッグ4の仕業です。ペインターは旅行家でした。彼の著書の原稿には、ビッグ4のブレーンであり、リーダーであるナンバー・ワンのリー・チャン・イェンについて何か重要なことが書いてあったのでしょう」

「しかし誰が、どのようにして――？」

「しっ、静かに！　ジェラルド・ペインターが来るようです」

　ジェラルドは愛想のいい、一見、気弱そうな青年だった。柔らかそうな、茶色の顎鬚を生やし、ちょっと風変わりなネクタイを締めていた。彼はポアロの質問にあけすけに答えた。

「近所のウィチャリー夫妻とたまたま外で食事をしたんですよ、あの晩は。何時に帰宅したかって――そう、十一時ごろだったと思いますね。鍵を持っていますので、自分で開けて入りました。召使いたちも、もうひっこんでいましたし、当然、伯父も寝ているものと思っていたんです。あの中国人の、音も立てずに歩くアー・リンがホールの向こうを横ぎるのを見たように思いますが、見間違いかもしれません」

「ここに移ってこられる以前に、伯父上に会われたのは、いつのことでしたか、ペインターさん？」

「十歳の子どものころに会ったきりでした。伯父と、伯父の弟にあたるぼくの父は仲たがいをしていたそうで」

「だが、あなたの所在を伯父上は難なく見つけることができた。長い年月がたっていたのによく見つかりましたね」

「ええ、幸い、ぼく自身が新聞広告に気づいたものですからね」

ポアロはそれっきり、何もきかなかった。

ついで私たちはクェンティン医師を訪問した。彼の話は検死審問の際の陳述とほぼ同じで、とくに加えることもなさそうだった。彼は私たちを診察室で迎えた。診察を終えたところだったのだ。なかなか頭の切れそうな男で、鼻眼鏡がちょっと取り澄ました態度とよく似合っていた。医者としては現代風の方式を取るたちだろう――と私は察した。

「窓にも鍵がかかっていたかどうか、覚えているとよかったんですが」と彼は率直に言った。「しかし思い出して話すというのは、ある意味では危険ですからね。ありもしなかったことまで思い出しかねませんから。えてして、そうした心理がはたらくものじゃありませんか、ポアロさん？　じつは私はあなたのメソッドについて書いたものを読んでいましてね。あなたを陰ながら崇拝しているんですよ。あの中国人がカレーにアヘンを混ぜたことはほぼ確かだと思いますねえ。もっともそんなことを、あの男が認めるわけはありますまい。どうしてそんなことをしたのかも、おそらくわからずじまいでしょう。しかし大の男を生きたまま、火の中に突っこむっていうのは、ああした男のやりそうなことも思えませんね」

マーケット・ハンドフォードのメイン・ストリートを歩きながら、私はこの点について、私なりの意見を洩らした。

「アー・リンが仲間を引き入れたんですかね？　とにかくジャップが今後、あの男を見張ってくれるといいんですが」（ジャップは何か用事があると言って、警察署に寄っていた）「ビッグ４の一味は抜け目がないですから」

「ジャップは若いペインターとアー・リンの両方から、目を放しますまいよ」とポアロは答えた。「死体が発見されて以来、あの二人には、どこに行くにも尾行がついています」

「しかしジェラルド・ペインターが事件と無関係だということは、われわれは先刻、承知じゃありませんか」

「あなたはわたしより、何でもよく知っていますからね、ヘイスティングズ、こっちはついていくのにヘトヘトですよ」

「あきれた老いぼれキツネですね、あなたは」と私は思わず笑った。「本音を吐いたことがないんだから」

「正直言って、ヘイスティングズ、わたしにはもう何もかもわかっているんですよ。ただあの言葉、『黄色いジャスミン』という言葉だけがどうもね。この犯罪には何の関係もないのではないかと、わたしも考えはじめているんですよ。この種の犯罪の場合、肝心なのは誰が嘘をついているのか、見きわめることです。見きわめはついたんですがね、ただ……」

こう言いさしたと思うと、ポアロはやにわに走りだし、近くの書店に飛びこんだ。数分後、彼は本の包みをかかえてもどってきた。そこにジャップがやってきて、三人揃って町のインに泊まることになった。

翌朝、私が少し寝すごして居間に降りていくと、ポアロが顔をしかめて落ち着きのない様子で、部屋の中を歩きまわっていた。

「話しかけないでください、ヘイスティングズ」とあたふたと手を振って彼は口走った。「万事うまく運び、犯人が逮捕されるまでは。ああ、しかし、わたしの心理学的な洞察が足らなかったのです。死を前にして、人が書き残したこと、それこそ、肝心かなめの真相です。『黄色いジャスミン？　ああ、壁にまつわっている、あの花ですか』——誰もがそう言いました。『とくに意味なんてありゃしませんよ』と。いったい、どういう意味でしょう、〝黄色いジャスミン〟とは？」こう言って、ポアロは手にしていた小さな本をさしあげた。

「モナミ、わたしはこの問題をもう少し調べてみようと思いついたんですよ。黄色いジャスミンとはどういう意味だろうとね。この本が教えてくれました。聞いてください」

ポアロは読みあげた。

Gelsemini Radix

黄色いジャスミンの根。成分——アルカロイド　ゲルセミニーネ　$C_{22}H_{26}N_2O_3$ にはコニンに似た猛毒作用がある。ゲルセミン　$C_{12}H_{14}NO_2$ にはストリキニーネに似た作用がある。ゲルセミック　酸《アシッド》　その他……ゲルセミウムは中枢神経系統を強力に抑制し、その作用の最終段階において運動神経末梢を麻痺させ、大量使用の場合は眩暈を起こし、筋力を喪失させる。死亡は呼吸中枢の麻痺による。

「ねえ、ヘイスティングズ、ジャップが、生きている人間の頭を火の中に突っこむなんてと言ったとき、わたしは真相にうすうす気づいていたんですよ。生きている人間じゃなかったのではないかって」

「どういうことですか？　何が言いたいんです、ポアロ？」

「いいですか、ヘイスティングズ、あなたが人を死後に銃撃したり、刺したり、そう、頭を殴るだけにもせよ、死後に害を加えるなら、死後に加えたものだということは傷を調べれば、必ず明らかになります。しかし頭部が真っ黒焦げになっていたら、明らかでない死因があるのではないかと勘ぐって調べる者はまずいないのでは？　それに当人がどうやら晩餐のときに、すんでのことで毒殺されるところだったとすれば、その直後に再度、毒を盛られることはまずないでしょう。誰が嘘をついているかということが、つねに問題なのです。わたしはアー・リンの言葉を信ずることにしようと思いました」

「何ですって！」

「驚いているんですか、ヘイスティングズ？　アー・リンはビッグ4の存在を知っていました。それは確かです。ですから彼は、その瞬間まで事件に彼らが関与しているとは夢にも考えていなかったのでしょう。彼自身が殺人者であれば、無表情な顔をくずさずにいたと思いますからね。ですからわたしはアー・リンの言葉を信じて、ジェラルド・ペインターに疑惑の目を向けることにしたのです。長いこと、行方のわからなかった甥になりすますことは、ナンバー・フォーにとってはお安いご用だったでしょうからね」

「何を言うんです？　まさかあのジェラルドが――」

「そう、ヘイスティングズ、ジェラルドはナンバー・フォーではありません。黄色いジャスミンについての記述を読むとすぐ、わたしは真相に気づきました。というか、真相はこのポアロの目に火を見るよりも明らかとなったのです」

「あいにくぼくの目にはさっぱりですがね」と私は冷ややかに言った。「まあ、毎度のことですが」

「それは、あなたがあなたの灰色の脳細胞を使おうとしないからですよ。カレーに手を加えることができた人間は誰ですか？」

「アー・リンですよ。ほかにそんなことのできた人間は誰一人、いません」

「誰一人、いない？　医者はどうです？」

「しかしそれは事後のことでしょう？」

「もちろん、事後のことです。ペインター氏に供されたカレーにはアヘンの痕跡もなかったんですからね。しかし疑いをさしはさんだドクター・クェンティンの指示にしたがって、ペインター氏はカレーを口にせず、彼に渡すべく、それを取っておかせました。計画どおり、彼はドクターの往診を依頼しました。ドクター・クェンティンはやってくるなり、カレーを回収してペインター氏に注射をしました。ストリキニーネと称していましたが、じつは黄色いジャスミン——すなわち毒薬をね。その効力が表われはじめるのを見とどけて、ドクターは立ち去りました——窓の掛けがねを上げて。夜中になってから彼はもう一度もどり、窓から入って原稿を探し出し、ペインター氏の頭を火の中に突っこんだのです。床に落ちて死体の下に隠されていた新聞紙に気づかずに。ペインター氏は自分がどういう毒を盛られたかを悟り、最後の力を振りしぼってビッグ4を糾弾しようとしたんでしょうね。分析を依頼する前にカレーに毒を混ぜるのは、クェンティンにとっては朝飯前だったでしょう。彼は分析を依頼する際に、ペインター氏とのやりとりをうまく編集して告げ、ストリキニーネを注射したとさりげなく言い添えました。注射針のあとが指摘された場合に備えて。嫌疑はカレーにふくまれていたアヘンからアー・リンにかかるか、事故死か、どっちかということになってしまいました」

「ですが、あのドクター・クェンティンがナンバー・フォーだなんて」

「可能ですよ、もちろん。本物のドクター・クェンティンがどこか外国に行っていることは、まず確かです。ナンバー・フォーは短期間、彼になりすましているだけでよかったのです。ドクター・ボリソーと彼とのあいだの取り決めはおそらく、すべて文通によっていたのでしょう。本来、代診を勤めるはずだった人間が最後の瞬間に急病か何かになって」

そのとき、ジャップが飛びこんできた。顔が真っ赤だった。

「捕まりましたか？」とポアロが心配そうにきいた。

ジャップは息を弾ませながら首を振った。

「ボリソーがけさ、旅行先から帰ってきたんです——電報で呼びかえされたと言っています。そんな電報を誰が送ったのか。クェンティンは昨夜、立ち去りました。しかし捕まえますよ、かならず！」

ポアロは黙って首を振った。

「無理でしょうね」とつぶやいて、彼は心ここにあらずというようなぼんやりした様子で、テーブルの上に4という数字をフォークで書いたのだった。

11　チェスの問題

ポアロと私が贔屓にしている小さなレストランがソーホーにある。ある夜、そこに立ち寄って食事をしていたとき、近くのテーブルにジャップ警部がすわっているのに気づいた。ジャップはたまたま一人だったので、こっちのテーブルに合流した。久しぶりの再会で、彼がすわるなり、ポアロは「近ごろはとんとお見かぎりですね」と言った。

「あの『黄色いジャスミン事件』以来ですから、かれこれもう一カ月になりますよ」

「ちょっと北部に旅行していたものですからね」とジャップは答えた。「その後、進展はありませんか？　ビッグ４とかはあいかわらず暗躍しているんですか？」

ポアロは指を一本、突っ立てて警告するように振った。

「あなたは、わたしをからかって面白がっているんですね。しかしビッグ４は実在する組織ですよ！」

「それは私だって疑ってはいませんよ。しかしあなたが言うように、彼らが宇宙の中心というわけではありませんからね」

「とんでもない！　今日の世界に君臨する巨大な勢力、それがビッグ４なんですよ。彼らがどういうことをもくろんでいるか、それは誰にもわかりません。しかしあれほど強大な犯罪組織はこれまでまったく類がないのです。中国の最も優秀な頭脳をトップに、アメリカの億万長者、フランスの女性科学者、そして四人目は――」

　ジャップがさえぎった。

「ええ、ええ、わかっていますよ。あなたときたら、あいかわらずなんだから。ちょっとした固執観念じゃないですか、ムッシュー・ポアロ。何かもっと面白い話をしようじゃありませんか。チェスには興味はありませんか？」

「ええ、勝負したことはありますよ」

「昨日の新聞に奇妙な記事が載っていましたね。世界的な名声のある二人が対戦し、一人が勝負の途中で急死したという」

「ああ、読みましたよ。ロシアのチャンピオンのサヴァロノフ博士と、彼に匹敵するほどの腕を持つアメリカ青年が対局中に、ギルモア・ウィルソンという、そのアメリカ人が心臓麻痺のために亡くなったとか」

「そのとおりです。サヴァロノフ博士は数年前にルビンシュタインをやぶってチャンピオンの座についたのですが、今度の挑戦者のウィルソンはカパブランカの再来といわれる天才的なプレイヤーだったそうです」

「不思議な事件ですね」とポアロは考えこんだように言った。「わたしの思いすごしでなければ、ジャップ、どうやら、あなたはこの事件に並々ならぬ関心をいだいているようですね」

ジャップは困惑を笑いにまぎらして言った。

「そのとおりなんですよ、ムッシュー・ポアロ、どうもひっかかるんです。ウィルソンは雄牛のように頑健な男でしたからね。それに心臓疾患の気もなかった。説明がつかんのですよ」

「つまり、サヴァロノフ博士が邪魔者を取りのぞいた――そう疑っているんですか？」

と私は思わず口をはさんだ。

「そんなことはありそうもないんですがね」とジャップは無表情な声で言った。「チェスの試合に負けないように相手を殺すなんてことを、たとえロシア人でもするかどうか。それに私が諸方から聞いたところでは、そんな疑いをかけるのは見当違いもはなはだしいということのようです。サヴァロノフ博士はチェスにかけては、あのラスカーにつぐ、たいへんな名人のようですからね」

ポアロは真面目な表情でうなずいた。

「じゃあ、あなたはどう考えているんですか？　なぜ、ウィルソンは毒殺されたんでしょう？　あなたは毒殺を疑っておられるんでしょうからね」

「まあ、当然ね。心臓麻痺というのは心臓が動悸を停止したということを意味するにすぎません。これが医師の公式見解なんですが、その医師は内々で、自分はそれに満足してはいないと洩らしているんですよ」

「検死はいつの予定ですか？」

「今夜です。ウィルソンの死は、あまりにも急でしたからね。直前まで、いつもと少しも変わらない様子でしたし、駒を動かしかけて急に前のめりになって、それっきりなんてどうもね」

「そんなふうに急激にはたらく毒薬は、やたらにはありませんね」とポアロはポツリつぶやいた。

「そうなんですよ。検死審問で事情が判明するとは思いますが。しかし土壇場でギルモア・ウィルソンをのぞこうなんて、どういう魂胆だったんでしょうかね？　憎めない、気取りのない、いい青年でしたよ。アメリカから到着したばかりでしたし、あの男を憎んでいる者がいたなんて、とても考えられませんね」

「信じがたいことのようですねえ」と私も首をひねった。

「さあね」とポアロが微笑して言った。「どうやらジャップさんにはそれなりの考えがあるようですよ」

「じつはそうなんですよ、ムッシュー・ポアロ。もともとウィルソンを殺すつもりじゃなかった——私はそう考えているんです。標的はもう一人のほうだったんだとね」

「つまり、狙われたのはサヴァロノフだったんじゃないかと？」

「そのとおりです。サヴァロノフはロシア革命が勃発したときにボルシェヴィキと衝突して、一時は殺されたという噂があったくらいです。しかしじつは彼らの手を逃れて三年間ばかり、シベリアの荒野で言いつくせぬ苦労をしたようでしてね。すっかり人変わりしたほどの辛酸をなめたといわれています。友人、知人も昔の彼の面影すらないと言っているくらいです。髪は真っ白、めっきり年を取り、まったくの話、半病人です。日ごろはめったに外出せず、ソーニャ・ダヴィロフという名の姪とロシア人の従僕と、ウェストミンスターのフラットに引きこもって暮らしています。敵に狙われていると思いこんでいるようでしてね、今度のチェスの試合にしても受けて立つ気はなく、何度か断りつづけたんですが、新聞が取り上げて、スポーツマンシップに欠けているなどと書き立てるものですから、やむなく承知をした格好でした。ギルモア・ウィルソンはヤンキーらしく、断られてもめげずに何度も挑戦を繰り返し、結局、サヴァロノフが、まあ、折れたんでしょうな。ところでご意見をうかがいたいんですがね、ムッシュー・ポアロ、なぜ、サヴァロノフは勝負をすることに二の足を踏んだんでしょうかね？　自分に注意が引かれることを望まなかったとも考えられます。またしても敵に追われるようなことになったらと警戒したのかもしれません。まあ、私はそう睨んでいますがね。ギルモア・ウィルソンは間違って毒殺されたのではないでしょうか」

「サヴァロノフの死によって利益を受ける者はいるんですか？」

「さあ、強いていえば、姪でしょうね。サヴァロノフは最近、たいへんな財産を入手したそうですから。マダム・ゴスポージャという金満家の未亡人の遺産を継承したんですよ。この奥さんの亡くなった夫は旧体制下で砂糖の取り引きによって巨万の富を築いたと言われています。彼女とサヴァロノフとは、一時は恋人同士だったようで、マダム・ゴスポージャは彼が死んだという報道を一貫してしりぞけてきたとか」

「そのチェスの試合というのは、どこで行なわれたのですか？」

「サヴァロノフの自宅です。さっきも言ったように彼は病人ですから」

「観戦者は大勢いたんでしょうか？」

「少なくとも十二、三人。もっといたかもしれません」

ポアロはそれは厄介だというように顔をしかめた。

「おやおや、ジャップ、どうやら今度の事件は難物のようですね」

「ウィルソンが毒殺されたということがはっきりすれば、ともかくも先に進めるんですが」

「あなたの推察どおり、狙われたのがサヴァロノフだったとして、殺人者がもう一度、試みる可能性は考えられませんかね？」

「もちろんです。その点を考慮して、あのフラットを警官が二人、見張っています」

「誰かが爆弾をかかえて現われたりしても、ちゃんと見張っているというわけですね」とポアロは皮肉な口調で言った。

「ムッシュー・ポアロ、あなたもこの事件にようやく興味を感じだしたらしい」とジャップが目をキラリと光らせて言った。「どうです、これから一緒に死体置き場に行って、医者が検死解剖を始める前にウィルソンの死体を見ませんか？　タイ・ピンが曲がっていたりして、事件を解く貴重な手がかりにならないともかぎりませんからね」

「ジャップ、このディナーのあいだじゅう、わたしの手は、あなたのタイ・ピンの歪みを直してあげたくてウズウズしていたんですよ、まったくの話。さあ、これでずっとよくなりました。ええ、死体置き場に喜んでお供しますよ」

どうやらこの新しい事件に、ポアロはすっかり夢中になっているようだった。このところ、ポアロはほかの事件にさっぱり関心を示さなかったので、以前の彼にもどったと私は大いにうれしく思った。

謎のような死に方をしたアメリカ青年の動かぬ体と苦痛にひきつった死に顔を見て、私は気の毒でならなかった。ポアロは細心の注意を払って死体を調べたが、とくに外傷があるわけでもなく、ただ左手に小さな傷あとが一つ見つかった。

「火傷のあとのようだと医者は言っていましたがね。切り傷ではないって」

ポアロは立ち会いの警官がひろげて見せてくれた、ウィルソンのポケットの中身を調べにかかった。たいしたものはなかった――ハンカチーフ、幾本かの鍵、紙幣が何枚か入っている札入れ、どうということもなさそうな手紙数通。しかしただ一つ、ポアロの関心を引いたものがあった。

「チェスの駒ですね！　白のビショップ――これもポケットに入っていたんですか？」

「いえ、手に握っていたんです。放させるのに苦労しましたよ。いずれ、サヴァロノフ博士に返さないといけませんね。うつくしい象牙彫りのセットのうちの一個です」

「よかったら、わたしから返しておきましょう。訪問の理由にもなりますし」

「ほう！」とジャップは興味ありげに言った。「すると、あなたもこの事件に一枚、嚙む気なんですね？」

「そう、まあ、あなたに巧みに好奇心を掻きたてられましたからね」

「うれしいですね。うじうじ考えこむ暇がなくなるだけでもいいじゃないですか。ヘイスティングズ大尉もホッとなさるでしょうね？」

「まあ、そんなところです」と私も笑いだした。

ポアロは死体のほうを振り返った。

「ほかにうかがっておいたほうがいい事実はありませんか？」

「ないと思いますがね」

「彼が左利きだということはどうです？」

「あなたには驚かされます。まるで魔法使いのようですね、ムッシュー・ポアロ。どうしてわかったんですか？　ええ、ウィルソンは左利きでした。事件とはべつに何の関係もありませんがね」

「そう、まあ、まったく関係ないでしょうね」とポアロは早口に言った。ジャップがちょっと不機嫌な顔をしていることに気づいたんだろう。「ちょっとした冗談ですよ――それだけのことです。あなたを面食らわせたくて」

隔意のない軽口をかわしながら、私たちは死体置き場を後にした。

翌朝、私たちはウェストミンスターのサヴァノロフ博士のフラットにでかけた。

「ソーニャ・ダヴィロフ」と私はつぶやいた。「うつくしい名ですね」

ポアロは足を止めて、処置なしというように嘆かわしげに私の顔を見やった。

「いつもロマンスを追っているんですね、あなたって人は！　まったく懲りないんだから。ソーニャ・ダヴィロフがもしも、われわれの友人であり、かつ旧敵であるヴェラ・ロサコフ伯爵夫人だったら、あなたはどんな顔をするでしょうかねえ」

伯爵夫人の名前を聞いて、私は思わず顔を曇らせた。

「まさか、ポアロ、そんなことを考えていたんですか、あなたは！」

「いやいや、冗談ですよ！　わたしだって、そうしょっちゅう、ビッグ4のことばかり、考えているわけではありません。ジャップがどう言っているかはともかく」

フラットのドアは、奇妙なくらい無表情な従僕によって開けられた。感情など、表われたためしもないにちがいないと思うような、木彫りの面のような顔だった。

ポアロがジャップの紹介の言葉が添え書きされた名刺を差し出すと、私たちは天井の低い、細長い部屋に案内された。見事な壁掛けがかかり、骨董品が飾ってあった。壁にはイコンも一つ、二つ。いずれもすばらしいもので、床に敷いたペルシア絨緞も精緻な、高価そうな品だった。テーブルの上にサモワールが載っていた。

私がすばらしい値打ちものと思われるイコンの一つを調べていたときに、ふと振り返ると、ポアロが床に這いつくばっていた。見事な絨緞ではあるが、それほどまでに執着するとは。

「そんなにすばらしいものなんですか？」

「え？　ああ、この絨緞のことですか。いえ、絨緞ではないんですよ、わたしが眺めていたのは。しかしうつくしい品ですね。大きな釘を無造作に打ちこむなんて、そんなことがよくできたものです。いいえ、ヘイスティングズ」私がよく見ようとにじりよったとき、ポアロは言った。「釘は今は見えません。しかし穴は残っています」

後ろでかすかな物音がして、私はクルッと振り返った。ポアロもサッと立ち上がっていた。一人の若い女性が戸口に立っていた。少女といっていいくらいの若さだった。黒い目に猜疑の色が浮かんでいるようだった。中肉中背、うつくしいが、ちょと不機嫌な表情を顔に浮かべていた。濃い藍色の目、短くカットした漆黒の髪。響きのいい、声量の豊かな声。その抑揚から、イギリス人でないということがすぐわかった。

「伯父はお目にかかれないと思いますの。病気ですし」

「残念です。でもあなたからお話がうかがえれば、それでも結構です。マドモアゼル・ダヴィロフでいらっしゃいますね？」

「ええ、ソーニャ・ダヴィロフです。お聞きになりたいのは、どういうことでしょう？」

「一昨日の晩の悲しい事件について調べていまして――ギルモア・ウィルソンさんが亡くなられた。何かご存じのことがありましたら」

ソーニャは大きく目をみはった。

「あの方、心臓麻痺で亡くなられたんでしょう？　チェスの試合中に……」

「警察ははっきりそうとも決めかねているんですよ、マドモアゼル、心臓麻痺とはっきり答がでているわけでもないものですからね」

ソーニャは怯えたように肩をすくめた。

「ではあの、本当なんですね？　イワンが言ったとおりだわ」

「イワンとは誰ですか？　どうして彼が言ったとおりだったなんておっしゃったんですか？」

「さっき、取り次ぎに出たのがイワンですの。イワンはとうからわたしに、ギルモア・ウィルソンは病死したんじゃないと思うって言っていたんですの――間違って毒を盛られたんだって」

「間違って？」

「ええ、伯父に盛るはずの毒薬で殺されたんじゃないかって」

私たちにたいする猜疑の思いをすっかり忘れたかのように、彼女は夢中でしゃべっていた。

「なぜ、そんなことをおっしゃるんですか、マドモアゼル？　サヴァロノフ博士を毒殺したいと思っている者がいるとおっしゃるんですか？」

ソーニャは頭を振った。

「わかりません。何もかもさっぱり。伯父は、わたしを信用してくれませんの。それは当然のことかもしれません。わたしのこと、よく知らないんですもの。子どものころに会ったことはありますが、それ以後、わたしがこの家で一緒に暮らすようになるまで、一度も会ったことがないんですの。でも伯父が何かをひどく恐れているってことは察しがつきます。ロシアにはいろいろな秘密結社があります。ある日、たまたま聞いたことから、わたし、伯父が恐れているのは、そうした秘密結社の一つではないかって思うようになったんです。教えてくださいませんか、ムッシュー」と彼女は一歩近寄り、声をひそめて言った。「ビッグ4とかいう団体について、何か聞いたことがおありになります？」

ポアロはほとんど椅子から跳び上がらんばかりに驚いて、大きく目をみはってきいた。

「なぜ、あなたは——いったい、ビッグ4について、あなたは何をご存じなんですか？」

「ではそんな団体が実在するんですのね？　わたし、ビッグ4がどうとかっていう話を小耳にはさんで、後で伯父にたずねたんですの——どういうことなのかって。まあ、そのときの伯父の表情ったら！　あんな恐ろしそうな顔、見たことがありませんわ。真っ青になって、ブルブル震えだして。そのビッグ4とかいう団体を、怖がっているんですの、伯父は、とっても、ムッシュー、わたし、そう確信しているんですのよ。そうしたら、あのウィルソンってアメリカの方が間違って殺されて」

「ビッグ4」とポアロはつぶやいた。「何かというとビッグ4が浮かび上がる！　驚くべき偶然です、マドモアゼル、思うに伯父さまはまだ危険の真っ只中におられます。何とか手を打たないと。あの晩のことを話してくださいませんか？　まず、チェスボードを見せていただきたいと思います。テーブルも。伯父さまとウィルソンがどこにすわったかも」

ソーニャは部屋の一方の側から小さなテーブルを運んできた。てっぺんに見事な象眼がほどこされ、銀と黒の正方形の並ぶチェスボードになっていた。

「これは数週間前に伯父のところに贈り物として送られてきたんですの。次の試合にはぜひこれを使ってほしいという言葉を添えて。このチェスボードが部屋の中央に、このように置かれておりました」

ポアロはテーブルを入念に――不必要なくらい入念に、調べはじめた。私は少々気をわるくしていた。彼の質問の多くは不適切で、的はずれのように思われた。私が重要だと考える問題について何もきかないのも不満だった。ソーニャの口から思いがけずビッグ4の名が飛び出したので、おそらく興奮して気が動転しているのだろう。

テーブルと、その置かれた位置を子細に調べた後、ポアロは駒を見せてもらいたいと言った。ソーニャ・ダヴィロフが箱にいれた駒を持ってきてポアロに渡した。ポアロは駒を一つ二つ、取り出してかたちばかり検分し、「じつに見事なセットですね」とぼんやりつぶやいた。

試合のあいだ、どんな飲み物が出されたかという質問もなく、その場の顔ぶれについてきくつもりもなさそうだった。いったい、何を考えているんだろう？

私は咳ばらいをして言いかけた。

「ねえ、ポアロ――ぼくはこう考えるんですがね……」

ポアロはにべもなく私の言葉をさえぎった。

「何も考える必要はありません。すべてを、このわたしに任せてください。さて、マドモアゼル、伯父さまにお会いしたいんですが、ご無理でしょうかね？」

ソーニャは微笑して答えた。

「お目にかかると思います。知らないお客さまには、わたしがまずお目にかかってからということになっているんですの」

こう言って、彼女は部屋から出て行った。隣の部屋で何かささやき合う声がしたが、一分ばかり後、彼女がまた出てきて、どうか入ってくれという身ぶりとともに、私たちを隣室に招じ入れた。

寝椅子に身を横たえていたのは堂々たる風貌の男だった。背が高く瘦せていて、毛虫のような眉毛、白い顎髭、飢えと苦しみのあげくなのだろう、痛ましいくらい、やつれた面ざしだった。サヴァロノフ博士は強烈な個性の人物と思われた。特殊な頭の形と額の高さに、私はまず注目した。チェスの名手というのだから、さだめし偉大な頭脳の持ち主なのだろう。世界第二の名プレイヤーというのもうなずける。

ポアロは一礼して言った。

「サヴァロノフ博士、内々でお話できれば幸いです」

博士が姪をかえりみると、ソーニャは心得て出て行った。

「どういうことをお聞きになりたいんでしょう？」

「サヴァロノフ博士、最近、莫大な遺産を継承なさったと聞いております。あなたが——その——思いがけず亡くなった場合、相続なさるのはどなたでしょう？」

「遺言書をかなり前につくって、すべてを姪のソーニャ・ダヴィロフに遺すことにしてあります。まさかあなたは——」

「差し出がましいことを申し上げる気はないのですが、あなたは姪御さんがごく幼いときに一度、会われたきりとうかがいました。誰かが姪御さんになりすますということはごく容易ではないかと——」

サヴァロノフ博士は愕然とした様子だったが、ポアロはさりげなく続けた。

「そのことについては、これだけ申し上げるにとどめておきます。ご注意なさったほうがいいのではないかと老婆心を起こしたまでですから。さて、先夜のゲームの次第をお聞かせ願えましょうか？」

「とおっしゃると——？」

「はい、わたし自身はチェスはいたしませんが、序盤にはさまざまな決まり手があると聞いております——ギャンビットといいましたか……」

サヴァロノフ博士は微笑した。

「なるほど、そういうことですか。ウィルソンはルーイ・ロペスの手で始めました。堅実な指し手です。トーナメントや試合でよく使われる手ですがね」

「悲劇が起こったのは、ゲームを始めてどのくらい経過したときのことだったのでしょうか？」

「三手か四手ぐらいのところだったと思います。ウィルソンが突然、テーブルの上に前のめりになったのです。即死でした」

ポアロは立ち上がって、最後の質問をした。ごくさりげない問いだったが、私には彼の意図がよくわかっていた。

「ウィルソンはその前に何か食べるか、飲むか、していたんでしょうか？」

「ウイスキー・ソーダを飲んでいたんじゃないでしょうか」

「ありがとうございました、博士。これでお暇《いとま》いたします」

従僕のイワンがホールで待っていて、私たちを送り出してくれた。ポアロは戸口で足を止めた。

「この階下のフラットにはどういう人が住んでいるんだね？」

「サー・チャールズ・キングウェルとおっしゃる国会議員の方です。しかしごく最近、家具付きで貸されたと聞いております」

「ありがとう」

私たちは明るい冬陽のさす街路に歩み出た。

「どうも、ポアロ」と私はいきなり言った。「今度ばかりはあなたの手に負えないんじゃありませんか？　ピントはずれの質問ばかりしていましたね」

「そう思いますか、ヘイスティングズ？」とポアロは私の顔を訴えるように見返した。「少々、動揺《ブルヴエルセ》していたものですからね。どんな質問をしていたらよかったと思いますか？」

私はじっくり思いめぐらしてから、自分ならこんな具合に持ちかけただろうと、おおよその心づもりを述べた。ポアロは相応の注意をはらって（と私には思われた）聞いていた。フラットに着くまで、彼はもっぱら聞き役だった。

「なるほど、突っこんだ、うがった質問ばかりですね、ヘイスティングズ」とポアロは鍵穴に鍵をさしこみ、階段を先に立って上がりながら言った。「しかしこの場合、どれも不必要ですよ」

「不必要ですって？」と私はびっくりして聞き返した。「しかし、ウィルソンが毒殺されたとしたら――」

「やあ」とポアロはテーブルの上に載っていた紙きれを取り上げて言った。「ジャップからです。思ったとおりですね」

ポアロが投げてよこした紙きれには短いメッセージが記されていた。〝死体には毒を盛られた形跡はまったく見当たらず、死因は今もって不明〟

「ね？　毒薬についてきくまでもなかったわけですよ」

「とすると、あなたはこういう結果を予測していたんですか？」

「勝負の予測」とポアロは私が答を出そうと長時間かけていたブリッジの問題についての新聞の見出しを引用して言った。「的を射た解答を出したときは、もはや予測とは言わないんじゃないですかね」

「揚げ足取りはいい加減にして」と私はもどかしげに言った。「つまり、あなたにはこういう結果が前もってわかっていたって言うんですか？」

「ええ」

「なぜです？」

ポアロはポケットに手を突っこんで、白のビショップの駒を取り出した。

私はびっくりして思わず言った。「サヴァロノフ博士に返すはずだったのに」

「これはあのビショップではないんですよ。あれはいまだにわたしの左ポケットに入っていますよ。そのかたわれを借りてきたんです。マドモアゼル・ダヴィロフの許しを得て。調べてみたかったものですからね。一足す一は二。ビショップは二つあるわけです」

勿体ぶったその口調に、私は煙にまかれた思いだった。

「しかし何だってわざわざ借りてきたんですか？」

「もちろん、二つ《パルブルー》がそっくり同じかどうか、比べてみようと思ったまでです」

ポアロは小首をかしげて二つを見やった。

「一見、同じように見えますすね。しかしちゃんと証明されるまでは決めてかからないほうがいいでしょう。わたしのあの小さな秤をここに持ってきてくれませんか」

細心の注意をはらって、ポアロは二つの駒の重さをはかった。それから勝ち誇ったような表情を浮かべて、私のほうに向き直った。

「思ったとおりでした。ええ、思ったとおりでしたよ。エルキュール・ポアロを騙せると思ったら大間違いです」

彼は電話にとびつき、先方が出るのを苛々と待った。

「ああ、ジャップですね？　エルキュール・ポアロです。あの家の従僕のイワンを見張ってください。ぜったいに取り逃がさないように。そうです。お願いしましたよ」

受話器をガチャンと置いて、ポアロは私を見返った。

「まだわかりませんか、ヘイスティングズ？　では、説明しましょう。ウィルソンは毒殺されたのではありません。感電死したんですよ。ごく細い針金が二つの駒のうちの一つの真ん中に通してあったんです。テーブルは前もって用意され、床の上のあらかじめ定められた位置に置かれていました。問題のビショップが銀色の桝目の一つの上に置かれたとたん、電流がウィルソンの体をつらぬき、彼は即死したんです。唯一の痕跡は、彼の手の——そう、左手の火傷のあとでした。左利きでしたからね、ウィルソンは。この試合に使われたチェスボードには呆れるほど、巧みな仕掛けがほどこしてあったんですよ。わたしが調べたテーブルはよく似てはいますがまったくの別もので、種も仕掛けもありませんでした。事件の後、すぐにすり替えられたと思われます。階下《した》のフラットから操作したんでしょうね——家具付きで貸されたという話でしたね。しかし共犯者が少なくとも一人はサヴァロノフ家にいたはずです。あの娘さんはビッグ4の手先だったに違いありません。サヴァロノフ博士の財産をねらっていたんでしょう」

「イワンは？」

「彼こそ、ほかならぬナンバー・フォーだったんじゃないですかね」

「何ですって？」

「ええ。ナンバー・フォーは天才的な性格俳優ですからね。どんな役どころもこなせるんですよ」

私は過去のいくつかの場合を思い返してみた。精神病院の介護士、肉屋の若い店員、人あたりのやわらかい医師――それがみんな、一人の男の扮装だったのだ。まったく共通点のない連中がそろいもそろって、一人の男だったなんて。

「驚いたなあ！」と私はしみじみ言った。「しかしそう考えると、すべてがうなずける。サヴァロノフ博士は何となく怪しんでいたんでしょうね。それだから試合をしたがらなかったんでしょう」

ポアロは何も言わずに私の顔を見返した。それから急に背を向けて、部屋の中を落着きなく歩きまわりはじめた。

「ひょっとしてチェスに関する本を何か、持っていませんか、モナミ？」としばらくしてポアロは唐突にきいた。

「ええ、どこかに一冊、あったと思いますが」

探し出すのにちょっと手間がかかったが、ようやく見つけてポアロに渡すと、彼は椅子に腰を下ろして、ひどく熱心に読みふけりはじめた。

十五分ばかりたったとき、電話が鳴った。私が受話器を取るとジャップからだった。イワンは大きな包みを持ってフラットを後にし、待っていたタクシーに乗りこんだという。警察はすぐその後を追ったが、イワンは追跡に気づいて何とか追手をまこうと骨を折ったあげく、うまく振りきったと見きわめて、ハムステッドのとある大きな空き家に乗りつけた。警察は今、その家を囲んでいる――という報告だった。

ジャップの伝言をポアロに伝えると、まるでこっちの言うことが呑みこめないかのようにぼんやり私の顔を見つめて、チェスの本をさし出した。

「モナミ、聞いてください。これがルーイ・ロペスの序盤の手です。⑴ P-K4, P-K4 ⑵ Kt-KB3, K-QB3 ⑶ B-Kt5……ここで、黒のいちばんいい第三手はどれかという問題が出てきますね。黒はここで、さまざまな手の中から一手を選ばなければなりません。ギルモア・ウィルソンを殺したのは、白の第三手、B-Kt5 です。わずか三手目です。どういうことか、わかりますか？」

いったい、ポアロは何を言っているのかと戸惑いながら、私は「いや、わかりません」と答えた。

「もしもですよ、ヘイスティングズ、もしもあなたがこの椅子に腰をかけているときに、玄関のドアが開く音がし、それから閉まる音がしたら、あなたはどう思いますか？」

「誰かが出て行ったと思うでしょうね」

「そう――しかし物事にはいつも二面があるんですからね。誰かが出て行った――誰かが入ってきた――これは正反対の事実です。そうじゃありませんか？　しかし間違った推測をすれば、当然ながら小さな違いが生じ、そこから違った方向に歩きだすということになるのです」

「いったいぜんたい、あなたは何が言いたいんですか、ポアロ？」

ポアロは突然、椅子から跳び立った。

「つまり、わたしがとんでもないドジを踏んだということですよ。さあ、急がなくては。あのウェストミンスターのフラットに急行しましょう。まだ間に合うかもしれない」

私たちはすぐタクシーを捕まえて跳び乗った。ポアロは私が何をきいても答えてくれなかった。先方に着いて階段を駆け上がり、呼び鈴を押し、ドアをノックしたが何の返事もなく、耳を澄ますと、中からうめき声が聞こえた。

管理人が合鍵を持っていたので、押し問答のすえ、何とか借りうけて中に入ることができた。

ポアロが先に立って奥の部屋に行った。クロロフォルムの臭いがしたと思ったら、ソーニャ・ダヴィロフが猿ぐつわをはめられ、クロロフォルムに浸した綿を鼻と口に押しつけられて床に転がされていた。ポアロがロープをほどき、意識を回復させようと努力した。そのうちに医者が来たので、彼女のことは任せることにした。サヴァロノフ博士の姿はどこにも見当たらなかった。

「どういうことなんでしょう？」と私はつぶやいた。何が何だか、さっぱりわからなかった。

「二通りの推理のうち、わたしはどうやら間違った推理のほうを選んだようです。わたしはソーニャ・ダヴィロフになりすますのは容易だと言いました。伯父のサヴァロノフ博士は彼女に何年も会っていないんですから」

「それで？」

「つまり、まったく逆のこともまた言えるわけです。誰かがサヴァロノフ博士になりすますことも、しごく容易だったんじゃないでしょうか」

「何ですって？」

「たぶん、サヴァロノフ博士は革命の勃発当時に亡くなっていたんでしょう。さんざんつらい思いをしたあげくに何とか、脱出したという人物、すっかり面変わりして、友人にもわからないくらいだったという男、莫大な財産の継承者として名乗りをあげたのは

……」

「ええ、誰だったんですか、それは？」

「ナンバー・フォーですよ。ビッグ4について彼が話しているのを洩れ聞いたとソーニャが言ったとき、彼はさぞかし慌てたことでしょうね。しかし今度も彼はわたしの指の

あいだからすり抜けてしまいました。わたしがいずれは間違いに気づくことを予測し、正直者のイワンを逃亡劇の主人公にまつりあげ、ソーニャにクロロフォルムを嗅がせたあげくに逃げたんですよ。今ごろはおそらく、マダム・ゴスポージャが遺した証券の大半を現金化しているに違いありません」

「だとすると——彼の命をねらったのはいったい、誰だったんですか？」

「誰も彼を殺そうとねらったりなんかしなかったんですよ。ねらわれていたのはウィルソンだったんです——最初からね」

「でもどうして？」

「なにしろ、サヴァロノフ博士は世界第二のチェスの名手といわれていたんですからね。一方、ナンバー・フォーはおそらくチェスの初歩も知らなかったんじゃないですかね。試合なんて、とてもじゃないができない相談だったでしょう。何とか避けようとしましたが、うまくいかなかったので、ウィルソンが死ぬことになってしまったんですよ。偉大なサヴァロノフ博士がチェスのＡＢＣも知らないことに気づかれては、一大事ですからね。ウィルソンがルーイ・ロペスの手が好きだということはよく知られていました。その手をまず使うだろうということは察しがつきます。ナンバー・フォーは、こみいった防衛策が講じられるに先立って、第三手で死がウィルソン青年を襲うように手はずをととのえていたに違いありません」

「ですが、ポアロ」と私は食いさがった。「われわれは狂人を相手にしているんでしょうか？　あなたの推理はうなずけますよ。たぶん、あなたの言うとおりなんでしょう。しかし自分の役割を演じきるために人一人を殺すなんて、ひどい話じゃありませんか。殺人をおかさなくたって、もっと簡単な方法がいくらでもあったでしょうに。たとえば試合の緊張が体にさわると医者に言われているとでも」

　ポアロは額に皺をよせた。

「たしかに《セルテヌマン》ね、ヘイスティングズ、手段はほかにもあったはずです。ですが、絶対に確実とはいえないでしょうからね。それにあなたは、人を殺すのはよくよくのことだ、普通の人間なら、避けるはずだと考えているんでしょうが、ナンバー・フォーの心はそんなふうには働かないのです。わたしは彼の立場に身を置いてみました。あなたにはまず無理でしょうが、わたしには彼の心理状態を思い描くことができます。ナンバー・フォーはチェスの名手である博士の役をけっこう楽しんで演じていたと思いますよ。自分の役柄を研究するためにチェスのトーナメントの観戦もしたんじゃないでしょうか。じっとすわって、いい手を考えているように顔をしかめたり。しかしそのあいだ、腹の中でせせら笑っていたのです。自分は二手しか知らない。それだけで十分なはずだとね。自分に——ナンバー・フォーに——もっとも好都合な瞬間を予知し、殺人をおかす。こたえられない楽しさだったでしょう……そうなんですよ、ヘイスティングズ、わたしにはナンバー・フォーという人間が、またその心理状態が少しずつ、わかってきたように思えます」

私は肩をすくめた。

「まあ、あなたの言うとおりなんでしょうが、避けることもできたろうに、敢えてそんな危険をおかすなんて、どうもわかりませんねえ」

「危険ですって！」とポアロは鼻を鳴らした。「危険がどこにあったと言うんですか？あのジャップに謎を解くことができたでしょうか？　いいえ、ナンバー・フォーがたった一つの小さな過ちさえ、おかさなかったなら、何の危険もなかったでしょうよ」

「過ちですって？　どんな過ちですか？」答を予知しながらも、私は敢えてきいた。

「モナミ、ナンバー・フォーはこのエルキュール・ポアロの灰色の脳細胞を軽く見るという過ちをおかしたんです」

ポアロにもいいところはいろいろとある。しかし謙遜が彼の美徳だとは、とてもじゃないが言えないだろう。

12
罠

一月の半ばだった。イギリスの冬の日の例にもれず、ロンドンの街は湿っぽく、薄汚れていた。ポアロと私は椅子を炉の火の前に引き寄せて向かい合ってすわっていたが、ポアロが謎のような笑みを浮かべて私の顔を見つめているのに気づいて、私は軽い口調できいた。「いったい、何を考えているんですか、ポアロ?」

「思い出していたんですよ。あなたがロンドンに着いた、あの真夏の日のことを。確かあのとき、あなたは、二、三カ月、滞在するつもりだと言っていましたっけね?」

「そんなことを言いましたかね」と私はちょっと間がわるかった。「よく覚えていませんが」

ポアロはにっこり笑って言った。

「ええ、言いましたとも。しかしどうやらあなたは最初の計画を変更したようですね、モナミ?」

「そう、まあ……」
「なぜですか？」
「当然でしょう、ポアロ？　ビッグ4のような、たいへんな相手を向こうに回している
あなたを、どうして一人にして帰れますか？」
　ポアロは静かにうなずいた。
「思ったとおりですね、あなたは頼りになる友だちです、ヘイスティングズ。ここに残
って、わたしのために一働きしようという心づもりなんですね。あなたがシンデレラと
呼んでいる、あのかわいらしい奥さんは、あなたの長い不在について何と言っておられ
るんでしょう？」
「くわしい説明はしていませんが、彼女にはもちろん、わかっていますよ。友だちを置
いて帰るなんて、そんなことが、このぼくにできるわけはない」
「ええ、彼女もわたしの忠実な友人ですからね。しかし長期間の戦いになると思います
よ、これは」
　私はうなずいた。少し意気消沈していた。
「すでに六カ月たったのに、まだ何一つ、達成されていないんですからね。何か行動を
起こす必要があるんじゃないかという気がしないでもありませんが」

「あいかわらずエネルギッシュですね、ヘイスティングズ。正確に言って、わたしに何をしろというんですか？」

正面切って答えることはできなかったが、もちろん、私としても、一歩もひく気はなかった。

「とにかくこの辺で攻勢に転ずるべきですよ」と私は水を向けた。「これまで、われわれはほとんど何もやってこなかったんですから」

「いえ、あなたが考えている以上に、いろいろとやってきたと思いますよ。まず、ナンバー・ツーとナンバー・スリーの正体がはっきりしたわけですしね。ナンバー・フォーのやり口や彼のメソッドも、かなり明らかになりましたし」

私は少し元気づいた。確かにがっかりするには当たらない。

「そうですとも、ヘイスティングズ、わたしたちなりに相当の成果をあげたと思いますよ。ライランドにしろ、マダム・オリヴィエにしろ、わたしが糾弾できる立場にないことは本当です。彼らについてのわたしの言い分を、誰が信じるでしょう？　あなたも知っているように、ライランドを追いつめたと思ったこともありましたがね。このほど、わたしは自分がいだいている疑惑をある方面に――それもその上層部に話しました。具体的に言いますと、わたしは自分の得た情報を、オールディントン卿に告げたのです。

オールディントン卿は例の潜水艦の設計図の盗難に関して、わたしの助力を求めたことがあります。卿はビッグ4に関してわたしが提供した情報を全面的に信じてくださいました。ライランド、マダム・オリヴィエ、それにトップのリー・チャン・イェンが好き勝手な行動に出ようとも、彼らの行動には今では、きびしいサーチライトが向けられているんですよ」

「ではナンバー・フォーにも？」

「今も言ったように、わたしは彼のメソッドについて理解しはじめています。おや、笑っていますね、ヘイスティングズ、しかし一人の人間の個性を研究して、彼がある状況においてどういう行動を取るか、それを知ることが成功の端緒だろうと、わたしは思っているんですよ。これはいうならば決闘です。先方はその心理状態をわたしに刻々、明らかにしています。ところがわたし自身のそれは、ほとんど知られないように細心の注意をはらっています。彼は脚光を浴びている。わたしはいわば物陰に身をひそめている。どうやら、ヘイスティングズ、わたしが故意に鳴りをひそめているので、彼らは時とともに、わたしをますます恐れるようになっているようですよ」

「そうまあ、今のところ、やつらはわれわれに手を出していませんね」と私は言った。

「あなたの命をねらおうという試みもありませんし、待ち伏せの動きもないようです」

「ええ」とポアロは考えこんでいるようにつぶやいた。「それはちょっと意外ですね。とくに彼らが思いつきそうな、有力な反撃の方法が一つや二つはあるんですから。そう言えば、あなたにもわかるんじゃないですか？」

「何か恐ろしい仕掛けを使ってですか？」と私は言ってみた。

ポアロは苛々と舌打ちした。

「とんでもない！　私はあなたの想像力に訴えているつもりなんですがね。それなのに、あなたときたら、暖炉に爆弾をかくすといったたぐいの、荒っぽい手口を考えているんですからね。マッチがないようですね。一っ走り、買ってきましょうかね。ところで、あなたは『アルゼンチンの将来』、『社会の鏡』、『家畜の飼いかた』、『深紅の手がかり』、『ロッキー山脈のスポーツ』といった本をいちどきに読むつもりなんですか？」

私は笑って、目下、読んでいるのは『深紅の手がかり』だけだと答えた。ポアロは悲しげに頭を振った。

「だったらそのほかの本は本棚にもどしてください！　あなたという人は、整理整頓のABCもわかっていないんですねえ。本棚は何のためにあるんですか？」

私はすまないと素直に謝った。ポアロは本をそれぞれの本来の場所にもどしてから、私を残して部屋を後にした。私はこれ幸いと『深紅の手がかり』に読みふけった。

しかしどうやらそのうちにとろとろと居眠りをしかけていたらしく、ミセス・ピアスンがドアをノックする音に、ビクッとして目を覚ました。

「電報がとどきました」

私は大した関心もいだかずに、オレンジ色の封筒の封を切った。

そしてそのとたん、石と化したように電文を呆然と見つめた。

電報は南米の私の農場の管理人のブロンセンからだった。


ミセス・ヘイスティングズ、昨日から行方不明。ビッグ4と名乗るギャング団に誘拐された恐れあり。ご指示を乞う。警察に通報したるも、手掛かりなし。

ブロンセン

私は手を振ってミセス・ピアスンを去らせると、打ちのめされたようにすわりこんで電文を何度も読み返した。シンデレラが誘拐された——ビッグ4の手に落ちたのだ！

ああ、どうしたらいいだろう？

ポアロ——そうだ、ポアロに知らせなければ。ポアロが手だてを考えてくれるだろう。彼なら、敵をやっつけてくれるだろう。もう数分もすれば、彼が散歩からもどってくる。

それまでは待つしかない。だが、ああ、シンデレラがビッグ4の手に！

またノックの音がした。ミセス・ピアスンがもう一度、ドアの陰からのぞいた。

「大尉さんにお手紙がとどきました。中国人が持参し、そのまま、階下で待っています」

私はその電報を彼女の手から、ほとんどもぎ取るように引き取って読みくだした。簡単明瞭な文面だった。

　奥さんにもう一度会いたかったら、これを持参した中国人に同行すること。きみの友人にはいっさいメッセージを残してはならない。さもないと、奥さんが苦しむことになるだろう。

署名がわりに、4と大きく記されていた。

どうしたらいいのか？　私はいても立ってもいられない気持ちだった。読者のみなさんが私だったら、どうしますか？

しかしぐずぐず考えている暇はなかった。私の念頭には一つのことしかなかった。愛するシンデレラがあの悪魔たちの手中にあるのだ。彼らの命令に従うほかはない——彼女の髪の毛一筋でも損なわれてはならない。この中国人と一緒に、彼の行くところにどこまでもついて行こう。これは罠だ。それはわかっている。ついて行けば、私も敵の手に落ちるだろう。死が待っているかもしれない。しかし世界の何ものよりも大切な妻の命がかかっているのだ。躊躇する気はなかった。

何とも腹立たしいのは、ポアロに何も言いおくわけにいかないことだった。彼が私のあとを追うことができれば、助かる望みはないとは言えない。この際、敢えて伝言を残すことができるかどうか。今のところ、見張られているわけでもなさそうだ。そう思いながらも私はためらった。中国人とかが上がってきて、私が命令を文字どおり、実行するかどうか、確かめないのはどうしてだろう? なぜ、そうしないのか? 私は知らず知らず、気をまわしていた。ビッグ4の強大な力をこれまでさんざん見せつけられてきただけに、超人的な能力を想定していた。極端なことをいえば、この家の哀れっぽい下働きのメイドだって、やつらの手先でないとは言いきれない。

しかしまあ、電報を残していくことはできるだろう。そうすれば、ポアロはシンデレラがいなくなったことを知り、その誘拐の陰に働く力が誰のものか、察しをつけるに違いない。

そういった思惑が一瞬のうちに私の脳裏にひらめいた。私は帽子をかぶって、中国人が待っているところへと階段を降りた。手紙を受け取ってから、ほんの一分かそこらのことだった。

その背の高い、無表情な顔の中国人は、みすぼらしいがキチンとした衣服に身を包んでいた。彼は一礼して口を開いた。訛のない英語だったが、歌でも歌っているような抑揚が特徴的だった。

「ヘイスティングズ大尉ですね？」

「そうだ」

「さっきの書きつけをもらいましょう」

そう言われることを予期していたので、黙ってそれを渡したが、それだけではすまなかった。

「今日、お宅に電報が届きましたね？　ほんの少し前に？　たぶん南米から」

まったく彼らのスパイ組織は抜け目がない。それとも、彼ら一流の勘か。何かあれば、ブロンセンが私に電報をよこすくらいは先刻お見通しなのだろう。電報がとどくのを待ってすかさず行動に出たのだ。

どうせ先方にはわかっているのだ。今さら否定して何になる？

「ああ、確かに」

「それを持ってきてもらえますか？　今すぐ」

私は歯噛みをしたが、どうしようもなかった。ふたたび階段を駆けあがりながら、ミセス・ピアスンに事情を明かそうかと考えた――シンデレラがいなくなったことだけでも。彼女はちょうど踊り場に立っていたが、すぐ後ろにあの下働きのメイドがいたので、私は躊躇した。あのメイドがスパイでないとは言えない。書きつけの文字が目の前で踊っていた。「……奥さんが苦しむことになる……」私は無言のまま、居間に行った。

電報を取り上げて出ていこうとして、私はハッとして足を止めた。相手に気づかれずに、ポアロにある意味を伝える算段をしてはどうか？　私は本棚のところにもどり、本を四冊取り出して、床にほうりだした。あのポアロのことだ。もちろん、気づくだろう。こんなところに散らかしてと腹を立てて、小言を言いながらかたづけようとして――これは妙だとハッとするに違いない。さらに私はシャベル一杯の石炭を炉の火に投げこみ、炉格子のところに燃えさしを四つ、かたよせて置いた。できるだけのことはした――ああ、どうか、ポアロが私のメッセージを読み取ってくれるように。

私は急いで階下に降りた。中国人は私の手から電報を取り、読みくだして、それをポケットにしまうとうなずいて、ついてくるように私をうながした。

長い単調な旅だった。一度はバスに乗り、それから電車に乗り換えて、かなり長い道のりを終始、東に向かって旅を続けた。こんな場所があろうとは思いもしなかった地域だった。ドックの立ち並ぶ場所にさしかかっていた。どうやらチャイナタウンの中心地域らしい。

私は思わず身を震わせていた。しかし案内人の中国人は、私の思惑などにはお構いもなく歩きつづけ、汚らしい通りや横町をあっちに折れ、こっちに曲がって進んだ。やがて中国人は倒れかけているような、みすぼらしい家の前で足を止め、ドアを四度たたいた。

ドアを開けたのはやはり中国人で、脇によけて私たちを通した。ドアが後ろで閉まるガチャンという音が私には希望の鐘の最後の反響のような気がした。これでとうとう敵の手に落ちたわけだと私は観念した。

ここからの私のお目つけ役は、またべつの中国人だった。彼はガタガタした階段を下って私を穴蔵に連れこんだ。梱や樽が置かれ、東洋の香料のような匂いが漂っていた。東洋の雰囲気が私を囲んでいた。陰険で、狡猾な、邪悪な感じだった。

突然、私の案内人が二つばかりの樽を転がした。と壁にあいている低いトンネルのような通路が明らかになった。彼は身ぶりで私に、先に行けとうながした。トンネルはかなりの長さがあるようだったが、立って歩けないほど、天井が低かった。しかし進むうちにトンネルはしだいに広がって通路となり、数分後、べつな穴蔵に出た。

その中国人が先に立って、一方の壁を四回、たたいた。と、その壁全体がゆっくり動きだし、幅のせまい戸口が現われた。そこから入ると、驚いたことにアラビアン・ナイトの宮殿の一室のようなところに出た。天井の低い、細長いその部屋の壁には高価そうな絹の帳《とばり》が掛かり、こうこうと明りが輝き、香《かぐわ》しい香りが立ちこめていた。絹の布を張った長椅子が五つ、六つ、配置され、床には中国産らしい、見事な絨緞が敷かれていた。部屋の向こうの端に、カーテンで仕切った一隅が設けられ、そこから声がかかった。

「お客をお連れしたのかね?」

「はい、閣下、連れてまいりました」案内役がそううやうやしく答えた。

「こっちに進ませろ」

見えない手によってカーテンが引かれ、私はクッションを置いた、大きな椅子に腰掛けている背の高い、痩せた男と向かい合っていた。手のこんだ刺繍をほどこした、東洋風のうつくしい服装に身を包み、爪を長く伸ばし、おそらく身分のある男と見えた。

「すわってください、ヘイスティングズ大尉」と彼は手を振って椅子を勧めた。「私の依頼にこたえてすぐ来てくださったんですね。結構です」

「あなたは誰です?」と私はきいた。「リー・チャン・イェンですか?」

「とんでもない。私はご主人さまのもっともいやしい召使いですよ。ご主人さまの命令を行なっているに過ぎません――ほかの国々――たとえば南米でも、ご主人さまの命令はすべて忠実に遂行されていましてね」

私は一歩、踏みだした。

「家内はどこにいるんです？　家内に何をしたんですか、あんた方は？」

「奥さんは安全な場所におられますよ――誰にも見つからない場所にね。今のところ、何の危害もこうむっておられません。そう、今のところは」

にんまり笑っている悪魔のような顔を見返しながら、私は思わず戦慄していた。

「何が望みなんですか？」と私は叫んだ。「金ですか？　何でもあげますよ！」

「おやおや、ヘイスティングズ大尉、あなたがコツコツと貯めた金など、われわれの眼中にはありませんよ。失礼だが、あまり利口な提案とは言えませんね。あなたの同僚だったら、そんな提案はしないでしょう」

「私をうまく捕まえたつもりだろうが」と私はむっつり言った。「私はすべてを承知でここに来たんだ。私はどうなってもいい。だが家内は解放してくれ。彼女は何も知らない。あんたたちには何の役にも立たないよ。あんたたちは彼女を利用して私を捕まえた。もういいだろう」

中国人はあいかわらず微笑を消さずに、滑らかな頬を手でさすり、細い目で私をすかし見た。

「まあ、そう急ぐことはないでしょう」猫がのどを鳴らしているような声だった。「急いてはことを仕損じるとも言うじゃないですか。あなたが言うように、私たちは確かにあなたを捕まえた。しかしそれだけが目的ではなかったんですよ。あなたを通じて、ご友人のエルキュール・ポアロ氏を押えるのが当方の心づもりでしてね」

「そううまくは行かないだろうよ」と私はせせら笑った。

「そこで提案があるんですが」と男は続けた。私の言葉など、まったく聞こえていないようだった。「ポアロ氏あてに手紙を一通、書いていただきたいんですよ。彼がそれを読んだら、取るものも取りあえず、あなたのもとに駆けつけるような手紙をね」

「そんな手紙、誰が書くものか！」と私は憤然と言った。

「後悔することになりますよ」

「後悔も、へったくれもない！」

「書かなかったら、死ぬほかないと聞いてもですか？」

背筋に冷たいものが走ったが、私はあくまでも大胆にふるまおうと決心していた。

「私を威《おど》そうが、責めさいなもうが、何にもならないよ。そんなこけ威しは中国人の臆病者たちのために取っておくんだな」

「私の恐喝は絵空ごとではないのですよ、ヘイスティングズ大尉。もう一度、ききます。手紙を書くのか、書かないのか？」

「書くものか。たとえ、あんたたちに殺されたって、書く気はないよ。どうせ、そのうち警察が嗅ぎつけてやってくるだろう」

男が手をたたくと、どこからともなく中国人が二人現われて、私を羽交いじめにした。そして男が何か早口の中国語で命じると、その大きな部屋の片隅に私を引きずって行った。一人が身をかがめたと思うと、何の予告もなしに床が落ちこみ、もう一人の男が押えていなかったら、私の体はその大きな割れ目から下方へと落下していただろう。墨を流したような真っ暗闇の中に高らかな水音が響いていた。

「この家の脇には川が流れていましてね」と長椅子にすわったまま、男は言った。「よく考えて返事をしたほうがいいと思いますよ、ヘイスティングズ大尉。もう一度、ことわればあなたは真っ逆さまに奈落の底に落ちるだけのことです。下の川に溺れて死ぬほかないでしょうね。さあ、これが最後です。手紙を書きますか、書きませんか？」

私も人間、歯の根も合わないほど、怯えあがっていたことは認める。この中国人はこけ威しでこんなことを言っているわけではない。それは確かだった。ことわったら、このうつくしい世界に別れを告げなければならないのだ。思わず知らず声が震えていた。

「いやだ！　誰が書くものか！」

こう言いはなって、私は思わず目をつぶって、短い祈りを口の中で唱えた。

13　ネズミが罠に

　人が生死を分ける崖っぷちに立つというのは、そうザラにあることではない。しかしあのイースト・エンドの穴蔵で「いやだ！」と叫んだとき、私はそれが自分のこの世における最後の言葉となるだろうと覚悟していた。下の川の黒い水の中に落ちこんだときの衝撃に備えて私は身を固くし、息もつまるような、その落下の恐怖をすでに経験している心境だった。

　ところが驚いたことに低い笑い声が聞こえた。目を開けた私を、頭目の命令に従ってだろう、私の二人の看守がさっきの椅子のところへと引きずって行ってすわらせた。

「なかなか勇敢ですな、ヘイスティングズ大尉。われわれ東洋の人間は勇気を尊重します。まあ、予期はしていましたがね。そこで、あなたを主人公とするドラマの第二幕が開くわけです。自分の死に直面しても、あなたは言うことを聞かなかった。誰かべつの人間の死はどうですか？　平気でいられますか？」

「どういう意味だ、それは？」と私はしゃがれ声できいた。恐ろしい予感が胸にきざしていた。

「奥さんがわれわれの手中にあることを、忘れてはおられんでしょうね？　花園のバラのようなうつくしい方ですよね」

私は言いしれぬ苦悶の表情を顔にたたえて、頭目の顔を見つめたと思う。

「手紙を書いていただきましょう、ヘイスティングズ大尉、ここに電報用紙があります。私がどういうメッセージを送るか、それはすべてあなた次第なんですよ。奥さんの生死がかかっていることを忘れないでください」

私の額には冷や汗が噴き出していた。中国人はあいかわらず愛想のいい笑顔をくずさずに冷然と言った。

「さあ、大尉さん、このペンをお使いください。私の口述どおりに書けばいいんですよ。いやだとおっしゃるなら……」

「いやだと言ったら？」と私はつぶやいた。

「あなたの愛する奥さんは死ぬほかないでしょうね。ジワジワと苦しみながら。私の主人のリー・チャン・イェンは暇さえあれば、手のこんだ、あたらしい拷問の方法を考え出すのを楽しみにしておられましてね」

「悪魔め！　まさか、そんな……」

「どういった斬新な方法があるか、少し話して聞かせてあげましょうかね」

私の抗議の叫びを耳にも入れず、男は単調な声音で平然としゃべりつづけた。聞くうちに私は堪らなくなって両手で耳を覆った。

「わかったようですね。ではペンを取ってください」

「まさか、おまえら……」

「無駄口をたたいている暇はないんですよ。そのくらい、わかっているでしょうに。さあ、ペンを取ってお書きなさい」

「手紙を書いたら――？」

「奥さんは解放されるでしょう。すぐ電報を打ちますよ」

「あんたたちが約束を守るかどうか、どうしてわかる？」

「私のご先祖さまの神聖な墓にかけて誓いますよ。それに考えてもごらんなさい。あなたの奥さんを傷つけて何になります？　目的が達せられれば、それ以上、拘禁する必要もないわけですしね」

「で――ポアロは？」

「われわれの作戦がことごとく完了するまで、安全な場所に監禁するだけのことです。

そのうえで解放しましょう」

「それも先祖の墓にかけて誓うと言うんだな？」

「すでに一度、誓ったんです。それで十分ではないでしょうか？」

堪らない気持ちだった。親友を、ポアロを裏切るなんて。それもいまわしい敵の手に引き渡すなんて。一瞬、私はためらった。しかし拒絶した場合にどういうことが妻の身に起こるか。悪夢のような、恐ろしい光景が瞼の裏をよぎった。シンデレラが中国人の悪魔たちの手中にあるのだ。彼女が責めさいなまれて苦しみながら死ぬようなことがあったら……

私はうめき声を洩らして、ペンをつかんだ。手紙の文言を何とか工夫して、罠に近よらないようにポアロに警告を送ることができないものだろうか？　それしか望みはない。しかしその望みすら、すぐ絶たれてしまった。頭目が物柔らかな、慇懃な口調で言ったのだ。

「では私が口述しますから、どうか、そのとおりに書いてください」

彼はかたわらの覚え書きを見ながら口述した。

ポアロ、ぼくは今、ナンバー・フォーをつけている。今日の午後のこと、見知らぬ中国人がやってきて、偽の伝言でぼくをおびきだした。幸い、ぼくはその企みを見やぶることができ、うまくやつを振りきり、逆に彼のあとを何とかつけることに成功した。これがなかなかうまく行ってね。気の利く少年にこの手紙を託します。駄賃に半クラウン、はずんでください。これを届けてくれたら心づけをもらえるだろうと言ってあります。ぼくはやつらの巣窟を見張っているので、この場を離れるわけにいかないのです。六時まで待っても、あなたがこなかったら、一人で乗りこむつもりです。めったにない好機ですからね。少年があなたと連絡がつかないという可能性もないわけではないでしょうが、もしもこの手紙を受け取ったら、彼を道案内にこの家に来てください。そうそう、もう一言。家の中から誰かが外の様子をうかがっていないとも限りません。大事な口髭が見とがめられないように顔をかくすこと。取り急ぎ。

A・H

一語、書き取るごとに、私はますます絶望の淵に沈んだ。何という巧妙な文面だろう！　敵はポアロと私の日常生活を細大洩らさず観察し、熟知しているに違いなかった。それはまさに私が書きそうな手紙だった。中国人が午後、訪ねてきて私をおびきだした

――そう認めていることで、私が四冊の本を散らかして伝えようとしたメッセージの意味はかたなしになってしまった。私が罠を見やぶったとポアロは思いこむだろう。ポアロが手紙を受け取るときについても、計算ずみなのだ。ポアロは手紙を読んで、ゆっくり考える間もなく、使いの無邪気そうな少年の案内で即刻、出発するに違いない。私が一人で乗りこむことがないように、取るものも取りあえず、行動を起こすだろう。彼はいつも私の能力を、滑稽なほど過小評価しているのだから。単独ではとても対処しかねる状況に私が無謀にも乗りこもうとしていると思いこんで、ここは自分がと駆けつけるのは目に見えている。

そんなふうに私はとっさに思いめぐらしたが、この際、どうしようもなかった。私が一語一語書き取った手紙を頭目は引き取って読みくだし、「よし」と言うようにうなずくと、手下の一人に渡した。男はそれを持って壁に掛かっている絹の帳《とばり》の後ろに姿を消した。そこが出入り口らしかった。

頭目は微笑して、電報用紙に走り書きして私にさし出した。

「白い鳥を放たれたし」

私は安堵の吐息を洩らした。

「これをすぐ送ってくれるんでしょうね？」

彼は笑って頭を振った。

「エルキュール・ポアロ氏が私の手に落ちたらね。そのときまでは奥さんを解放するわけにはいきませんな」

「しかしあんたは約束したじゃないか……」

「この計画が失敗した場合に備えて、白い美しい鳥を押えておく必要があるかもしれませんからね。あなたにもう一働きしてもらえるように」

何という狡猾さだ！

「よくもそんな……」

彼は細長い、黄ばんだ手を物憂げに振った。

「安心なさい。まず失敗する気づかいはないと思いますよ。ポアロ氏がわれわれの手に落ちしだい、約束どおり、奥さんは自由の身になるでしょう」

「もしも裏切るようなことがあったら……」

「名誉ある私の先祖の墓にかけて誓ったんですからね。まあ、ゆっくりしていてください。ご心配にはおよびません。私は失礼しますが、あなたのことは召使いたちによく頼んでいきますよ」

その後、私はその地下の贅沢な部屋に一人残されたが、しばらくして、さっきの手下がふたたび部屋に入ってきた。別な男が食べ物と飲み物を運んできたが、私は手を振ってことわった。気分がわるかったし、どうしようもなく落ちこんでいた。

と突然、頭目がもどってきた。絹の衣を着た、その姿はいかにも堂々としていた。彼はテキパキと指揮を取り、彼の命令で私はまた例のトンネルを通って、初めに連れて行かれた家にもどされ、一階の一室に連行された。窓は鎧戸に覆われていたが、隙間から通りの様子が見えた。みすぼらしい身なりの老人が足をひきずりながら通りの向こう側を歩いていたが、こっちを見て何やら合図した。どうやら見張りの一人らしかった。

「ようし」と頭目はつぶやいた。「エルキュール・ポアロが罠にかかったらしい。こっちに近づいている。案内役の少年と二人だけだ。さて、ヘイスティングズ大尉、お手数ですが、もう一ふんばり、お願いしますよ。あなたの姿が見えなかったら、ポアロ氏はこの家に入ろうとしないでしょう。この家の向い側に彼が姿を現わしたら、石段のところに出て手招きしてください」

「何だって?」と私はギョッとして叫んだ。

「石段の上にはあなた一人が立つんです。この企てが失敗した場合、どういうことになるか、それを忘れないように。もしもエルキュール・ポアロが何かおかしいと気づいて、家に入らなかったら、あなたの奥さんは苦しみながら死ぬことになります——ジワジワとね。そら、やってきますよ、ポアロ氏が」

危惧に高鳴る胸を抑え、何とも堪らない気持ちで、私は鎧戸の隙間に目を凝らした。通りの反対側をこっちにやってくる人影。ポアロだった。コートの襟を立てて、黄色いマフラーで顔の下半分を覆ってはいるが、私はすぐ彼をそれと認めた。その歩き方、卵形の頭を少しかしげている様子。間違いなくポアロだった。私を助けにきたのだ。何の疑いもいだかずに。その脇をロンドンの浮浪少年の一人が小走りに走っていた。ひどく汚れた顔の、ぼろ服を着た少年だった。

ポアロは足を止めて目の前の家を眺める様子だった。少年が何かしきりに話しかけては指さしていた。私は促されてホールに足を進めた。頭目の合図で、召使いの一人がドアの掛けがねを上げた。

「わかっていますね、失敗したらどうなるか」

私が石段の上に立って手招きすると、ポアロは急いで通りを横切った。

「やあ、万事、うまく運んでいるようですね？　少し心配しはじめていたんですよ。家の中に入れたんですね？　しかし家の中はすでにからっぽだったたんじゃありませんか？」

「ええ」と私は低い声で答えた。不自然に響かないように、せいいっぱい努力していた。「どこかに秘密の抜け道があるんじゃないかと思うんですがね。一緒に探してみようじゃありませんか」

私は敷居をまたいで家の中にひっこんだ。ポアロは何の疑念も示さずに、私の後についてこようとした。

そのときだった。私の頭の中で何かがプツンと切れた。自分が演じているユダの役割の恐ろしい意味が脳裏にひらめいていた。

「来ちゃあいけない、ポアロ、さがって、早く！　罠なんですよ！　ぼくのことは構わずに逃げてください！」

私が警告の叫びを発するか発しないうちに、二本の手が万力のようにガッキと私を押えていた。中国人の手下の一人が私の前を走りぬけてポアロに襲いかかった。

ポアロが片方の腕を上げて跳びのくのが見えた。そのとたん、私のまわりに濃い煙がモクモクと立ちこめた。私は息がつまりそうになった。ああ、もうだめだ……

私はへたへたとその場に崩おれた。窒息しかけていた。これが最期か……

私は苦痛をかすかに意識しながら、徐々にわれに返ったらしい。すべての感覚が麻痺してしまっているかのようだった。われに返って最初に見えたのはポアロの顔だった。彼は私のすぐ前にすわって、心配そうに見守っていた。私の視線を感じたのだろう、彼はうれしそうに声を上げた。

「よかった、気がついたんですね。もう大丈夫です。かわいそうにひどい目に遭いましたね」

「ここはどこですか？」と私は喘ぎ喘ぎきいた。

「どこって――われわれの部屋《シェ・ヌ》ですよ！」

見まわすと、確かに見慣れた家具がまわりを囲んでいた。炉にはあの四つの石炭の塊が赤々と燃えていた。

私の視線を追って、ポアロもそっちを眺めた。

「そう、すばらしい思いつきでしたよ、あれは。四冊の本のメッセージもね。これからはね、あいつらが私に、『あなたの友だちのヘイスティングズですがね。頭がよくないのが珠に瑕ですね』と言ったら、私は胸をはってこう答えますよ。『それはとんでもない間違いです』とね。あれはとびきりの、すばらしい思いつきでしたよ」

「じゃあ、あのメッセージをわかってくれたんですね？」

「あなたの必死の伝言がわからないほどの馬鹿じゃありませんよ、わたしは。あれは時宜を得た警告でした。おかげでわたしの計画を実行する時間がかせげましたしね。何らかの手段を講じて、ビッグ4はあなたを拉致した。どういう目的で？　あなたをどうこうしようというわけじゃない。あなたを恐れているからでも、邪魔者を厄介ばらいしようというのでもない。そうですとも、彼らの目論見は明らかです。あなたは囮だったんですよ。大ポアロをおびき出すための囮です。わたしはかなり前から、そんなふうに先方が仕掛けてくるのを待っていたんです。わたしなりに用意をしているところに、思ったとおり、メッセンジャーが現われました。とくにどうってこともない、ありきたりの浮浪少年がね。わたしはすべてを受け入れ、すぐさま少年と連れ立って出かけました。幸い、やつらはあなたを石段の上に立たせた。やつらをやっつけてからでなくては、あなたを救い出せないんじゃないかと、そればかり、私は恐れていたんですよ。見つからない可能性もないわけではないとね」

「やつらをやっつけたんですか？　あなた一人で、ポアロ？」と私はとぎれとぎれにきいた。

「大して頭を使う必要はありませんでしたよ。備えあれば憂いなし。ボーイ・スカウトのモットーです。たいへんいいモットーですよね。そのとおり、わたしは備えていました。少し前に、ある有名な化学者の役に立ったことがあったんですがね。戦争中、毒ガスに関する研究にたずさわっていた男です。この人が私の頼みをいれて、小さなガス弾をこしらえてくれたんです。操作もごく簡単で、持ち運びも容易なやつです。これを投げさえすれば煙が上がり、近くにいる者は気を失うという寸法です。そいつを投げつけると、わたしは呼笛を吹きました。少年がやってくる、ずっと前からわれわれのフラットを見張り、その後、気づかれずにわたしたちのあとをつけてきたジャップの心利いた配下たちへの合図でした。彼らがたちまち馳せさんじて事態をおさめてくれたんです」

「しかしあなたはどうして気を失なわなかったんですか？」

「これも運がよかったんですよ。ナンバー・フォーが――あの巧妙な手紙はおそらく、彼の創作したものでしょう――わたしの口髭を笑いものにしたのが、かえって幸いしました。黄色いマフラーの下にガスマスクをかくしておくのはきわめて容易でしたからね」

「ああ、思い出しましたよ！」と私は声を上げ、そのとたんにハッとした。興奮のあまり、忘れていた恐ろしい事実を思い出したのだ。ああ、シンデレラ！

私はうめき声を上げてふたたび身を横たえた。

一、二分というもの、ふたたび意識を失っていたのだろう。目を開けると、ポアロがブランデーのグラスを私の口にさしつけていた。

「どうしたんです、モナミ？　いったい、どうしたというんですか？」

私は身を震わせながら、ポツリポツリと胸のうちの心配を明らかにした。ポアロはすまなそうに声を上げた。

「すみませんでした、わが友、たいへんな思いをしたんですね！　わたしは何も知りませんでした。でも安心してください。心配は要りません」

「シンデレラを見つけ出すってことですか？　しかし彼女は南米にいるんですよ。われわれが到着するころには——いや、それよりずっと以前に、この世のものではなくなっているでしょう。それも、どんな恐ろしい死に方をしているか」

「そうじゃないんですよ、モナミ、ああ、あなたは思い違いをしています。彼女は無事です。何の心配も要りません。第一、敵の手に捕らえられてなんかいなかったんですからね、かたときも」

「しかしブロンセンから電報で……」

「いいえ、南米からブロンセンという署名のある電報はきたかもしれません——しかしそれとこれとは別問題です。ビッグ4は世界中に枝のように広がっている組織です。あなたの奥さんを通じて、われわれに打撃を加えることだってできるでしょう。そんな危険があることに、あなたはこれまで思いいたらなかったんですか？」

「いえ、ぜんぜん」

「わたしは気をまわしましたよ。あなたに何も言わなかったのは、あなたを不必要に心配させたくなかったからです――しかしそれなりに手段は講じておきました。あなたの奥さんからの手紙は牧場からのように見えましたが、じつはここ三カ月ばかり、わたしが用意した安全な場所から送られていたんですよ」

私はポアロの顔を長いこと、じっと見つめたあげくにきいた。

「本当ですか、それは？」

「もちろんですとも《パルブルー》！　彼らは嘘をついて、あなたを苦しめていたんですよ！」

私はそっと顔をそむけた。ポアロは私の肩に片手を置いて、今まで聞いたことがないほど、しみじみとした声音で言った。

「あなたを抱きしめたり、感情をあらわに示したりしたら、どんなに嫌がるだろうと察しがつきますから、せいぜいイギリス人のように素っ気なく行動することにして、この際、何も言いますまい――ええ、まったく。ただ一言、言わせてもらいたいんです。わたしたちの今度の冒険の功績は、すべてあなたのものです。あなたのような、いい友人を持って、わたしは本当に幸せ者です！」

14　ミス・フロッシー・モンロー

私はチャイナタウンでのポアロのガス弾の戦果に大いに失望していた。まずあの頭目がまんまと逃げおおせたことが不本意だった。ポアロの警笛の音にこたえて集まったジャップの配下たちは四人の中国人がホールで意識を失っているのを見つけたが、私を脅した頭目の姿はなかった。後で思い出してみると、ポアロをおびきよせるために私が石段の上に立たされたとき、その男はずっと後ろのほうにひっこんでいたように思う。だからガス弾の影響を直接に受けることがなかったのだろうし、後に発見された、多くの抜け道の一つから逃れることができたのだろう。

私たちの手中に落ちた四人の中国人からは、何も聞き出すことができなかった。警察はその家を徹底的に捜査したが、ビッグ4と結びつく手がかりは何ら発見できなかった。四人の中国人はその地域の、ごくありきたりの下層階級の人間で、リー・チャン・イェンなどという名は聞いたこともないと口を揃えて言った。中国人の旦那に召使いとして雇われて、あの家で暮らすようになったので、雇い主の個人的な事情についてはまったく知らないと。

翌日までに私は、軽い頭痛のほかはガス弾の影響からすっかり回復しており、ポアロとともにチャイナタウンに出かけて、私が救出された、あの家をくまなく調べた。二軒のみすぼらしい家が地下の通路でつながれているという構造で、どちらの家も一階と二階は調度も家具もなく、ガランとしており、ガラスの割れた窓が鎧戸で覆われ、その鎧戸もこわれかけていた。ジャップはすでに穴蔵を詳細に調べていて、私が監禁されて不快な半時間を過ごした部屋への秘密の出入り口も見つけていた。前夜、私が受けた印象どおり、その部屋の壁の帳《とばり》や長椅子の上に掛かっている絹の織物、床に敷かれている絨緞はじつに見事な細工の、高価そうなものばかりだった。中国の芸術品についてはよく知らない私だったが、その部屋の調度がすべて、その方面の最高級の品だということはわかった。

ジャップとその数人の部下と協力して、私たちはその家をなお捜索した。きっと重要な書類が見つかるだろうと期待していた。ビッグ4の手先のうちの主だった者の名を列挙したリストか、彼らの計画を記した暗号のメモでもと。しかしそういった書類はまったく見つからなかった。唯一入手したのは、ポアロへの手紙を口述しながら頭目が参照していた覚え書きで、ポアロと私の経歴、人物評価、どういう弱みを念頭に置いて攻撃すれば効果的かといったことが書いてあった。

ポアロはこれを一読して、無邪気に喜んだ。私はそんな書類に価値があろうとは思わなかったし、とくに私について滑稽なくらい、見当違いの判断を下していると面白くなかった。私はフラットに帰ってから、このことをポアロに指摘した。

「ねえ、ポアロ、敵がぼくたちについてどう考えているかがわかったわけですがね。あなたの頭脳についてはばかに高く買っているようじゃないですか。その一方、ぼくの知力については途方もなく過小評価している。しかしそんなことがわかったって、それがこっちにとってプラスに働くとも思えませんがねえ」

ポアロがクスッと笑ったので、私は内心気をわるくしていた。

「わかりませんか、ヘイスティングズ？　われわれの欠点のいくつかが指摘されているんですからね。それなりに心備えできるわけじゃありませんか。そう、たとえばあなたの場合、あまり熟考せずに行動する傾向があると書いてありましたね。さらに、赤みがかった色の髪の女性が苦境におちいっていると、気になって仕方がないらしいとも。そうでしたよね？」

まったくあの覚え書きときたら、私が衝動的だとか、ある種の色の髪の女性に抗しがたい魅力を感じるらしいとか、くだらない情報ばかり並べたてて。それを取り上げて口にするなんて、ポアロの悪趣味にもあきれる。しかし幸い、私は即座に言い返すことができた。

「あなたはどうなんです、ええ、ポアロ？　呆れかえるほどの自惚れ——そう書いてありましたっけね。自己満足に陥りがちな傾向を矯正する気はあるんですか？　気むずかしいくらいの整頓癖というのは？」

私もその覚え書きから引用していたのだが、ポアロは面白くなさそうだった。

「そう、ヘイスティングズ、彼らは思い違いもしていますよね。結構じゃないですか！　まあ、彼らにもそのうち、わかるでしょう。こっちはいい勉強をしましたよ。敵を知るということは、周到な用意ができるということですから」

これは近ごろのポアロの気に入りの言いぐさで、少々耳にたこができていた。

「一方、こっちは彼らについて、かなりのことを学んでいます。こういったたぐいの情報は大いに役立ちますが、これだけではまだ十分とはいえません。もっともっと知る必要があります」

「どういう手段で？」

ポアロはいつもの椅子に腰を落ち着けて、私がテーブルの上に無造作に投げやったマッチ箱の位置を直し、私がいやというほど、よく知っている姿勢を取った。かなりの時をついやして意見を述べるつもりらしかった。

「いいですか、ヘイスティングズ、わたしたちはそれぞれ異なった、四人の敵を向こうにまわして戦おうとしているのです。ナンバー・ワンとは、われわれはまだ個人的に接触したことがありません。いうならば、その心の刻印を知っているだけです。そうそう、ついでですが、ヘイスティングズ、わたしはナンバー・ワンの心がよく理解できるようになりかけているんですよ。彼の底の知れない、東洋的な精神をね。わたしたちがこれまでに遭遇したすべての計画、すべての企みはリー・チャン・イェンの頭脳から発しているのです。ナンバー・ツーとナンバー・スリーは社会的地位が高く、きわめて強力ですから、さしあたっては攻撃の対象とはなりません。しかしながら、彼らにとっての安全装置は皮肉なことですが、われわれの安全装置でもあるのです。有名人である彼らはとかく脚光を浴びますから、その行動は周到に計画され、整えられたものでなくてはなりません。最後にナンバー・フォーとして知られている人物ですが――」

ナンバー・フォーを話題にしようとするとき、ポアロの声音はいつも微妙に変わる。

「ナンバー・ツーとナンバー・スリーは著名人であり、確固とした地位を占めているがゆえにつねに成功者であり、誰からも後ろ指を指されずに思いどおりの道を歩みます。

ナンバー・フォーは、まったく正反対の理由にもとづく成功者です――知られていないがゆえに成功しているのです。彼はどういう人間でしょう？　誰も知りません。どんな風貌の人間でしょう？　これまた誰も知りません。わたしたち、あなたとわたしは何度、彼に会ったでしょうか？　全部で五回、会っているんですよ。そのわたしたちにしてからが、次の機会には彼をそれと認められると言いきれるでしょうか？」

これまでに会った五人の人間のことを頭の中で思い返して、私は首を振らざるをえなかった。信じがたいことだが、その五人が五人とも、一人の人間の変装だったのだ。精神病院のガッシリした体つきの介護士、パリのホテルの部屋にやってきた、コートのボタンをのどもとまで留めていた男、従僕のジェームズ、「黄色いジャスミン事件」の物静かな若いドクター、ロシア人の教授。そのうちの誰一人として、ほかの誰かに少しでも似ているところはなかった。

「だめでしょうね」と私は頭を振った。「手がかりらしいものは何一つないんですから」

ポアロは微笑した。「そんなにあっさり諦めるにはあたりませんよ。わたしたちにだって、一つや二つのことはわかっているはずです」

「どういう性質《たち》のことですか？」と私はすでに諦め気分だった。

「彼が中肉中背だということ、顔の色は少なくとも浅黒いほうではないということはわかっています。背の高い、色の浅黒い男だったら、金髪白皙のずんぐりした男の役は演じきれなかったでしょう。ジェームズになるために、あるいはロシア人の教授になるために、一、二インチ、背を高くすることは朝飯前でしょう。同じような意味で、鼻筋のとおった、低めの鼻だったんじゃないでしょうかね。低い鼻を高くすることはできますが、大きな鼻を小さくするのはできない相談です。年のころはそうですね、かなり若いんじゃないですかね。三十五歳より上ではないと思いますよ。三十歳から三十五歳のあいだの男。中肉中背、メーキャップがうまくて、自分の歯はあっても、ほんの数本でしょう」

「何ですって?」

「いいですか、ヘイスティングズ、介護士の男の歯はあちこち欠けていて、全体に変色していました。ところがパリのホテルにわれわれを訪ねてきた男は、すこぶる歯並びのいい、健全な白い歯を印象づけました。医者になりすましたときは少し出っ歯、サヴァロノフの役を演じたときは、長い犬歯が目立っていたんですからね。歯というものは印象をガラリと変えます。こうしたことから、どういう解釈が成り立つか、あなたにもわかるんじゃありませんか?」

「そう、まあね」と私は慎重に言葉を濁した。

「顔を見れば、何で食べているかがわかる——世間では、よくそう言いますがね」

「前科者ってことですか？」

「変装に妙を得ている男というわけですよ」

「同じことじゃありませんか」

「おやおや、大ざっぱな言いまわしをしますね、ヘイスティングズ、劇場関係の人間が聞いたら気をわるくするんじゃないですかね。当人が俳優だとは——少なくとも過去のある一時期、俳優だったことがあるとは思いませんか？」

「俳優ですって？」

「そうですとも。変装の技術はお手のものというわけです。俳優にも二種類あります。役に没入し、その人間になりきる俳優と、自分の個性をその役に印する人間と。俳優でありながら、プロデューサーも兼ねる人間は後者のタイプから生まれます。彼らはある役をもらうと、自分の個性に合わせて役づくりをします。前者のタイプはあちこちのミュージック・ホールでロイド・ジョージの物真似をしたり、レパートリー制の劇団で顎鬚を生やしたじいさん役をつとめたり。ナンバー・フォーは、この前者のタイプの俳優のうちに求めるべきでしょうね。それぞれの役になりきることにかけて、第一級の俳優です」

私はしだいに引きこまれていた。「つまり、舞台との関連で、ナンバー・フォーをつきとめられそうだということですか？」

「いつもながら、あなたの推理力は冴えていますね、ヘイスティングズ」

「どうせなら、もっと早く思いついているとよかったのに」と私はわざと冷ややかに言った。「だいぶ時間を無駄にしましたね」

「とんでもない、モナミ、必要最小限の時間以上は無駄にしませんでしたよ。すでにここ数カ月、わたしの依頼で何人かが、探索にあたってきたんです。ジョゼフ・アーロンズもその一人でした。彼のことは覚えていますよね？　彼らはわたしの求めに応じて、数人についてリストをつくってくれました。一定の条件に当てはまる男たちのリストです。年齢は三十歳前後、容貌風体にはあまり特徴がなく、性格的な役柄を演ずるのを得意とし、ここ三年ばかり、舞台から遠ざかってきた男たちを選びました」

「それで？」と私は大いに興味を感じて聞き返した。

「リストはどうしても長くならざるをえませんでした。ここしばらく、われわれは該当しない者をリストから削る作業に従事し、候補者を四人に絞りこみました。ここにそのリストがあります」

こう言ってポアロが投げてよこした紙をつかんで、私は声を上げて読み上げた。

「アーネスト・ラトレル。ノース・カントリーの牧師の息子。道義心に歪みが見られると報じられている。パブリック・スクールから退学処分を受け、二十三歳のときから舞台に立ってきた（劇団の名、場所と期間が列挙され、ついで彼が演じた役、劇の題名、時日が書きこまれていた）。一時期、麻薬に耽溺。四年前にオーストラリアに渡ったと言われている。イギリスを出た後、消息不明。年齢、三十二歳。身長、五フィート一〇インチ半、髭をきちんと剃っている。頭髪、褐色、鼻の形、尋常、顔の色は白皙、目の色はグレーがかっている。

ジョン・セント・モー（芸名）。本名は不明。コックニーの生まれと言われている。幼時から舞台に立つ。ミュージック・ホールに物真似で出演。ここ三年ほど、消息不明。年齢、三十三歳（？）。身長五フィート一〇インチ、痩せ形、目の色は青、顔色は白皙。

オースティン・リー（芸名）。本名、オースティン・フォリー。良家の出身。演劇に関心あり。オクスフォード在学中にその方面で活躍。戦争に従軍、勲功あり。所属劇団は……（いくつかの名が続く）。犯罪学に熱烈な関心を示す。三年半前に自動車事故に遭い、神経を病む。以来、舞台を離れる。現在の居所、不明。年齢、三十五歳。身長、五フィート九インチ半、顔色、白皙、目の色、ブルー、頭髪、褐色。

クロード・ダレル。本名だと言われている。出生は謎。ミュージック・ホールに出演。いくつかのレパートリー制の劇団で舞台に立つ。親しい友人はない模様。一九一九年に中国に渡り、アメリカを経由して帰国の途につき、ニューヨークでいくつかの役で舞台を踏む。ある夜、劇場に現われず、以後、消息を絶つ。ニューヨーク警察は不可思議な失踪と首をひねった。年齢、三十三歳ぐらい。頭髪、褐色、顔色、白皙、目の色、グレー、身長、五フィート一〇インチ半」

「面白いじゃありませんか」と私は紙を下に置いてつぶやいた。「何カ月もかけてあぶりだした結果がこれなんですね。で、あなたはこの四人のうちの誰に疑惑を持っているんですか？」

　ポアロは両手をひろげて、おおげさな身ぶりをした。

「モナミ、今のところはまだはっきりしたことは言えないんですよ。ただクロード・ダレルの場合、中国とアメリカにいたということがわかっていますのでね。ひょっとしたら隠れた意味があるかもしれません。しかしその点だけをよすがに偏見をいだくのはどうかと思います。単なる偶然の一致かもしれないのですから」

「で、これからどうするつもりですか？」と私は急《せ》きこんでたずねた。

「行動はすでに開始されています。毎日、ごくさりげない文言の新聞広告が載ることになっているのです。以上の四人について心当たりのある友人、知人、親戚は、わたしの弁護士の事務所に連絡してほしいという趣旨のものです。おや、電話ですね？　いつものように番号違いかもしれませんが、ひょっとしたら――ええ、ひょっとしたら、手ごたえがあったのかもしれませんよ」

私は部屋を横切って、受話器を取り上げた。

「ええ、そうです。ポアロ氏の住まいです。こちらはヘイスティングズ大尉です。ああ、マックニールさんですか。（ポアロはマックニール・アンド・ホジソン事務所に、法律方面の用向きをすべて託していた）。ええ、伝えましょう。さっそくそちらに伺うことになると思います」

私は受話器を置くと、興奮に目を輝かせてポアロに言った。

「クロード・ダレルの友人だという女性が現われたそうですよ、ポアロ。ミス・フロッシー・モンローと名乗っているとか。マックニールはすぐ来てもらいたいと言っていますが」

「行きましょう、すぐ！」とポアロはいったん寝室にひっこみ、帽子をかぶってふたたび現われた。

タクシーで法律事務所に乗りつけて、私たちはすぐマックニール氏の事務室に案内された。弁護士と向かいあって肘掛け椅子にすわっていたのは花の盛りをすでに後にしている、どぎつい化粧の女性だった。髪の毛はけたたましい黄色で、両耳の上にいくつものカールが揺れ、アイシャドー、口紅、頬紅ももちろん、忘れていなかった。

「ああ、ポアロさんが見えましたよ」とマックニール氏が言った。「ポアロさん、こちらはミス――ええと、ミス――モンローです。ご依頼の件に関して情報を提供しにおいでくださったんです」

「それはそれは、ご親切にどうも」とポアロは丁重に言いながら、うれしげに進み出て、女性の手を取った。

「マドモアゼルはこの埃っぽい部屋に咲いた一輪の花のようです」マックニール氏が部屋をけなされてどう思うかなどということには頓着なく、ポアロはぬけぬけと言った。

見えすいたお世辞に反応して、ミス・モンローは頬を赤らめ、しなをつくって笑った。

「まあ、ポアロさん、ご冗談ばかり。フランスの紳士はお口がお上手でいらっしゃいますから」

「マドモアゼル、わたしどもはイギリス人とちがって、美の前では沈黙していられないのですよ。ただしわたしはフランス人ではありません。ベルギー人です」

「いっぺん、オスタンドに行ったことがありましたっけ」

ポアロの言いぐさではないが、何もかもすばらしく具合よく進行していた。

「クロード・ダレル氏について、何かお伝えいただけることがありますそうで？」

「ええ、ダレルさんとは一時期、とても親しくしていたことがありますのよ」とミス・モンローは言った。「あなたがお出しになった広告を見ましてね。店をやめたところで時間が自由になるものですから、あたくし、一人ごとを言いましたの。『まあ、あのクローディーのことだわ。あの人について弁護士が知りたいって言うからには、きっと遺産か何かのことでしょうよ。正当な後継ぎを探しているんだわ。すぐ行って、あの人のことを知らせたほうがいいんじゃないかしら』って」

マックニール氏が立ち上がって言った。

「ムッシュー・ポアロ、私はちょっと中座いたしましょうか？　ミス・モンローと折り入ってお話がおありでしょうから」

「ご親切にどうも。しかしお差し支えなかったら、このまま、お立ち会い願えませんか。いかがでしょう？　時分どきでもありますし、マドモアゼルがランチにつきあってくだされば、このうえなくありがたいのですが」

ミス・モンローの目はうれしげに輝いた。どうやらかなり窮屈な暮らしをしているようで、ちゃんとした食事にありつく機会を見逃すつもりはさらさらなかったのだろう。

数分後、私たちはタクシーでロンドンの最高級のレストランの一つに向かっていた。レストランに到着すると、ポアロは聞いただけで涎が出てきそうなランチを注文し、ミス・モンローにむかって言った。

「ワインに何かご注文はおありですか、マドモアゼル？　そう、シャンパンはいかがでしょう？」

ミス・モンローは黙っていたが、願ってもないと言わんばかりだった。

食事は楽しい雰囲気のうちに進行した。ポアロはミス・モンローのグラスがからになるつど注ぎ、下へも置かぬもてなしぶりだった。そうこうするうちに、話題はポアロの思う方向に進んだ。

「それにしても、あのダレルさんもこの席においでだとよかったんですが」

「ええ、ほんと」とミス・モンローは嘆息した。「かわいそうに。どこでどうしているんでしょうかねえ」

「最後にお会いになってから、かなりになるんでしょうか？」

「ええ、ずいぶんになりますわ。戦争以来じゃないでしょうか。変わったところのある人でしてね、クロードは。秘密めかしているというか、自分の身の上については、何も洩らさないように気をつけていましたわ。でもそれは、あの人がご大家の後継ぎだとすると、納得できますわね。爵位も相続するんでしょうか、ムッシュー・ポアロ？」

「いえ、マドモアゼル、ちょっとした財産だけです」とポアロは眉毛一本、動かさずに言った。「ただ、本人だということを証明するものがありませんとね。そこで彼をよく知っている人の存在が貴重ということになるんですよ。あなたはひところ、彼をよくご存じだったんですね、マドモアゼル？」

「ええ、まあ、あなたにだったら、ポアロさん、すっかり申し上げようって気になりますわ。あなたは紳士でいらっしゃいますもの。女性を招待したら、どういったランチを注文すべきか、よくご存じです。その点、近ごろの若い生意気な連中ときたら、まったくドケチなんですから。ええ、さっきも申しましたように、あなたはフランス人でいらっしゃいますし、べつにショックもお受けにならないでしょう。あなた方フランスのお方はねえ。ええ、それこそ、何もかも心得ておいでなんでしょうから」と思わせぶりな様子で指を一本立てて、振って見せた。「あたくしたち――クロードも、あたくしも、あのころは若かったんですわね。まあ、ご想像に任せますわ。それにあたくし、今でもあの人にたいしてやさしい気持ちを持っておりますのよ。でもあの人のあたくしにたいする仕打ちは親切とは申せませんでしたわ。ええ、まったく。レディーにたいする扱いようとはいえませんでしたわ。お金が関係すると、男って、みんな同じなんですのね」

「まあ、まあ、マドモアゼル、それはどんなものでしょうか」とポアロは彼女のグラスにシャンパンを注ぎたして、やんわり抗議した。「ダレルさんという人は、どんな風貌の方だったんでしょう？」

「べつに際立って様子がいいってわけでもありませんでしたわ」とフロッシー・モンローは夢みるような口調で言った。「背は高くも、低くもなくて。でも体格はガッチリしていましたね。それに見るから生気にあふれていましたっけ。目はグレーがかったブルー。髪の毛はブロンドといってもいいくらいでした。でも俳優としてはたいしたものでしたのよ。その点にかけては、右に出る者はいないくらいでしたねえ。仲間の嫉妬がなかったら、ひとかど、名を上げていたんでしょうけど。ポアロさん、嫉妬って恐ろしいものですのよ。とてもお信じになれないでしょうねえ、あたくしたち芸術家が嫉妬のせいでどんなに苦しむか。いっぺん、あたくし、マンチェスターで……」

あるパントマイムのときの出来事について、主役の男優のひどい仕打ちについての彼女の長い、こみいった打ち明け話に、私たちはせいぜい忍耐づよく耳をかたむけたが、ポアロは話題をクロード・ダレルのことにもどそうと、それとなく努力していた。

「クロード・ダレルについてお話しくださったことはすべて、たいへん興味ぶかく伺いましたよ、マドモアゼル。女性は観察力がすぐれておいでです。何もかも見てとっておいでで、男が見落としがちな些細なことまで心に留めておいでなので、つくづく感服いたします。ある女性の方が十人ばかりの男性の中から、一人の男をそれとはっきり認められたことがありましたがね。どうしてそんなことができたとお思いですか？　動揺すると鼻をこする癖が彼にあったのを、覚えていたからなんですよ。これが男だったらどうでしょう？　そんな些細なことを覚えているでしょうか？」

「ええ、まったく同感ですわ！」とミス・モンローは叫んだ。「確かに、女は細かいことを覚えているものですわ。そういえば、クロードはテーブルでよくパンをいじくっていましたっけ。ちぎったものを指のあいだにはさんで砕いては、パン屑をこしらえていました。何度も見ましたわ——そういうところを。ええ、ええ、どこで会ったって、あの癖でわかりますって」

「わたしの言ったとおり、女性の観察眼はすごいですねえ！　その癖のことを、彼に話されたことがありますか？」

「いいえ、一度も。ご存じのように、ポアロさん、男って、女が何かに気がつくのを嫌いますからね。とくに弱みのようなものについてはね。だからあたくし、そんなこと、おくびにも出しませんでしたのよ。でもあたくし、何度か、こっそり笑ったものでしたわ。あの人、自分じゃ、あの癖に、ぜんぜん気がついていないのねって」

ポアロは黙ってうなずいた。しかしグラスに伸ばした手は気のせいか、ブルブル震えていた。

「筆跡から、本人かどうかが知れる場合もあります。ダレル氏が書いた手紙がお手もとに残っていないでしょうか？」

フロッシー・モンローは残念そうに首を振った。

「あの人、筆無精でしたから、手紙なんか、いっぺんもよこしたことがなかったんですよ」

「そうでしたか。それは残念です」

「でも」とミス・モンローは急に勢いづいて言った。「写真が一枚、ありますわ。お役に立つでしょうか？」

「写真をお持ちなんですか？」

ポアロは椅子から跳び立たんばかりに興奮していた。

「かなり古いもので——内輪に見つもっても八年はたっていますでしょうね」

「何年前のものだろうが、問題ではありません《サ・ヌ・フェ・リャン》。ぼんやりしたものでも、いっこうに差し支えありませんよ。何という幸運でしょう！　わたしにその写真を見せてくださいますか、マドモアゼル？」

「もちろんですわ」

「複写させていただいてもよろしいでしょうか？　すぐお返しいたしますが」

「ええ、ええ、どうぞ」

ミス・モンローは立ち上がった。

「もう失礼いたしませんとね」と彼女は思わせぶりな口調で言った。「あなたとそちらのお友だちにお目にかかれて、本当にうれしゅうございましたわ」

「写真は——その写真はいつ、渡していただけるでしょうか？」

「今夜のうちに探しますわ。どこにあるか、およその見当はついていますのよ。見つけしだい、お宅におとどけしましょう」

「ありがとうございます。こんなうれしいことはございません。お力をお貸しくださって心から感謝しております。近いうちにまたランチをご一緒させてください」

「いつでも喜んでうかがいますわ」

「お宅のご住所をいただいておりませんが？」

ミス・モンローはハンドバッグから気取った手つきで名刺を取り出して、ポアロに渡した。ちょっと薄汚れていて、印刷した住所を消して、鉛筆で新しい住所が書きこまれていた。

ポアロがまたおおげさな身ぶりで別れを惜しみ、何度か頭を下げ、私たちはミス・モンローを送り出した。

「その写真というやつ、そんなに重要な意味を持っているんですか?」と私はポアロにきいた。

「ええ、モナミ、カメラは嘘をつきませんからね。引き伸ばせば、これまで気づかなかった特徴が浮かびあがるかもしれませんし、さまざまな細かい点が明らかになるでしょう。言葉ではうまく説明のできない、耳の特殊な形とか。これは得がたいチャンスです。それも向こうから飛びこんできたんですからね。だから。せいぜい用心した方がいいと思うんですよ」

ポアロは電話機のところに歩みより、ある番号を交換手に告げた。彼がときおり、用向きを頼んでいる探偵社の番号だった。彼の指示は簡単明瞭だった。彼が告げた住所に二人の男を差し向けてほしい——つまりミス・モンローの身辺を見守り、彼女が出かけるようなら、どこへでもついて行くようにとポアロは命じたのだった。

ポアロが受話器を置いてもどってきたとき、私は言った。「本当に、そんな護衛が必要だと思うんですか?」

「ええ、もしもということがありますからね。われわれの行動は細大洩らさず見張られていると考えるべきでしょうし、当然、誰とランチをとったかを、嗅ぎつけるに違いありません。ナンバー・フォーが危険を予知する可能性は大ありです」

二十分ばかり後、電話が鳴った。私が受話器を取ると、ぶっきらぼうな声が言った。

「ポアロさんのお宅ですか？　セント・ジェームズ病院です。十分前に若い女性が運ばれてきました。交通事故で。ミス・フロッシー・モンローと名乗って、ポアロさんを呼んでほしいとしきりに言っています。すぐおいでください。おいでになるまでもつかどうか」

私がこのことをポアロに伝えると、ポアロは顔色を変えた。

「さあ、急ぎましょう、ヘイスティングズ、間に合うといいんですが！」

タクシーで十分とかからずに病院に到着し、「ミス・モンローは？」ときくと、すぐ救急病棟に案内された。白いキャップをつけた主任のナースが戸口で私たちを迎えた。

ポアロはその表情を読み取って言った。

「ではやっぱり？」

「六分前に亡くなりました」

ポアロは呆然と立ちつくした。

その表情を誤解したのだろう、ナースはやさしく言った。「でもお苦しみにはなりませんでしたのよ。最後はもう意識がなくて。車にはねられたんです。轢いた車は止まりもしなかったそうです。ひどい話ですわねえ？　誰かが番号を覚えているといいんですけど」

「星々はわれわれに味方してくれませんでした」とポアロは低い声でつぶやいた。

「ご遺体をごらんになりますか？」

私たちはナースの後に続いた。

かわいそうなフロッシー・モンロー。口紅を引き、髪を染めた、その死顔はおだやかだった。唇にはかすかな笑みが漂っているようだった。

「そうです。星々はわれわれに味方してくれまませんでした。いや、しかしはたして星々だったのでしょうか、われわれに敵対しているのは？」ポアロはギクッとしたように頭を上げた。「そうでないとすると——もしも——ああ、誓いますよ、わが友、わたしはこの気の毒な女性の遺体の脇に立って誓います。そのときがきたら、わたしは容赦しません、ぜったいに」

「どういう意味ですか、それは？」

しかしポアロはすでにナースのほうを向いて、熱心に故人の死の前後のことを問いただしていた。ハンドバッグの中に入っていた品のリストをもらって目を走らせ、ポアロは抑えた叫び声を上げた。

「ヘイスティングズ、これを見てください。これを——」

「これって、何ですか?」

「このリストです。鍵がないんですよ。彼女のアパートの鍵が。当然、持っているはずじゃありませんか。事故なんかじゃない。轢き殺されたんですよ。倒れた彼女の上に最初に身をかがめた人間が、バッグから鍵を奪ったんでしょう。しかしまだ間に合うかもしれない。その男に目当てのものが見つけられなかった可能性もあります」

またタクシーに乗って、私たちはフロッシー・モンローの名刺の住所に向かった。しけた界隈のアパートの一つだった。中に入れてもらうのに管理人とひとしきり押し問答をしなければならなかったが、この分では誰も彼女の部屋に出入りできないと、一応、安心していた。

ようやく入れてもらった部屋を一目見ただけで、先回りした者があったことが知れた。引き出しや戸棚の中のものが床に散乱していた。鍵がこじ開けられ、小さいテーブルがひっくりかえり、誰かが何かを探そうと慌てて行動したことが見て取れた。

ポアロは床に散っているものを一つ一つ、取り上げてしげしげと眺めていが、突然、棒立ちになって叫び声を上げた。彼が手に取っていたのは古めかしい写真立てで、中には何も入っていなかった。

　ポアロはその写真立てをゆっくり、裏返した。裏側に丸いラベルが貼ってあった。値段を記したものらしい――と私は思った。

「四シリングって、値段がついていますね」

「やれやれ《モン・ディユー》、ヘイスティングズ、あなたにはものを見る目がないんですか？　あるのなら、ちゃんと役立ててください。あたらしいラベルですよ。私たちの先回りをして、写真を奪い去った男が貼ったものでしょう。彼はわれわれがいずれくるだろうと察しをつけていた。それでこのラベルを残したんでしょう。クロード・ダレル――すなわちナンバー・フォーの仕業ですよ！」

15 ああ、ポアロ！

ミス・フロッシー・モンローの死後、ポアロの様子に大きな変化が生じた。それまでは彼のいつもの鼻もちならないほどの自信が彼を支えていた。しかし長いあいだの緊張がこたえはじめたのか、とかくむっつりと考えこみ、神経が極度に張りつめているように見えた。近ごろの彼は何かにつけて、それこそ猫のように敏感に反応した。ビッグ4のことは話題にすることからして、できるかぎり避けているようで、それ以外の仕事に以前とほとんど同じくらい没頭していた。

けれども私は知っていた――彼があいかわらず、この重大な問題について探索の手をゆるめずにいることを。変わった風体のスラヴ系の男たちがしょっちゅう訪ねてきた。そうした人知れぬ陰の活動について、ポアロは口を閉ざして語らなかったが、怪しげな外国人の助力を得て、ビッグ4に対抗するための、あたらしい防壁なり、武器なりを彼が用意していることは明らかだった。一度、ほんの偶然のきっかけで（ポアロがちょっとした項目について確かめてほしいと言ったからだった）、私はポアロの銀行通帳を見た。そして彼が多額の（近ごろでは、ポアロはすこぶる豊かだったが、それにしても）金を、アルファベットの文字を残らず並べたような、恐ろしく長い名のロシア人に振りこんでいることを知った。

けれどもいくらきいてもポアロは、どういう方面で行動を起こそうとしているのか、まったく手がかりを与えてくれなかった。ただ折にふれて繰り返し言った。「敵を過小評価するのはゆゆしい誤りです。そのことを忘れないでください、モナミ」と。相手を見くびること――それだけはけっしてしてはならないと肝に銘じているらしかった。

そんなふうにして三月の末にさしかかったある朝、ポアロの洩らした言葉に、私はひどくびっくりした。

「けさは最上等のスーツに着替えたほうがいいと思いますよ。内務大臣を訪問することになっていますから」

「へえ、驚いたな！　内務大臣から、何か事件の依頼でもあったんですか？」

「そういうわけではありませんがね。私が面会を申しこんだんですよ。覚えているかどうか。いっぺん、大臣のためにちょっと役立ったことがあるんですが、その結果、大臣はわたしの能力を途方もなく高く買っておられるんですよ。その彼の買いかぶりに、ここは一つ、つけこませてもらおうと思い立ったんです。あなたも知っているように、フランス首相のムッシュー・デジャルドーが目下、ロンドンに滞在しておられます。わたしの要望にこたえて、内務大臣はけさのわれわれの会見にムッシュー・デジャルドーも同席なさるように計らってくださったのです」

伯爵でもあるシドニー・クラウザー内相は国民にたいへん人気のある人物だった。五十歳の働きざかり、ちょっとからかうような表情、鋭いグレーの目の紳士で、持ち前の愛想のいい、人をそらさぬ物腰で私たちを迎えてくれた。

炉に背を向けて立っていたのは長身の、とがった顎鬚の人物で、感受性の鋭そうな風貌の印象が強かった。

「ムッシュー・デジャルドー」とクラウザー内相は言った。「エルキュール・ポアロ氏をご紹介します。氏のことはおそらくお聞きおよびでしょう」

「もちろんです。エルキュール・ポアロ氏の名声を知らない者がいるでしょうか?」とフランス首相は言って、にこやかに握手の手をさし伸べた。

「痛みいります」とポアロは答えたが、よほどうれしいのだろう、顔が紅潮していた。

「ここにも古くからの友だちがおりますがね」と物静かな声が響き、丈の高い書棚の脇の一隅から一人の男が進み出た。

驚いたことに、あのイングルズ氏だった。

ポアロはその手を握りしめた。

「さっそくですが、ムッシュー・ポアロ」とクラウザー内相が言った。「あなたのお話をうけたまわりましょうか。私どもに何か、重要きわまる情報をお持ちくださったとか？」

「そのとおりです」とポアロは答えた。「今日、このわれわれの世界にたいへん大きな規模の組織があります。一大犯罪組織と申しましょうか。この組織は四人の人間を首魁《しゅかい》としておりまして、ビッグ4の名で知られています。ナンバー・ワンは中国人で、リー・チャン・イェンという名です。ナンバー・ツーはアメリカの億万長者のエイブ・ライランドです。ナンバー・スリーはフランス女性、ナンバー・フォーは無名の俳優でクロード・ダレルという名のイギリス人だと確信するにいたっております。この四人は協力して今日の世界の秩序を破壊して無政府状態を出現させ、独裁者となろうとしているのです」

「とても信じられませんね」とフランス首相は言った。「あのライランドがそんなことに関わりあっているとは論外です。あまりにも荒唐無稽ではありませんか」

「どうか、お聞きください、ムッシュー。ビッグ4がやりとげたことをいくつか、申し上げましょう」とポアロは言って、語りだした。真剣な口調、雄弁な語り口だった。細かいことまで承知しているはずの私でさえ、ことあたらしくスリルを感じて、思わず引き入れられたほどだった。

ポアロが語り終えたとき、デジャルドー首相はクラウザー内相の顔を無言で見やった。内相はそのまなざしに答えて言った。

「さよう、ムッシュー・デジャルドー、ビッグ4と名乗る一味が存在することは疑いをいれない事実なのです。スコットランド・ヤードも最初は本気にせずに笑いとばしていたのですが、今ではムッシュー・ポアロの主張の多くが正しいことを認めざるをえなくなっています。ムッシュー・ポアロが少々——その——誇張しておられるという気もしないではありませんが……」

ポアロはそれにこたえて、実例を十ばかり上げて説明した。この点は今もって極秘あつかいなので、ここに書くわけにはいかないが、ある月に起こった潜水艦の大事故、一連の飛行機の墜落と不時着騒ぎについて、ポアロはいずれもビッグ4の仕業であると語り、世界の人々にいまだに知られていない科学上の秘密のいくつかを彼らが所有している証拠をあげた。

私が思ったとおり、デジャルドー首相がここできいた。

「三人目のメンバーがフランス女性だと言われましたね？　ひょっとしてその女性の名をご存じなのでは？」

「はい。それはたいへんよく知られている名、尊敬されている名です、ムッシュー。ナンバー・スリーはあの著名な科学者、マダム・オリヴィエなのです」

世界的に有名な科学者、キュリー夫妻の後継者と目されているマダム・オリヴィエの名を聞いたとき、デジャルドー首相は椅子から跳び立たんばかりに動揺した。その顔ははげしい感情に紫色にひきつっていた。

「マダム・オリヴィエですって？　そんな馬鹿なことがあるわけはない！　あなたが言われていることはたいへんな侮辱です！」

ポアロは静かに頭を振ったが、何も答えなかった。

デジャルドー首相は愕然とした表情でちょっとのあいだ、ポアロの顔をなお見つめていたが、なるほどと言うようにクラウザー内相に視線を走らせ、意味ありげに額をコツコツとたたいた。

「ムッシュー・ポアロはすぐれた方です。しかし偉人もときに小さな固執観念に取りつかれます。そうではありませんか？　その固執観念のせいで偉人は、高い地位の人々のあいだに反逆の動きがあると思いこむ誤りをおかすのです。よくあることです。あなたも同じようにお考えではないでしょうか、ムッシュー・クラウザー？」

内相はすぐには答えなかったが、やがてむっつりした口調でゆっくり言った。

「さあ、私にはどうも。私はこれまで――いや、今もってポアロさんに心からの信頼を寄せています。しかしこれは――その――容易には信じがたいと申さねばなりません」

「そのリー・チャン・イェンという中国人にしてもですよ。そんな男の名を聞いたことのある人間がどこにいますか？」

「私は聞いております」とイングルズ氏が思いがけず、口をはさんだ。

デジャルドー首相がその顔をじっと見つめると、イングルズ氏はおだやかに首相の顔を見返した。

「イングルズ氏は」と内相は説明した。「中国の内情について、おそらく誰よりもよくご存じという方です」

「このリー・チャン・イェンという人物のことも、知っておいでなんですか？」

「こちらにおいでのムッシュー・ポアロが私をお訪ねくださるまでは、イギリスで彼のことを知っているのは私だけだろうと思っておりました。どうか、しっかり心にお留めください、ムッシュー・デジャルドー、今日の中国にリー・チャン・イェンほどの重要人物はおりません。彼はこの現代世界の最も傑出した頭脳の持ち主です」

デジャルドー首相は唖然とした表情で、しばらくはものも言えない様子だったが、やがておもむろに口を開いた。

「どうやら、あなたの言われることを伺う必要がありそうですね、ムッシュー・ポアロ」と冷やかな口調で彼は言った。「しかしマダム・オリヴィエにつきましては、お間違えになっていると私は思います。マダム・オリヴィエはフランスの国土が生んだ天才であって、科学に献身しておられるのですから」

ポアロは肩をすくめて答えなかった。

気まずい沈黙が続き、やがてポアロは威厳のある物腰で（彼のちょっと古風な人となりと奇妙にちぐはぐだった）立ち上がった。

「わたしとしては、どうかくれぐれもご用心をと申し上げたかったのです。おそらく信じてはいただけないだろうと思っておりました。しかし少なくともわたしの警告は聞いてくださったわけです。わたしが申し上げたことが自然と心の奥底に沈み、何かあたらしい出来事が起こるたびに思い出されて、なるほど、そうだったのかとしだいに納得なさるのではないかと思います。いずれにせよ、この際、意見を申し上げておくことが肝心だとわたしは考えたのでした。後にはそのこと自体、不可能になるかもしれませんから」

「つまりその――」とクラウザー内相はポアロの沈鬱な口調に、思わず知らず、強い印象を受けたらしく、低い声でつぶやいた。

「つまり、ムッシュー、ナンバー・フォーがどういう人物であるかをつきとめました現在、わたしの命は一時間と保証されていないからです。彼は万難を排して、わたしを抹殺しようとするでしょう。彼が〝殺し屋〟と呼ばれているのは十分に理由のあることなのですから。ではこれで失礼させていただきます。ムッシュー・クラウザー、この鍵と、封緘した、この封筒をあなたにお託しします。本件に関する覚え書きと、この世界にいつの日か、降りかかりかねない脅威にどのように対処したらいいか、わたしなりの考えを書き残したものを安全な場所に預けてあります。わたしが万一、死んだ場合には、そうした書類をすべてお任せしますから、せいぜい役立てていただきたいと思います。では失礼いたします」

デジャルドー首相はただ冷たくうなずいただけだったが、クラウザー内相は跳び上がって片手を差し出した。

「ムッシュー・ポアロ、私は、あなたのおっしゃることを信じますよ。まるで途方もないような話ですが、あなたが言われたことは全面的に真実だと思います」

イングルズ氏も私たちと一緒に辞去した。

「わたしは今日の会見の結果に失望してはいません」とポアロは歩きながら述懐した。「デジャルドー首相がただちに信じるとは思っていませんでしたが、しかし少なくとも、わたしが死んだ場合、わたしが集めた情報がわたしとともに葬り去られてしまわないように手配したわけですし。それにわたしの途方もない話を、一人、二人、信じてくれる人もいるようですしね。まあ、これでよしとしなければ」

「ご存じのように、私はあなたとまったく同じ考えです」とイングルズ氏が言った。

「ところで、私としてはなるべく早く中国に渡ろうと思っているんですが」

「それは賢明なことでしょうか？」

「いいえ」とイングルズ氏は無表情に言った。「しかしどうしても行きませんとね。人間、できるだけのことをしなければなりませんから」

「あなたは勇敢な方ですね！」とポアロは感嘆の思いをこめて言った。「通りを歩いているときでなかったら、抱きしめたいところですが」

イングルズ氏が通りでよかったと思っているのが見て取れて、私は思わずふきだしそうになった。

「ロンドンにおいでのあなたが、中国に行こうとしている私より、安全とも思えませんがね」とイングルズ氏は低い声で言った。

「おそらく。彼らがわたしばかりでなく、このヘイスティングズまで血祭りに上げることがないようにと、それぱかり願っているんですよ、今のわたしは。そんなことになったらと思うとどうもね」

自分としても、おめおめと血祭りに上げられる気はないと言って、私はこの陰気な会話にけりをつけた。しばらく歩いてからイングルズ氏は私たちと別れた。

ポアロと私はなおしばらく黙って歩きつづけたが、ポアロはふと、まったく思いがけないことを言いだした。

「そう、こうなったらいよいよ、わたしの兄弟の手を借りなければならないようです」

「兄弟ですって？」と私はびっくりして聞き返した。「あなたに兄弟がいるなんて知らなかったな」

「呆れましたね、ヘイスティングズ。有名な探偵にも兄弟はいるものですよ。生まれつき、ことを好まぬ怠惰なたちでなかったら、このわたし以上の名探偵になっていたかもしれない、すぐれた素質を持った男です」

ポアロはどうかすると、真面目なんだか、こっちをからかっているのか、さっぱりわからないことがある。今の場合がそうだった。

「その兄弟の名は何というんですか？」と私はそんなポアロにせいぜい調子を合わせて

きいた。

「アシールです。アシール・ポアロですよ」とポアロは真面目な口調で答えた。「ベルギーのスパー市の近くに住んでいます」

「職業はどういう――？」と私はちょっと好奇心を動かしてきいた。ヘラクレス、アキレスと揃いも揃ってギリシア神話にちなんだ名をつけるなんて、マダム・ポアロとはどういう性質《たち》の母親だったんだろうという思いが一瞬、胸をよぎっていた。

「特定の職業にはついていません。さっきも言ったように、生来、怠け者なんですよ。しかしわたしに劣らぬ能力の持ち主です――つまり、かなりの人間ということになるでしょうね」

「外見はどんなです？　あなたによく似ておられるんですか？」

「似ていないこともありませんが、わたしほど、ハンサムではありません。わたしと違って、口髭は生やしていませんし」

「お兄さんですか？　弟さんですか？」

「たまたま同じ日に生まれたんですよ」

「へえ、双子ですか！」

「そのとおりです、ヘイスティングズ、あなたらしく、たちまち正しい結論に到達しましたね。しかしそんなことを言っているうちに、もうわが家に着きましたよ。さっそく公爵夫人のネックレスの問題に取りかかるとしましょう」

しかし公爵夫人のネックレスの問題は後まわしになるべき運命にあった。まったく異なった性質の事件が私たちを待っていたのだ。

私たちが家に入ると、ミセス・ピアスンが出てきて、看護婦さんがさっきからポアロさんのお帰りをお待ちだと告げた。

看護婦という、その女性は窓のほうを向いて椅子にすわっていた。感じのいい顔の中年の女性で、紺色の制服を着ていた。ちょっとためらっているようで、すぐには口を開こうとしなかったが、ポアロの慇懃な応対に安心したらしく、やがて用件を告げた。

「ええ、ポアロさん、わたし、こんな恐ろしい思いをしたのは初めてですわ。ヒバリ看護婦会からハーフォードシャーのお宅に派遣されましてね。テンプルトンさんとおっしゃるお年寄りのお世話にと。気持ちのいいお宅で、ご家族も感じのいい方々でしたわ。ミセス・テンプルトンはご主人よりずっと若い方です。テンプルトンさんには亡くなった奥さまとのあいだの息子さんがいらして、一緒に暮らしておられます。継母にあたる、今の奥さまとのあいだがしっくり行っているかどうか、そこまではわたしにもわからないんですけれどね。この息子さんはもともとノーマルとはいえない方でして、障害者とまではいかないんですけれど、反応が確かに鈍いんです。問題のテンプルトンさんのご病気ですけれど、最初からわたしには解せないことばかりで。ときにはまったく健康なようにお見受けするんですが、突然、痛みと吐き気をともなうさしこみがあったり。お医者さまはとくに何とも思っておいでにならないようで、わたしがとやかく言う立場ではないんですけれど、どうしても考えてしまうんですの。何かおかしいって。そんなある日――」と彼女は急に言葉を切って顔を赤らめた。

「何か奇妙なことが起こって、おやと思われたんですね？」とポアロが水を向けた。

「ええ」

うなずいたものの、彼女はすぐには言葉を続けられない様子だった。

「召使いたちも噂していますようで……」

「テンプルトン氏の病状についてですか？」

「いいえ、そうじゃございません。それとはべつな――」

「ミセス・テンプルトンのことですね？」

「はい」

「ひょっとしてミセス・テンプルトンと医者の間柄についてでも――？」

ポアロはこうした問題に関して、奇妙な勘を持っている。看護婦はホッとしたように彼の顔を見返して続けた。

「ミセス・テンプルトンとお医者さまの言葉のはしばしに、ちょっと気になることがあったものですから。それにある日、わたし、お二人が一緒においでになるところを見てしまったんですの――あのう、お庭で……」

それっきり、彼女は黙ってしまった。道にはずれたことを目にした彼女の苦しみがあまりにも明らかで、彼女が庭で何を見たのか、それ以上、具体的なことをきさただす必要は誰も認めなかっただろう。おそらくそのとき彼女はそれなりの判断をくだしたに違いない。

「一方、テンプルトンさんの発作はますますひどくなり、またいっそう頻繁になっていましてね。でもドクター・トリーヴズは、こうした症状は前々から予期していたとおっしゃるだけで。ごく自然の経過をたどっている、そう長くはもちろんないだろうって。ですけどわたし、そんなひどい症状にぶつかったのは初めてですのよ。長い看護婦としての経験に照らしても、めったにないことのように思いましてね。病気というよりは何かこう――」とためらった。

「つまり、砒素中毒の症状ではないかと思われたんですね?」とポアロが言った。

看護婦はうなずいた。

「それに患者さんご自身が気になることをおっしゃったんですの。『やつら四人はこの私をねらっている』って。『あいつらが寄ってたかって……』とか何とか」

「何ですって?」とポアロが聞きとがめた。

「ええ、そうおっしゃったんです、ポアロさん。ただ痛みのとてもはげしいときでしたし、ご自分でも何をおっしゃっているのか、よくわかっていらっしゃらなかったのかもしれません」

「『やつら四人がこの私を……』」——そう言われたんですね?」とポアロは考えこんだ様子で繰り返した。「どういう意味だと思われますか、〝やつら四人〟というのは、どういうことでしょう?」

「よくわかりませんけれどね、ポアロさん、見当はつくように思います。たぶん奥さまと息子さん、それにお医者さま、それから奥さまのコンパニオンのミス・クラークのことじゃないでしょうか? ちょうど四人ですし。テンプルトンさんは、みんなが手を組んで、ご自分の命をねらっていると思っていらっしゃるんじゃないでしょうか?」

「なるほどね」とポアロは何かほかのことに気を取られているような、ぼんやりした口調で相槌を打った。「食べ物についてはいかがです? それについて心を配ることは、あなたにとってご無理なんでしょうか?」

「わたしなりにいつも、できるだけのことはしておりますけれど、もちろん、ミセス・テンプルトンが自分が運ぶっておっしゃるときには、お任せしないわけにもいきませんし、お休みをいただくこともありますから」

「ごもっともです。警察に行くほどの証拠はないということなんですね？」

看護婦は、警察なんてとんでもないと言わんばかりだった。

「わたしが致しましたのはこういうことですの。スープを召し上がった後、テンプルトンさんがひどい発作を起こされたものですから、ボウルの底に残った、わずかばかりの滓を取っておいて、こちらにお持ちしたんですの。今日はテンプルトンさんのご気分もわるくないようでしたから、以前、付き添った病気の若いお母さんを見舞うと言って、お休みをいただいたんです」

濃い色の液体の入った小さな瓶を取り出して、彼女はポアロに渡した。

「お見事です、マドモアゼル。すぐ分析させましょう。そうですね、一時間後にもう一度、お立ち寄りくだされば、あなたの疑惑が当たっているかどうか、はっきりすると思いますよ」

看護婦の名前と看護婦資格について聞いたうえで、ポアロは彼女を送り出した。それからメモを走り書きして、瓶に添えて分析に出した。結果についての知らせが入るまでの時間を、ポアロは驚いたことに彼女の看護婦資格を確かめることに費やした。

「いやいや、わが友、用心にしくはなしですからね。何しろ、ビッグ4がわれわれを狙っているんですから。それを忘れないことです」

しかし間もなくポアロはメイベル・パーマーという看護婦がヒバリ看護婦会からテンプルトン家に派遣されたことを確かめていた。

「ここまでは、とくに問題もないようですね」とポアロは目をキラリと光らせた。「やあ、パーマー看護婦がもどってきました。たまたまスープの分析結果もとどいたところですし」

「どうでしたでしょう？　砒素は混入されておりましたか？」とパーマー看護婦は急きこんだ口調でたずねた。

「いいえ」とポアロは分析表をたたみながら答えた。

私は意外に思った。パーマー看護婦も同様らしかった。

「砒素はまったく含まれていませんでした。しかしアンチモンが入っていました。それですぐ、ハーフォードシャーに出かけようと思います。手遅れにならないといいのですがね」

私たちがテンプルトン家を訪ねる表向きの口実として最も簡単なのは、以前に雇われていたメイドのことでミセス・テンプルトンにいくつかたずねる必要ができてということだろう。そのメイドの名を、ポアロはパーマー看護婦から聞きだしており、宝石の盗難に関してという含みで訪問するつもりだった。

私たちがエルムステッド荘という、その家に到着したのはすでに暮れがたのことで、パーマー看護婦はすでに二十分ばかり前に帰宅していた。

ミセス・テンプルトンは背の高い、黒い髪の女性で、くねくねした物腰、落ち着きのない目が印象に残った。ポアロが私立探偵だと名乗ると、ギョッとしたように、一瞬、喘いだが、メイドについてのポアロの質問にすらすらと答えた。その後、ポアロは彼女の反応を見ようと思ってだろう、妻が夫を毒殺した事件のことを持ち出した。彼は目をひたとミセス・テンプルトンの顔に注いで話しつづけ、彼女は動揺をかくしきれずに、しどろもどろに言い訳をして部屋から走り去った。

いくらもたたないうちにガッシリした体格の男が入ってきた。赤っぽい口髭をたくわえ、鼻眼鏡をかけていた。

「ドクター・トリーヴズです。ミセス・テンプルトンが失礼をお詫びしたいとおっしゃっています。ご主人のご病気についてのご心配もあり、少し神経が立っておられましてね。ベッドに入られるようにお勧めして鎮静剤を処方しておきました。しかしありあわせですが、どうか食事を一緒になさってくださいとのことです。私がホスト役をつとめさせていただきます。ムッシュー・ポアロ、ご名声はこの土地にまで響いておりますからね。できるだけのお手伝いはさせていただきます。ああ、ミッキーが来ました！」

一人の青年が足をひきずりながら入ってきた。丸顔で、少し愚かしい感じの眉毛を何かに驚いているように吊り上げていた。彼は間のわるそうな笑みを浮かべて私たちと握手した。これが例の障害のある息子らしかった。

やがて食事の支度ができたということで食堂に案内された。ドクター・トリーヴズはたぶんワインを開けるためだろう、一時、中座した。そのとたん、息子の顔つきがガラリと変わり、身を乗り出してポアロを見つめた。

「おやじのことで来られたんですよね？」と首をコクコクと振って彼はささやいた。「ぼくにはわかっている――何でもわかっているんだ。誰も気がついていませんがね。母は父が死んだら、大喜びであの医者と結婚するでしょう。ぼくの母親じゃないんですよ、ご存じと思いますが。ぼくはあの女が嫌いです。父が死ねばいいと思っているんだ、あの女はね」

ゾッとするような口調だったが、幸い、ポアロが返事をする前にドクター・トリーヴズがもどってきたので、私たちはさりげない会話を続けた。

いた。

突然、ポアロがうつろな呻き声を上げて椅子の背にもたれた。顔が苦痛にひきつっていた。

「どうなさいました？」とドクター・トリーヴズが驚いたようにきいた。

「痙攣を起こしたようです。慣れておりますからご心配なく。いえ、いえ、お気づかいは要りません。お二階で少し休ませていただけますか？」

　この願いはすぐ聞きとどけられ、私はポアロに付き添って二階に上がった。ポアロは呻き声を上げてベッドに倒れこんだ。

　初めの一、二分のあいだは私もポアロが本当に気分がわるいのだと思いこんでいた。しかしすぐ、これはポアロの芝居だということに気づいた。たぶんテンプルトン氏の病室の近くにそれとなく陣取ろうと考えてのことだろうと、私は解釈した。

　そんなわけで、私は彼が何か行動を起こすものと予期していたのだが、二人だけになった瞬間、案の定、ポアロが跳び起きた。

「急いで、ヘイスティングズ、窓から抜けだしましょう！　壁にツタがからんでいます。あいつらが気づかないうちに壁をつたって降りるのです！」

「壁をつたってですか？」

「そうです、すぐこの家を出なければ。ディナーのときの彼の様子に気がつきませんでしたか？」

「ドクター・トリーヴズですか？」

「違いますよ。あの息子です。パンを砕いていたでしょう？　フロッシー・モンローが亡くなる少し前に言っていたことを思い出してください。クロード・ダレルは食事のとき、パンをちぎっては指のあいだにはさんで、パン屑をこしらえる癖があった——彼女はそう言っていたじゃありませんか。これは大仕掛けの策謀です。愚かしく見えた、あの息子こそ、われわれの大敵、ナンバー・フォーだったのですよ！　さあ、急がないと！」

議論をしている暇がないことはわかっていた。とても信じられないが、即刻、行動するほかないと、私もとっさに判断していた。私たちはツタの蔓につかまって、何とか音を立てずに下に降り、町なかの鉄道の駅へと直行した。午後十一時近くにロンドンに着く、最終列車の午後八時三十四分発に何とか間に合った。

「罠だったんですね」とポアロはしみじみ言った。「いったい、どれだけの人間が関与していたんでしょうかね。テンプルトン一家はことごとく、ビッグ4の一味だったんじゃないでしょうか。わたしたちをおびき出すだけが目的だったんでしょうか？　それとも裏の裏の計画といった企みがあるのか。あそこで茶番劇を演じて、わたしの注意をそらしておいて、その間に——その間に何をするつもりだったんでしょう?」

ポアロはじっと考えこんだ。

ロンドンのフラットに着くと、ポアロは居間のドアの前で私を引き止めた。

「気をつけてくださいい、ヘイスティングズ、どうもおかしい。わたしに先に入らせてください」

彼はその言葉どおり、先に立ち、わざわざゴム製のオーバーシューズを靴の上に履き、その上でスイッチを押した。あまりの警戒ぶりに、ふとおかしくなったほどだった。彼は借りてきた猫のように用心ぶかい物腰で部屋の中を一巡した。どんな危険がひそんでいるか、わかったものではないと言わんばかりだった。私は命じられたように壁際に立って黙ってその様子を見守っていた。

「どうってことないじゃありませんか、ポアロ」と私は堪りかねて言った。

「一応、そう見えますがね、モナミ、しかしもう少し確かめないと」

「馬鹿な」と私は言った。「炉に火を起こしましょう。それに、パイプを一服、したいんですよ。最後にマッチを置いたのはあなたでしたね。珍しいことですが、ホルダーにちゃんともどしてありませんね。いつもぼくを叱っているあなたにしては、とんだ失態です」

手を伸ばした私の耳もとにポアロの警告の声が響き、私を制止しようと彼が跳び上がるのが見えたが、私の手はそのときすでにマッチ箱に触れていた。

青い閃光がひらめき、耳をつんざく轟音がとどろき——次の瞬間、闇が私の視界を閉ざした。


意識を取りもどしたとき、まず目に映ったのは私の上に身をかがめているドクター・リッジウェイの見慣れた顔だった。その顔に安堵の色がひろがるのを、私は見た。

「じっとしていてください」と彼はやさしく言った。「もう大丈夫。事故が起こったんです」

「ポアロは？」と私はささやくように言った。

「ここは私の部屋です。もう心配は要りません」

氷のような恐怖に胸がひきつっていた。ドクター・リッジウェイがポアロについて何も言おうとしないことが、私の不安を掻き立てていた。

「ポアロは？　ポアロはどうしたんですか？」

ドクターは私がポアロについて、どうでも聞きだそうとしていることを見て取り、即答を避けることは無理だと見て取ったようだった。

「あなたが死ななかったのは奇跡のようなものです。ポアロは――だめでした……」

私は思わず叫んだ。「まさか――まさか――」

ドクターは黙って頭を垂れた。いつも冷静なその顔がはげしい感情にひきつっているのを、私は見た。

私は全身の力を振りしぼって、なんとか起き直った。

「ポアロの肉体は死んだかもしれない」と私は息もたえだえに言った。「しかし彼の魂は今も生きている。ぼくが彼の遺志をつぎます。ビッグ4に死を！」

こう絶叫して、私は意識を失い、ベッドの上に倒れた。

16　瀕死の中国人

今もって私は、その三月の日々のことを書く気がしない。

ポアロが——ユニークな、比類のない、あのエルキュール・ポアロが死んでしまったなんて！　無造作に置かれていたマッチ箱がポアロの注意を引き、急いできちんと置き直すだろうということ、その結果、爆発が起こるという計算がなされていたことに、私は敵の悪魔的な狡猾さを感じた。爆発の破局を引き起こしたのが、ポアロでなく、ほかならぬ私だったということが、かえすがえすも悔やしかった。ドクター・リッジウェイは、私が軽い脳震盪だけで死ななかったのはまったくの奇跡だと言った。

私はほとんどすぐ意識を回復したと自分では思っていたが、実のところ、まる一日以上たってから、ようやくわれに返ったらしい。翌日の夕方、私はよろよろと隣室に歩いて行き、この世界がこれまで知っていた、最もすばらしい人物の一人の遺体がおさめられている柩を深い悲哀の思いで眺めた。

意識を回復した最初の瞬間から、私はたった一つのことしか考えていなかった。ポアロを殺した犯人たちに復讐し、ビッグ4をとことん追いつめることこそが、私のただ一つの願いだった。

私はもちろん、ドクター・リッジウェイも同じ気持ちだろうと思っていたのだが、驚いたことに、ドクターはなぜか熱意を示さなかった。

「あなたは南米に帰るほうがいい」とドクターはことあるごとに勧めた。できもしないことを、どうして試みるのだと。あのポアロにもできなかったことが、あなたにできるわけはない——口に出してこそ、言わないが、彼が内心そう考えていることは明らかだった。

しかし私は引っこまなかった。その仕事の遂行に必要な資格が私にあるかどうかはさておき（ついでだが、この点に関して、私はドクター・リッジウェイと見解を異にしていた）、ポアロと長らく協力してきた経験から、私は彼のメソッドをよく心得ている。だから彼がし残したことをひきつぐことは十分できるはずだ。私の場合、これは心意気の問題だった。ポアロは悲惨な死をとげた。彼を殺した者たちを罰しようと努力もせずに、おめおめと南米に帰るわけにはいかない。

こういう気持ちをドクター・リッジウェイに告げると、ドクターは耳をかたむけてはくれたが、「ですが、あなたはやっぱり南米に帰ったほうがいい。ポアロ自身、もしもこの場に居合わせたら、そう勧めるにきまっていますよ。彼の名においてお願いしますよ、ヘイスティングズ、そんなとんでもない考えを捨てて、あなたの牧場にお帰りなさい」

そうした勧告にたいしてノーとしか答えられない私にがっかりして、ドクターは悲しそうに頭を振るだけで、それ以上もう何も言わなかった。

私がすっかり健康を回復するまでには一ヵ月という期間が必要だった。四月の末に、私は内務大臣に面会を求めてゆるされた。

クラウザー内相の態度も、ドクター・リッジウェイのそれと似たようなものだった。私をなだめようとしているのが見え見えで、いかにも消極的だった。私が自分にできるだけのことをしたいのだと言ったのにたいして内相は、あなたの熱意はありがたいが、どうか思い止まってくれと思いやりぶかく、やさしく、しかし一貫して拒絶した。ポアロが言及した書類は自分の手もとに保管されているし、予想されている脅威に対処すべく、できるかぎりの手をつくしているからと。

そんな不満足な言質をあたえられただけで、私は満足するほかなかった。会見を終えるにあたって、クラウザー内相も、南米に帰るように再三私をうながした。何もかも不本意だった。

私なりにここで、ポアロの葬儀の模様を書き記すべきかもしれない。厳粛で、感動的な儀式だった。柩を飾るべく贈られた花は信じられないほど、おびただしく、あらゆる階層の人々が彼の死を悼んでいることを示し、彼が第二の故郷とした、このイギリスでポアロがどんな地位を占めていたかを物語っていた。私自身について言うならば、彼の墓の脇に立ったとき、私はこみあげる思いに堪えながら、これまでに彼とともにした、さまざまな冒険に思いを馳せ、楽しかった彼との日々を思い返していた。

五月の初めには、私は一つの戦闘計画を立てていた。さしあたっては、クロード・ダレルについての情報を求める広告をひきつづき新聞に載せることから何か生まれないとも限らないと私は思い、数種の朝刊に広告が載るように手配した。

ある朝、ソーホーの小さなレストランの一隅にすわって、自分の載せた広告を見ようと新聞を開いたとき、私はべつな紙面の小さな記事にショックを受けた。

それは、少し前にマルセイユを出航したシャンハイ号の船上からジョン・イングルズ氏が忽然と姿を消したという短い記事だった。天気は晴朗だったが、どうやらイングルズ氏は海中に落ちたらしい——と記事は報じ、イングルズ氏の中国に置ける長年の業績を称えていた。

私の心は千々に乱れた。この謎の失踪のかげには何かある——と私は思った。事故などということは、まったく考えられない。イングルズ氏は殺害されたのだ。あのビッグ4の仕業だということは明らかだった。

私が打ちのめされた気持ちでそこにすわって、すべてを思いめぐらしていたとき、向かい側にすわっている男の変わった挙動に注意を引かれた。そのときまで気がつかなかったのだが、それは痩せた、黄色っぽい顔の、中年の黒い髪の男で、とがった小さな顎鬚を生やしていた。彼は私の真向かいにひっそりすわっていたので、いつからそこにいたのかということすら、わからなかったのだが。

しかし彼の挙動はいかにも奇妙だった。前に少し身を乗り出して彼は私の皿のまわりに塩の山を四つ、盛った。

「どうも失礼」と彼は憂鬱そうな声でつぶやいた。「見知らぬ人に塩を回してあげるのは、悲しみを与えることだと言いますが、どうもいたしかたのないことのようですね。でもできれば、それは避けたいと思っているんですよ——私としては。あなたが道理をわきまえてくださることを願っています」

そう言うと、思わせぶりなしぐさで今度は自分の皿の上に四つ、塩の山をつくった。四つ——ビッグ4——見過ごしようもなかった。私はまじまじと彼の顔を見つめた。どう見ても若いテンプルトンとは似ても似つかない。従僕のジェームズとも、ポアロと私がこれまでに遭遇した、ナンバー・フォーの扮した、さまざまな人間のいずれとも、まったく似ていない。けれども私は確信していた——今、目の前にいる男こそ、恐るべきナンバー・フォーに違いないと。その声音は、パリで私たちを訪ねてきた男、オーバーコートのボタンを喉もとまでキッチリはめていた男のそれとかすかに似ているような気がした。

わたしはまわりを見まわした。この際、いったい、どうしたものか？　私の躊躇を見て取って、男は微笑して静かに首を振った。

「それは感心しませんね。あなたの軽はずみな行動からパリでどういうことが起こったか、思い出してみてください。私の場合、退路はいつもちゃんと確保してあるんですからね。こう言っちゃ失礼ですが、あなたの思いつきはいつも少々ずさんですね、ヘイスティングズ大尉」

「悪魔め！」と私は怒りにのどをつまらせながら言った。「何というやつだ！」

「興奮はあなたのためになりませんよ。あなたの亡くなったお友だちだったら、冷静を保つことができない人間には、どのみち、大したことはできないと言ったでしょうがね」

「ポアロのことは言うな！　ポアロを殺したおまえがぬけぬけと、このぼくの前に顔を出すなんて――」

「ええ、こうしてここにやってきたのには、それ相応の、また平和的な理由があるんですよ。すぐ南米にお帰りなさい――そうあなたに忠告するためです。あなたがおとなしく南米に帰るなら、ビッグ４はこの一件からきれいさっぱり手をひきますよ。あなたにも、あなたの奥さんにも今後、危害を加えるようなことはありません。誓ってもいい」

私はせせら笑った。

「そんな一方的な命令を、もしも私が聞かなかったら？」

「命令というのはどうですかね」と相手は低い声で言った。「そう、まあ、警告と言っておきましょうか」

ゾッとするように冷たい、威嚇的な声音だった。

「最初の警告です。無視しないほうが利口だと思いますがね」

次の瞬間、私が彼の意図を読みとる前に男は立ち上がってすばやく戸口のほうへと動いた。私はガバと立ち上がって後を追ったが、折悪しくひどく肥満した男が私と隣のテーブルのあいだに立ちふさがった。私が何とか彼を振りきったときには目当ての痩せた男はすでに戸口を後にしていた。さらに皿を何枚も重ねて持ったウェーターがいきなり私の行く手を阻んだ。そんなこんなで私がようやく戸口に駆けつけたときには、相手はすでに姿を消していた。

ウェーターは平謝りに謝った。肥満体の男は悠然とテーブルについて、ランチを注文していた。二人が私の行く手をふさいだのはまったくの偶然とも見えたが、私はそうは思わなかった。ビッグ４の配下はいたるところにいるのだから。

言うまでもないことだが、私はその警告に耳を貸さなかった。心に期した目的のためなら、命など、惜しくなかった。例の広告にたいする反応は二つだけで、どっちも価値ある情報を伝えてはくれなかった。二つとも、クロード・ダレルと共演したことがあるという俳優からのものだったが、彼と大して親しくつきあったわけでもなさそうで、彼の正体や現在の居所についてのあらたな情報は得られなかった。

それっきり、ビッグ４からの働きかけもとだえていたが、十日ばかり後、私がハイド・パークを横切って物思いにふけりながら歩いていたとき、私に呼びかける声が聞こえた。外国訛の、魅力的な声だった。

「ヘイスティングズ大尉さんですわね？」

大型のリムジンが歩道の私のすぐ脇で止まり、うつくしい女性が身を乗り出していた。黒いシックな服装、すばらしい真珠のネックレス。あのヴェラ・ロサコフ伯爵夫人、少し前にビッグ4の手先として、まったく別な名で私たちに近づいた女性だった。ポアロはどういうわけか、彼女にたいしていつも、それとはない好意をいだいているようだった。彼女のあでやかさ、はなやかさが彼をひきつけていたのだろうか。千人に一人という、すばらしい女性だと彼が熱烈な口調で言うのを私はしばしば耳にした。彼女が私たちのあの宿敵の側についているということさえ、問題ではないようだった。

「まあ、ちょっとお待ちになって！」と伯爵夫人は言った。「とても大切なお話がありますのよ。わたしを逮捕させようなんて、馬鹿なことはお考えにならないほうがいいわ。でもあなたっていつでも、ちょっとお馬鹿さんでしたものね。今もそう。わたしたちがせっかく親切に警告してあげているのに無視しようなんて、ほんとにお馬鹿さんもいいところ。ねえ、これが二度目の警告よ。すぐイギリスを離れたほうが利口だわ。ここに留まったところで、あなたに何ができますの？　率直に申し上げているのよ、わたし。何もできやしないでしょうに」

「だったら、私を厄介ばらいしようとやっきになる必要はないじゃないですか？」と私は固い口調で反問した。

伯爵夫人はうつくしい肩をエレガントにすくめて見せた。

「わたしもそう思ってるわ。警告なんて馬鹿らしいって。あなたがそうしたいのなら、あなたなりに何かやらせておいたらいいのにって。それで気がすむのならね。でもわたしのボスたちは、あなたより頭のはたらく人たちに、あなたから有力な情報が洩れてはと気を回しているらしいのね。だから——あなたを追っ払おうってわけ」

まったくこの伯爵夫人ときたら、私の能力をさっぱり買っていないようなふりをしている——私は胸のうちでひそかに思いめぐらした。彼女は私をことさらに怒らせ、自分を取るに足らない存在のように思いこませようとしているのだ。

「もちろん、あなたを——そうね——かたづけるくらい、わけのないことよ。でもわたし、ときによると、情に流されることがあってね。あなたの命乞いをしたのよ。あなた、どこかにとてもかわいらしい奥さんがいるんですって？　亡くなった、あなたのお友だちのあの小さな探偵さん、あなたが死なずにすめば、あの人、きっと喜ぶでしょうからね。わたし、いつもあの人が好きだったわ。頭がよかったわねえ、あの人は。ええ、とびきり。わたし、正直言って、四対一でなかったら、とてもじゃないけど、わたしたち、あの人には歯が立たなかったかもよ。白状するけど、あの人にはわたし、舌を巻いていたのよ。ですからね、わたし、あの人のお葬式に花を贈ったわ。深紅のバラのものすごく大きな花輪をね。深紅はね、わたしの色、わたしの心の色模様なの」

黙って聞いていたが、むらむらと腹が立っていた。

「あなたの顔、騾馬《ラバ》そっくりよ。ほら、騾馬が耳を寝かせて腹立ちまぎれに蹴るときの顔。さあ、警告は発したわ。覚えておくことね。三度目の警告をもたらすのは殺し屋自身でしょうからね」

手を上げて合図すると、リムジンは動きだし、たちまち見えなくなった。私はその番号を機械的に記憶していたが、何の役にも立たないだろうということはわかっていた。ビッグ4は細かい点まで、いささかもおろそかにしない。

私は少しあらたまった気持ちで帰宅した。伯爵夫人がまくしたてたことから、私の命が風前の灯火だということが明らかになっていた。戦いの場から身をひくつもりは毛頭なかったが、今後はもう少し慎重に行動したほうがいいということは明らかだった。用心するに越したことはない。

これまでに起こったことを思い返して、今後、どのような行動に出るべきかと思いめぐらしていたとき、電話が鳴った。

「もしもし、どなたですか？」

きびきびした声が言った。

「こちらはセント・ジャイルズ病院です。通りで刺された中国人の手当にあたってきたのですが、もう長くはもつまいと思われます。彼のポケットにあなたの名前と住所を書いた紙きれが見つかったものですから、こうしてお電話している次第です」

私はひどく驚いたが、ちょっと考えてから、すぐそちらに伺うと告げた。セント・ジャイルズ病院といえば波止場の近くだ。その中国人は、どこかの船から降りた直後に刺されたのかもしれない。

しかし病院に向かう途中で、ふと疑念がきざした。もしかしたら、何もかも罠なのでは？　中国人といえば、リー・チャン・イェンの手が陰で働いていないとも限らない。チャイナタウンで私を待っていた、あの罠のことがまだ記憶にあたらしかった。これもまた敵のしかけた計略でないと、誰が言えるだろう？

しかしちょっと考えてみて私は、病院に見舞いに行くだけならどうということもないだろうと判断した。敵のたくらみだとしてもせいぜいのところ、意図的に何かの情報を私に流すというくらいのことだろう。瀕死の中国人が何か私に伝え、そのうえで私が何らかの行動に出る。その結果、ビッグ4の術策に落ちることはあるかもしれない。しかし偏見を持たずにその男を見舞ってみよう。信じているふりをして用心を怠らないことだって、できない相談ではないだろう。

セント・ジャイルズ病院に着いて、電話を受けた旨を伝えるとすぐ救急病棟の問題の中国人のベッドのところに案内された。男は目を閉じて、ひっそりと横たわっていた。

胸がかすかに上下する様子から、まだ息があることが知れた。一人の医師がかたわらに立ち、患者の脈を取っていた。

「もう長くはありますまい」と医師は言った。「この男をご存じなんでしょうね？」

私は頭を振った。

「一度も会ったことがありません」

「だったらどうして、あなたの名前と住所を書いた紙きれをポケットに入れていたんでしょう？　あなたはヘイスティングズ大尉ですね？」

「ええ、私にもなぜ、私の名を書いた紙きれを持っていたのか、まったく説明がつかないんですよ」

「おかしいですね。所持していた書類から察するところ、彼は引退した公務員のイングルズ氏という人の召使いだったようです。イングルズ氏をご存じなんですね？」私のハッとした様子を目ざとく見て取って、医師はきいた。

イングルズ氏の召使いだって！　では私も前に会っているはずだ。私には、中国人は誰が誰やら見分けがつかないが、中国に渡るイングルズ氏に付き添っていたのだとすると、イングルズ氏が殺された後、何らかのメッセージをたずさえて、単身、イギリスに引き返したのだろう。そのメッセージを聞きだすことが、この際、何よりも重要と思われた。

「意識はあるのでしょうか？」と私はきいた。

「話はできますか？　イングルズ氏は古い友人です。この人は彼の伝言を私に伝えにきたのではないかと思うのです。イングルズ氏は十日ばかり前に、航海中の船から海に落ちて亡くなったという話なのです」

「ようやく意識を取りもどしたようですが、話をする気力があるかどうか。出血がはなはだしかったものですから。興奮剤の注射を打つこともできないわけではありませんが、すでにそっちのほうも手をつくしていますし」

そうは言いながらも医師は皮下注射を一本、打ってくれた。私は、何か手がかりになるような言葉を聞くことができないかとはかない望みをいだいて、患者のベッドの脇にすわっていた。時は刻々とたったが、患者は何の反応も示さなかった。

そのときだった。恐ろしい考えが胸をよぎった。もしかしたら、私は敵の術中におちいってしまったのかもしれない。この男がイングルズ氏の召使いの役を演じていたのだったら？　実際はビッグ４の手先だったら？　中国には、どこから見ても死人そっくりに見えるように装う僧侶がいる――そんな話を聞いたことがある。リー・チャン・イェンは、ボスの命令とあれば、いつでも死ぬ覚悟の、狂信的な手下どもを従えているのかもしれない。とにかく用心することだ。

とっさにそんなことを思いめぐらしていたとき、意識のなかった患者がふと身動きをして、ぽっかり目を開き、わけのわからぬことを口走った。男の目は私の顔に注がれていた。私をそれと認めたようでもなかったが、何か私に告げようとしているのは明らかだった。彼が敵だろうが、味方だろうが、なんとか、彼の言おうとしていることを聞かなければ——そう私は思った。

私はベッドの上に身をかがめた。しかしとぎれとぎれの声が何を言おうとしているのか、さっぱりわからなかった。手がどうとかと言っているようだが、どういう連想でそう言っているのか、かいもく見当がつかなかった。「手《ハンド》……」そして「ラールゴ……」

私は驚いて見つめた。「ヘンデルのラールゴのことかね？」

瀕死の男の瞼が肯定するようにおののくのを、私は見た。そしてイタリア語でもう一言。「カロッツァ」さらに二言三言、やはりイタリア語で。が、次の瞬間、男はグッとのけぞった。

医者は私を手荒く押しのけたが、そのときには男はすでに息を引き取っていた。

私は何が何だか、さっぱりわからないという気持ちで、病室を後にした。

「ヘンデルのラールゴ」。そして「カロッツァ」。カロッツァといえば、馬車のことではなかったか。いったい、どんな意味がかくされているのだろう？　男は中国人でイタリア人ではなかった。苦しい息の下から、なぜ、イタリア語を口にしたのだろう？　もしも彼が本当にイングルズ氏の召使いであったら、英語を知っているはずだ。とにかくわからない。私は帰るみちみち、彼の口を洩れた言葉について思いめぐらしつづけた。ポアロがここにいたら、いつもの彼の明敏さで、難なく謎を解明してくれただろうに。

私は自分の鍵で玄関のドアを開けて、ゆっくり階段を上がって自室に行った。一通の封書が机の上に載っていた。それはある法律事務所からの通知だった。無造作に封を切ったが、次の瞬間、私は棒立ちになって夢中で文面に目を走らせていた。

拝啓　亡き依頼人のエルキュール・ポアロ氏の指示にしたがって、同封の手紙をお送りいたします。この手紙は死の一週間前に、自分が死んだ場合、一定期間を置いてあなたにお送りするようにと私どもに託されたものです。

敬具

私は一緒に封入されていた手紙を何度もひっくり返した。疑いもなく、ポアロからのもので、なつかしい彼の筆跡だった。重い気持ちで、しかし心はやるままに、私は封を切った。

ヘイスティングズ《モン・シェール・アミ》に。

あなたがこの手紙を受け取るときには、わたしはこの世のものではないでしょう。どうか、わたしのことで涙を流さずに、わたしの指示にしたがってください。これを受け取ったらすぐに、南米に帰ってもらいたいのです。頑固にここにとどまったりせずに。感傷的な理由からではありません。それがぜったいに必要だからです。それこそがエルキュール・ポアロの計画の一部なのですよ！

これ以上、説明する必要はないでしょう。私の親友ヘイスティングズほどの知性のある人間なら、かならず理解してくれると信じています。

打倒、ビッグ4！　墓のかなたからあなたにエールを送ります。

永久にあなたの友なる

エルキュール・ポアロ

私はその驚くべき手紙を何度も読み返した。一つのことは確かだった。ポアロはあらゆる場合を予測し、自分が死んだ場合にもその計画の遂行に支障がないように配慮していたのだ。私が実行し、亡き彼が陰にあって指揮を取るわけで、海の向こうにおそらく、さらなる彼の指示が私を待っていることだろう。一方、私の敵たちは私が彼らの警告にしたがって帰国したと思いこみ、私のことでこれ以上、頭を悩まさないだろう。私は何の疑いもかけられずに、ふたたびもどって、彼らに目にもの見せてくれるのだ！

私の即刻の出発をとどめる、何の理由もなくなったわけで、私は電報を打ち、乗船を予約し、一週間後、ブエノスアイレス行きのアントニア号に乗りこんだ。

船が港を離れたとき、スチュワードが私にメモをとどけてくれた。毛皮の外套を着た、大柄の紳士から渡されたもので、その人は道板が上げられる直前に下船したということだった。

開いてみると、要領を得た、簡潔な文面だった。

「賢明な選択です」とだけ記され、大きな文字で4とサインされていた。

私にも微笑をもらす余裕はあった。

海はたいして荒れず、私は口に合うディナーを楽しみ、大部分の船客について評価を下し、ブリッジの手合わせを一、二度やり、船室にもどって船上ではいつものことだが、それこそ、前後不覚に寝入った。

執拗に揺り起こされているような気がして、眠気半分、何が何だかわからない気持ちで目を開けると、高級船員の一人が私の上に身をかがめていた。私が起き直ると、彼はホッとしたように嘆息した。

「ああ、よかった。何とか起こすことができました。ずいぶんかかりましたよ。いつもこんなふうにぐっすり、寝入ってしまわれるんですか？」

「いったい、どういうことです？」と私はまだ寝ぼけ眼で反問した。「船が故障したんですか？」

「どういうことなのか、それはあなたのほうがご存じだと思いますがね」と彼はぶっきらぼうに言った。「海軍省からの特別指令ですよ。駆逐艦があなたの乗船を待っているそうです」

「何ですって？　海のど真ん中の乗り換えですか？」

「奇妙なことですよね。しかし詮索するのは私の役目ではありませんから。あなたの代役をつとめる若い男がすでに乗船しています。われわれはみんな、他言しないことを誓わされました。さあ、起きて着替えをしてください」

驚きをかくしきれない面持ちのまま、私は言われたとおり、着替えをした。ボートが降ろされ、私は駆逐艦へと運ばれた。慇懃に迎えられて駆逐艦に乗りこんだが、それっきり、何の説明もしてもらえなかった。艦長は私をベルギー海岸のある港に降ろすように命じられており、彼自身もそれ以上は何も聞いておらず、単にそこまでの責任を負っているということらしかった。

すべてがまるで夢のように推移した。私はただ、これもまたポアロの計画の一部なのだろうと考えて、彼に全幅の信頼を寄せてやみくもに従うほかはないと思いさだめていた。

手紙に指示されていた港で下船すると、車が待っており、間もなく私はフランドルの平原の曲がりくねった道を疾走する車に揺られていた。その夜はブリュッセルの小さなホテルに泊まった。翌日、また車で出発し、木々の生い茂る地域を走った。どうやらアルデンヌの山林地帯の奥深く突き進んでいるようだった。私はふと、スパーに兄がいると言ったポアロの言葉を思い出した。

けれども私たちを乗せた車はスパーには向かわず、幹線道路を離れるとふたたび緑濃い丘陵地帯に入り、やがて小さな村落に到着した。車は一軒ポツンと建っている山荘の緑色のドアの前で止まった。

私が車を降りたとき、ドアが開き、年配の従僕が戸口に立って小腰をかがめた。

「ヘイスティングズ大尉さまでいらっしゃいますね？」と彼はフランス語で言った。

「お待ち申し上げておりました。どうぞこちらへ」

従僕はホールを先に立って歩き、奥の一間のドアをサッと開けて、一歩、脇によけて私を通した。

たまたま部屋は西向きで、午後の日がいっぱいにさしこみ、私は眩しくて目ばたきをしながらたたずんでいた。視界が少しはっきりしたとき、私を迎えようと大手をひろげて歩みよる人の姿が浮かび上がった。

まさか——そんなはずは——いや、しかし……

「ポアロ！」と私は思わず大声で叫び、このときばかりはポアロの抱擁を避けようともしなかった。

「そうですとも、もちろん、わたしですよ！　このエルキュール・ポアロがそうやすやすと殺されるものですか！」

「ポアロ——いったいぜんたい、どういうことなんです、これは？」

「敵をあざむく計略《リュス・ドゥ・ゲール》ですよ。総攻撃の準備は着々ととのっています」

「ぼくに打ち明けてくれてもよかったのに！」

「いいえ、ヘイスティングズ、それはできない相談でした。わたしが生きていることを知っていたら、あなたにはあの葬儀の際のような愁嘆ぶりはとても演じられなかったでしょうからね。知らなかったからこそ、敵を見事にあざむくことができたのです。ビッグ４はものの見事に騙されました」

「しかしぼくはおかげで何とも言えない思いを……」

「わたしを非情とは思わないでください。今度の一芝居は、あなたのためでもあったのですからね。わたしとしては、自分の命を投げ出す覚悟はとうからできていましたが、あなたの命を危険にさらす気にはどうしてもなれませんでした。それで、あの爆発の後、すばらしい策略を思いついたのです。ドクター・リッジウェイが全面的に協力して、計略の遂行を助けてくれました。わたしは死に、あなたは南米に帰るはずだった。しかしあなたには、そうする気はなかった。結局、わたしは弁護士に手紙を託したことにし、手のこんだ芝居を打たなければなりませんでした。しかし何とかあなたをここに誘い出すことができました。それが何より肝心だったのです。わたしたちはここに身をかくし《ペルデュ》て時が熟するのを待つのです。ビッグ4の権力を最後的にくつがえす《グラン・ク》瞬間を」

17　ナンバー・フォーの策略

アルデンヌ地方の静かな山荘から、私たちは広い世界の出来事の推移を見守っていた。新聞は何種も入手できたし、ポアロのもとには毎日のように分厚い封筒が届き、何らかの情報が規則的に送られてくるらしかった。私には見せてくれなかったが彼の様子から、満足なものか、不本意なニュースか、およそのことは察することができた。いずれにせよ、私たちの計画こそが成功に導く唯一のものだという彼の信念はいささかも揺らいでいなかった。

「わたしは、自分のせいであなたが死ぬようなことがあったらと、たえずビクビクしていたんですよ」とポアロは言った。「いつでも跳躍しようと身構えている猫のようにね。しかし今はすっかり安心しています。南米に到着したヘイスティングズ大尉が贋者だと敵が気づいたとしても——たぶん気づかないでしょう。あなたを個人的に知っている手下を南米に送ることまではしていないでしょうからね——、あなたなりに術策を弄する

だけのことだろうと決めこんで、あなたの居どころを探りだそうと真剣に努力すること
はまずしないと思います。わたしの死という重大事実については、まったく疑っていな
いんですから、彼らはここぞとばかり、計画の遂行に着手するでしょう」
「そこで？」と私は期待をこめて問い返した。
「そこで、モナミ、エルキュール・ポアロが復活して、大向こうをアッと言わせようと
いう寸法です。最後の瞬間にわたしが再登場して一大混乱を起こさせ、いかにもわたし
らしい、ユニークなやりかたで華々しい勝利をこの手におさめるわけですよ！」
まったくポアロの虚栄心ときたら処置なしだ——と私はゲンナリしながら、敵が勝っ
たこともあったじゃないかと言ってみたが、自分のメソッドの成功を熱狂的に確信して
いるポアロはビクともしなかった。
「そう、ヘイスティングズ、たとえてみるなら、よくあるトランプの手品のようなもの
なんですよ。あなたも見たことがあると思いますがね。四枚のジャックを取って一枚を
カードの山の上に、一枚を下に、後の二枚を中ほどに入れる。カードを切ってまぜる。
しかしめくってみると、ジャックはまたしても四枚、一緒に集まっている——というわ
けです。わたしは、そのときを目指しているんですよ。ビッグ4と対決するにあたって、
これまではわたしはあるときはその一人を、べつのときにはまたべつな一人を、相手に

してきました。しかし今度は、トランプのジャックをまとめるように、敵をひとまとめにしようと思っているんですよ。そのうえでやっつけるんです。やつらを残らず！」

「しかし、いったい、どうやってひとまとめにしようっていうんですか？」

「最高の瞬間まで待つんです。相手が攻撃に打って出るのをじっと待つんですよ」

「だったら、ずいぶん先のことになりそうだなあ」と私は不本意だった。

「あいかわらず、気が短いんですね、ヘイスティングズ！　しかしだいじょうぶ、そう長いこと待つ必要はないでしょう。彼らが恐れている相手は一人だけ、このエルキュール・ポアロだけなんですから。その邪魔者を取り除いたと彼らは思いこんでいます。まあ、待つとしても二、三カ月のことだと思いますよ」

　邪魔者を取り除いたという言葉から私は、イングルズ氏の悲劇的な最期のことを思い出した。イングルズ氏といえば、セント・ジャイルズ病院でのあの中国人の死について、まだポアロに話していなかった。

　私の話に、ポアロは興味ありげに耳をかたむけた。

「イングルズ氏の召使いが――最後にイタリア語で――？　不思議な話ですねえ」

「それでぼくはひょっとしたら、ビッグ4の布石ではないかと思ったんですが」

「それは違いますよ、ヘイスティングズ。灰色の脳細胞を使ってください。ビッグ4の差しがねだったら、中国人が片言の英語でしゃべるように仕向けたでしょう。いいえ、その中国人のメッセージは本物です。もう一度、繰り返してみてくれませんか」

「最初にヘンデルのラールゴがどうとか、言っていましたっけ。それからカロッツァとか何とか。たしかカロッツァというのは馬車のことですよね？」

「ほかには何か、言いませんでしたか？」

「そう、しまいにカラ何とかとつぶやきましたね。確か女性の名前でした。ツィアとか何とか。べつに意味があるとも思えませんが」

「あなたは重要とも思わないかもしれませんが、カラ・ツィアは重要です。たいへん重要なんですよ」

「よくわからないなあ——どういう……」

「ヘイスティングズ、あなたにはわかっていないんですねえ、まるで。もともとイギリス人は地理に暗い傾向がありますから」

「地理ですって？」と私は思わず口走った。「地理とそれと、何の関係があるって言うんですか？」

「旅行案内業の草分けのトマス・クック氏の関係と言ったほうがわかりやすいかもしれませんね」

例によって、ポアロはそれっきり何も言ってくれなかった。まったく癪にさわる——と私は舌打ちしたい気持ちだったが、ポアロは何らかの意味で点をかせいだように、妙に上機嫌だった。

数日が気持ちよく（少し単調ではあったが）過ぎた。この山荘には読むものもたくさんあったし、散策に適した場所にもことかかなかった。しかし私にはこんなふうに無為に過ごしていることがやりきれず、ポアロはどうして落ち着いていられるのかと不思議でならなかった。私たちのおだやかな生活を乱すようなことは何一つ起こらず、いつの間にか、六月の末になっていた。待つとしても二、三カ月のことだとポアロは言ったが、そのころになって初めて、ビッグ４に関する情報が入ってきたのだった。

ある朝早く、一台の車が私たちの山荘に到着した。このところ、何事も起こっていなかったので、私は好奇心に駆られて急いで階下に降りた。ポアロは私とほぼ同年配の若い男としきりに何か話し合っていた。

彼は私に、その青年を紹介した。

「こちらはハーヴィー大尉です、ヘイスティングズ、あなたの国の情報部の著名な部員の一人ですよ」

「著名というのはどうですかね」と青年は笑って言った。

「その筋の人々にはということですがね。ハーヴィー大尉の友人、知人はこの人のことを、愛想のいい、しかし少々頭のわるい青年だと思いこんでいるんですよ。キツネ狩りでなく、ダンスのフォックス・トロットのステップに関心のある、気のいい若者だとね」

私たちは思わず哄笑した。

「冗談はそのくらいにして」とポアロは言った。「さっそく伺いましょう。いよいよ機会が到来した――情報部ではそう観測しているんですね？」

「ええ、そう確信しています。中国は昨日、政治的に孤立状態に入りました。あの国で起こっていることは、今では誰にもわかりません。ラジオのニュースに限らず、情報はいっさい、入ってきません――プツンと糸が切れたように――まったくの沈黙が続いているんですよ」

「リー・チャン・イェンが手のうちを見せたということですかね。ほかの連中はどうですか？」

「エイブ・ライランドは一週間前にイギリスに到着し、昨日、大陸に向かって出発しました」

「マダム・オリヴィエは？」

「マダム・オリヴィエも昨夜、パリを出たそうです」

「行く先はイタリアですか？」

「そのとおりです。私どもの考えではライランドも、マダム・オリヴィエもあなたがおっしゃっている保養地を目指しているものと思われます。しかしポアロさん、どうしてあなたにそれがおわかりになったのか――」

「ああ、それはわたしの手柄ではありません。このヘイスティングズが知らせてくれたんですよ。さりげない取りなしのかげに、並々ならぬ知力を秘めかくしているんですよ、このヘイスティングズは。測り知れぬ深い知力をね」

ハーヴィー大尉が感心したように私の顔を見たので、私はひどく間がわるかった。

「とすると、万事、着々と進んでいるということですね」と言ったポアロの顔は心もち青ざめて、ひどく真面目だった。「いよいよそのときがきたわけですか。準備万端、ととのっているんですね？」

「はい、すべてあなたのご指示どおりに運んでいます。イタリア、フランス、そしてイギリスの政府がこぞってあなたを後援し、協調して行動する心づもりをしています」

「つまり、あたらしい協調態勢《アンターント》ができたわけですね」とポアロは無表情に言った。「デジャルドー首相までが結局、わたしの言うことを信じてくれたのはありがたいことです。

とすると《エ・ビヤン》我々は今や、行動を開始できるところにきたわけですね。少なくとも、わたしは行動を開始できる運びになった。あなたは、ヘイスティングズ、ここにいてください。お願いしますよ。ええ、わたしはかつてないほど、真剣なんですから」

もちろん、それは信じられた。しかし私は置いてきぼりに甘んじる気はなかった——ぜったいに。私たちの言い合いは長くは続かなかった。

パリ行きの列車に落ち着いてからポアロはようやく、私の同行をじつはひそかに喜んでいるのだと打ち明けた。

「あなたにつとめてもらいたい役割があるんですよ、ヘイスティングズ、たいへん重要な役割です。あなたがいなかったら今度の計画は失敗するかもしれないくらいです。しかし私としては一応は、あなたに留まってほしいと言うべきだと思ったものですからね」

「つまり危険が予想されるわけですね？」

「モナミ、ビッグ4が一枚、嚙んでいれば、危険は必至ですよ」

パリに着くと、私たちは車で東駅に行き、ポアロはここでようやく行く先を明らかにした。ボルツァーノからイタリア側のチロル地方に行くということだった。

ハーヴィーが私たちの車両から席をはずしたときに、私はポアロに、彼らを待ちうけるべき場所がわかったのが私の手柄だと言ったのはどういうことかときいた。

「そのとおりだからですよ。イングルズ氏がどうやってその情報を入手したのかはわかりません。しかし彼はそれを中国人の召使いをつうじて、わたしたちに伝えてくれました。わたしたちは今、カレルゼー、あたらしいイタリア語の名前でいうと、ラーゴ・ディ・カレッツァに向かっているんですよ。あなたの言うカラ・ツィアがどういう意味だったのか、カロッツァとか、ラールゴとか、ヘンデルは、あなたの想像力が補ったものだったのだということがはっきりしたわけです。おそらくイングルズ氏の手から情報が伝わったということからでしょうね。一連の連想はすべて、そこから始まったのです」

「カレルゼーですって？　聞いたことがないが」

「だからイギリス人は地理に暗いと言うんですよ。カレルゼーはとてもうつくしい、有名な保養地です。海抜四千フィートのドロミテ・アルプスの中心の景勝の地です」

「そこでビッグ4が顔を合わせようとしている――そう言うんですか？」

「というか、そこが彼らの本拠なんですよ。シグナルが発せられ、彼らはこの世界から姿を消して、山のその要塞から世界支配のための命令を次々に発するつもりなんでしょう。わたしの調査では、そこでは鉱石の採掘が大規模に行われています。採掘にあたっているのはイタリアの小さな会社ですが、実際にはエイブ・ライランドの管理下にあるようです。山岳の中心部に巨大な住まいが設けられていることは誓ってもいいと思います。めったに近づけない、秘密の地下宮殿といったものです。ビッグ4はそこから無線によって、すべての国に潜んでいる何千人もの手下どもに指令を発するつもりでしょう。然るべきときがきたら、ビッグ4は世界の独裁者として、彼らの宮殿から姿を現わすでしょう――エルキュール・ポアロが彼らを阻止しない限り」

「本気でそう信じているんですか、あなたは、ポアロ？　文明世界の軍隊や政治機構には、彼らを阻止することができないと言うのですか？」

「ロシアで起こったことを思い返してみてください、ヘイスティングズ。あの国で起こったことが、より大きな規模で繰り返されようとしているのですよ。それに今度はさらなる脅威が加わっているのです。マダム・オリヴィエの実験は、彼女がこれまで明らかにした以上の成功をおさめています。彼女はどうやら原子力エネルギーを取り出して、彼女の目的に用いるべく、それを制御することに、ある程度まで成功したと思われるふしがあります。空気中の窒素を用いての彼女の実験は注目に値するものですが、さらに電磁波エネルギーを集中させることで、強力なビームの焦点を所定の位置に結ばせることができるという実験まで試みています。正確にいって、彼女の研究がどの程度進んでいるかは誰にもわかりません。しかしこれまで明らかにされてきたより、ずっと進んでいることは確かです。彼女は偉大な天才です。キュリー夫妻も彼女に比べれば取るに足らないほどです。その天才にライランドのほとんど無限の富、さらにリー・チャン・イェンの古今未曾有の犯罪的頭脳の指導力、企画力を加えれば、文明の前途はまことにあやういと言わねばなりません」

私はすっかり考えこんでしまった。ポアロはときとしてひどくおおげさな表現をするが、根拠もなしに取り越し苦労をするたちではない。このとき初めて私は、私たちが乗り出した闘争がじつにゆゆしいものであることかを身にしみて悟ったのだった。

間もなくハーヴィーがもどってきて、旅は続けられた。

ボルツァーノには正午ごろに到着した。そこからは自動車の旅だった。町の中央に数台の大きな青い色の自動車が客待ちをしており、私たち三人はそのうちの一台に乗りこんだ。暑い日だったが、ポアロはコートを目元まで引き上げて着こみ、目と耳の先だけがわずかに見えるだけだった。

こうした重装備が、見とがめられてはという慎重さからか、それとも風邪をひいてはというポアロ一流の大仰なくらいの用心ぶかさなのか、どっちともわからなかった。車の旅は二時間ばかり続いた。すばらしいドライブだった。最初のうちは切り立った崖のあいだを片側に幾筋もの滝を眺めながら走った。そのうちに肥沃そうな谷に出た。これが数マイルばかり。曲がりくねった道をなお上がって行くにつれ、裸の岩の峰の下方に茂った松林が目につきはじめた。荒涼たるうつくしさだった。やがていくつかのけわしい屈曲部を回りつつ、車は松林のあいだをひた走った。そして突然、広壮なホテルに到着した。旅路の終わりであった。

私たちはハーヴィーに案内されて、予約されていた、めいめいの部屋に落ち着いた。けわしい岩の峰々と、そこにいたる松林の長い斜面を見下ろす窓があり、ポアロがその岩山を身ぶりで示して言った。

「あそこなんですね？」

「ええ」とハーヴィーが答えた。「フェルゼンラビリンス——岩の迷路——と呼ばれる場所です。大岩が幾重にも積み重なり、ちょっとした奇観です。一筋の小道がそのあいだを縫って続いています。採掘場はその右手にあるんですが、入口はおそらくフェルゼンラビリンスに面していると思われます」

ポアロはうなずいて、私のほうを振り返った。

「さあ、モナミ、階下のテラスで日光浴を楽しもうじゃないですか」

「さあ、それは賢明なことでしょうかね？」

こう私が言うと、彼は肩をそびやかした。

日光はすばらしかったが、私には少々強すぎるくらいだった。お茶のかわりにクリームを入れたコーヒーを飲み、それからまた階上に上がって、荷ほどきをして、いくつか必要なものを取り出した。ポアロは何やらじっと思いに沈んで、気楽に声をかけることが憚られた。一、二度、彼は頭を振って嘆息した。

一方、私はボルツァーノで私たちと同じ列車から降りた一人の男に注意を引かれていた。彼は迎えの車に乗って、私たちと同じホテルに到着したようだった。この小男について私の関心を引いたのは彼がポアロと同じく、コートの襟を立てていたことだった。コートとマフラーで顔をかくしているばかりでなく、大きな青い眼鏡をかけていた。ビッグ4の手先ではないかと、私は言ったが、ポアロはたいして強い印象を受けたようでもなかった。しかし私が寝室の窓から身を乗り出して、ホテルの近くを散策している、その男にポアロの注意をうながしたとき、彼もようやく、「そう、気をつけたほうがいいかもしれませんね」とつぶやいた。

私はポアロにディナーは部屋でとったほうがいいのではないかと言ったのだが、ポアロは聞かず、私たちはやや遅れて食堂に行き、窓際のテーブルに案内された。

私たちが席についたとき、ガチャンという音と驚いたような叫び声が上がった。折しもウェーターが運んできた青豆の皿が隣のテーブルにすわっていた男の上でひっくり返ったのだ。

ヘッド・ウェーターが飛んできて、平身低頭、謝った。

少し後に、皿をひっくり返して一騒ぎ起こしたウェーターが私たちのところにスープを運んできた。

「さっきは運がわるかったね」とポアロが言った。「あんたのせいではなかったんだし」

「お気づきでしたか？」とウェーターは言った。「そうなんです。あちらのお客さまがいきなり椅子から跳び上がられたものですから。発作でも起こされたのかと思いました。とにかくとっさのことで、どうにも仕方ございませんでした」

ふと見ると、ポアロの目が緑色に輝いていた。これは彼が興奮している証拠で、ウェーターが私たちのテーブルを離れると、彼は低い声で私に言った。

「ヘイスティングズ、このエルキュール・ポアロが生きているのを目のあたりに見たショックというわけですよ」

「つまり、あなたは——」

続ける間もなく、ポアロは片手を私の膝の上に置き、興奮した声でささやいた。

「ごらんなさい、ヘイスティングズ、あの男、パンを砕いています！　ナンバー・フォーですよ、あの男こそ！」

私たちの隣のテーブルの、妙に青ざめた顔の男が、パンを機械的に小さく砕いているのが見て取れた。

私は彼の顔をつくづくと観察した。きれいに髭を剃った、小太りの男で、黄ばんだ、不健康そうな顔、目の下がたるみ、鼻から口の端にかけて深い皺が刻まれていた。年のころは三十五歳と四十五歳のあいだくらいか。かつてナンバー・フォーが扮した、どの男とも類似点がなかった。パンをいじって砕くという、彼自身、気づいていない、例の癖がなかったら、以前に会ったことがある人物とは到底思えなかっただろう。

「彼のほうであなたに気づいて、それと認めたんですね」と私は小声でポアロに言った。

「やっぱり降りてこないほうがよかったんですよ」

「何を言うんです、ヘイスティングズ？　わたしが三カ月ものあいだ、死んだことになっていたのは、もっぱらこの瞬間のためだったんですからね」

「ナンバー・フォーの肝をつぶさせるためだったと言うんですか？」

「とっさに行動しなければどうにもならないという瞬間に、不意打ちを食わせたんですからね。それに、こっちには大きな利点があります。彼は、われわれが彼に気づいていることを知りません。この変装は見抜けないだろうと彼は安心しきっている。ナンバー

・フォーのあのちょっとした癖をわれわれに教えてくれたことについて、フロッシー・モンローを心から祝福したいと思いますよ」
「それで、これからどういうことが起こるんでしょう？」

「どういうことが起こるかですか？　ナンバー・フォーは、自分が恐れている、ただ一人の男が死者のあいだから奇跡的に復活したことを知りました。折も折、ビッグ4の計画がまさに実行に移されようとしている瞬間に。マダム・オリヴィエとエイブ・ライランドは今日、このホテルでランチをとり、表向きはその後、コルティナに出かけたことになっています。しかしわれわれは彼らが彼らの隠れ家にしりぞいていることを知っています。われわれがどの程度、知っているのかと、ナンバー・フォーはさぞかしやきもきしていることでしょう。彼としてはこの際、どんな危険もおかしたくないでしょうから、何をおいてもわたしを黙らせなければと思うでしょう。よろしい《エ・ビャン》、エルキュール・ポアロを黙らせようというなら、やってみたらいい。受けて立つ気は大ありですからね」

　ポアロがこう言ったとき、隣席の男がテーブルから立って食堂を後にした。

「彼なりに対策を講じに行ったんでしょうね」とポアロはおだやかな口調でつぶやいた。

「コーヒーはテラスでもらいましょうか？　あそこのほうが気持ちがよさそうですから。

ちょっと部屋に行って、コートを取ってきますよ」

わたしはテラスに出たが、気持ちが少々さわいでいた。ポアロは平然としているが、私は心中おだやかどころではなかった。しかしこちらが用心していれば、どうということはないだろう。せいぜい警戒を怠らないようにしよう。

ポアロが私と合流したのは五分たっぷりたってからだった。彼は例によって寒さにそなえてオーバーコートの襟を立てて耳までうずめていたが、私の隣にすわって、うまそうにコーヒー・カップをかたむけた。

「コーヒーがひどい代物なのはイングランドだけですね」と彼は言った。「大陸では、上手にいれたコーヒーが消化を助けるということがよく理解されていますから」

彼がこう言い終わったとき、食堂で隣のテーブルにいた、あの男が突然、テラスに姿を現わした。いきなりつかつかと私たちのそばに歩みよって、彼は椅子を引き寄せてすわった。

「よろしいでしょうね、ご一緒しても？」と彼は英語で言った。

「ああ、どうぞ、ムッシュー」とポアロは答えた。

私はどぎまぎしていた。ここはホテルのテラスで、まわりには大勢の客がいる。しかしどうにも不安だった。危険の存在がまざまざと感じられた。

一方、ナンバー・フォーはまったく自然な態度でしゃべりつづけていた。どこにでもいるようなツーリストという感じで、自分の大小の旅の経験について語り、このあたりの見るべきものについても、よく心得ているようだった。

やがて彼はポケットからパイプを取り出して火をつけようとした。ポアロも彼がいつも喫う小さなタバコのケースを取り出した。一本をくわえたとき、男がマッチを手に身を乗り出した。

「火をおつけしましょう」

こう言ったとき、何の予告もなしに明かりが消えた。ガラスのガチャンと割れる音がしたと思うと、ツンと鼻をつくにおいがして、私は息がつまりそうな胸苦しさを感じた

……

18 フェルゼンラビリンスで

気を失っていたのはせいぜい一分間くらいのことだったと思う。気がつくと二人の男に腕を取られて引きずられていた。声を立てないように口には猿ぐつわがかまされていた。まわりは真っ暗闇だったが、戸外ではなく、ホテルの内部だと見当がついた。そこらじゅうで叫び声や、さまざまな言語で『停電かね？』、『いったい、どういうことですの？』と問いかける声が響いていた。二人の男は私を引っぱって階段を降りて地下の通路を進み、戸口を一つ抜け、さらにもう一つ、ガラス張りのドアを開閉して外に出た。ホテルの裏手のようだと思ううちに、松林に分け入っていた。

私と同じように引きずられている人影があった。どうやらポアロも、敵の不意打ちの前にあえなく捕らわれの身となったらしかった。

ナンバー・フォーが、乗るかそるかの大勝負に出たのだろう。塩化エチルか何か、瞬時にはたらく麻酔剤を使って。たぶん私たちの鼻の下でそいつの入っている小さなバルブをこわしたのだろう。そのうえで隣のテーブルの客に化けていた手下どもが停電の闇にまぎれて、私たちに猿ぐつわをはめ、追跡をまくためにホテルの中を通って、急いで連れ出したに違いない。

その後の一時間については何ともわからない。私たちは松林の中をものすごいスピードで進んだ。道は終始上りで、ようやくまわりの開けたところに出た。そこは山腹で、目の前に、ハッと驚くような、ファンタスティックな形の岩や丸石からなる大きな岩塊が立ちはだかっていた。

ここここそ、あのハーヴィーが言ったフェルゼンラビリンスなんだろう。やがて私たちはその岩塊のあいだを出たり入ったりして進んだ。悪意を持つ魔神の発明したような、岩の迷路であった。

突然、行く手を巨大な岩が阻んでいるのが見えた。男たちの一人が足を止めて何かを押したらしかった。と、巨大な岩が音もなく向きを変え、小さなトンネルのような通路が山の側面にポッカリ続いていた。

私たちはこのトンネルの中をなお突き進んだ。トンネルはしばらくはいかにもせまかったが、やがて広がって、いくらもたたないうちに、電灯の光に照らされている広々とした岩室に出た。猿ぐつわをようやくはずしてもらうと、勝ちほこっているような笑顔を浮かべて立っているナンバー・フォーの合図で、ポアロと私は身体検査を受けた。ポケットの中身（ポアロの自動拳銃をふくめて）は何から何まですっかり取り上げられてしまった。

拳銃がテーブルの上に投げ出されたとき、私の胸はキュッと痛んだ。結局のところ、こっちの負けらしい。助かる望みはない。多勢に無勢、万事、休すだ。

「ビッグ4の牙城にようこそ、ムッシュー・エルキュール・ポアロ」とナンバー・フォーが嘲笑的な口調で言った。「あなたにふたたびお目にかかれようとは、思ってもいなかった歓びです。しかし墓場から帰還なさったあげくにこんな目に遭うのでは、苦労されただけのことがあったかどうか」

ポアロは沈黙していた。私は彼の顔を見るに忍びなかった。

「こちらへどうぞ」とナンバー・フォーは続けた。「あなたのご到着は、私の仲間たちにはちょっとした不意打ちでしょうね」

彼が示したせまい戸口に進むと、別な部屋に出た。向こうの隅にテーブルが置いてあり、椅子が四脚並び、一つ目の椅子だけがあいていたが、中国の大官がよく羽織っているようなガウンが掛けてあった。二つ目の椅子にエイブ・ライランド氏がすわってシガーをくゆらしていた。三つ目の椅子にもたれているのは燃えるように情熱的な目の、修道女に似た印象のマダム・オリヴィエで、ナンバー・フォーは四つ目の椅子に腰を下ろした。

私たちはビッグ4の前に引き出されたのであった。

リー・チャン・イェンのからの座席を前にした、そのときほど、彼の存在をまざまざと感じたことはない。はるかかなたの中国にいながらにして、彼はこの凶悪な組織を意のままに操っているのであった。

私たちの姿を見て、マダム・オリヴィエはかすかな叫び声を上げた。ライランドは彼女よりも抑制が利くらしく、シガーをくわえ直し、白いものがまじっている眉をちょっと上げただけだった。

「ムッシュー・エルキュール・ポアロ、これはうれしい驚きですな」とライランドがゆっくりした口調で言った。「どうやらわれわれに一杯、食わせたんですね、あなたは。とっくに死んで埋葬されたとばかり、思っていましたよ。しかしまあ、勝負はここまでのようです」

その声音には冷たい鋼鉄の響きがあった。マダム・オリヴィエは無言だったが、その目はらんらんと燃え、その口もとに皮肉な笑みが浮かぶのを見て、私は戦慄を禁じえなかった。

「みなさん、お揃いのようですね。『こんばんは』とご挨拶申し上げましょうか」

その声音にふとハッとして、私はポアロの顔にすばやく目を走らせた。彼はしごく落ち着いた表情を湛えていたが、かすかな違和感を私は覚えていた。

背後の帳《とばり》がかすかに動き、ヴェラ・ロサコフ伯爵夫人が姿を現わした。

「有能、かつ信頼に値する、われわれの副官の登場です。マダム、あなたの昔馴染みがここにおいでですよ」とナンバー・フォーが言った。

伯爵夫人はいかにも彼女らしい、はげしい身ごなしで振り向いた。

「まあ、びっくり、あの小男の探偵さんじゃありませんか！　ほんとにあなたって、九つも命があるっていう、化け猫のような、ずぶとい人なのねえ。でも残念だわ。なぜ、あなた、こんなことにかかり合ったの？」

「マダム」とポアロは一礼した。「わたしは大ナポレオンと同じに、つねに強い者の側についておりますのでね」

その声音を耳にとめたとき、伯爵夫人の目に猜疑の色が浮かんだ。同時に潜在意識の中でかすかに感じていた真相が、私の脳裏にひらめいた。

この男はエルキュール・ポアロではない！

確かにポアロに酷似している。驚くほど、よく似ている。同じような卵形の頭、気取った歩き方、小太りの体型。しかし声音がかすかに違っていたし、目も緑色の光を湛えておらず、黒に近い色だった。そして彼の商標ともいうべき口髭は――名高いあの口髭は？

私の思惑をさえぎるように伯爵夫人は小さく叫んで、前に跳びだした。興奮に震える声で彼女は口走った。

「あなた方、騙されてるのよ。この人はエルキュール・ポアロじゃないわ！」

ナンバー・フォーがまさかというように叫び声を発した。しかし伯爵夫人は前に身を乗り出し、ポアロの口髭をいきなり摑んだ。それがスッポリ抜けるのを見たとき、誰もが悟ったのだ。この男の唇の上には小さな傷あとがあって、顔全体の印象がまるで違って見えた。

「エルキュール・ポアロじゃないって？」とナンバー・フォーがつぶやいた。「じゃあ、誰なんだ、こいつは？」

「わかった！」と私は叫んだが、次の瞬間、ギョッとして口をつぐんだ。軽はずみにも、せっかくのポアロの計画を台なしにしたと気が咎めていた。

しかしポアロは――まだそう呼ぶことにするが――励ますように私のほうを振り返った。「構いませんよ。今さら、どうってこともないんですから。すべてうまく運んだわけですしね」

「この人はアシール・ポアロだ」と私はゆっくり言った。「エルキュール・ポアロの双子の兄弟なんだよ」

「そんな馬鹿な！」とライランドが鋭い口調で言ったが、ひどく動揺しているようだった。

「エルキュールの計画は驚くほど、成功したわけですね」とアシールがおだやかな声音でつぶやいた。

ナンバー・フォーが前に跳びだした。その声は荒々しく、脅かすようだった。

「成功した？　まだわからないのか？　あと数分でおまえたちは死ぬんだぞ――この世とおさらばするんだぞ！」

「そう」とアシール・ポアロは重々しい声音で言った。「それはわかっています。しかしね、自分の命を的にして成功をあがなおうと思う人間も世の中にはいるんですよ。あなた方にはわからないでしょうが。戦争のときには国のために喜んで命を投げ出す人間がいます。わたし自身、世界のためなら、自分の命を進んで投げだす心づもりをしています」

その宣言を聞きながら私は、私だってその心づもりは大ありだが、どうせなら、まずこちらの意向を確かめるくらいのことはしてもよかったのではないかと、多少不本意だった。しかしポアロが私に危険に近づかないようにさんざん勧めたことを思い出したとき、かすかな不満は霧散した。

「で、あんたが命をなげうつことが、どんな形で世界のために役立つと言うんだね？」とライランドが皮肉な口調できいた。

「あなた方はエルキュールの計画の真の意味が、よくわかっていないようですね。まずあなた方の隠れ家ですが、数ヵ月前からわれわれにはわかっていたんですよ。まったくの話、ホテルのほとんどすべての客、使用人、その他は刑事でなければ情報部員です。この山のまわりには非常線が張りめぐらされています。あなた方にとって、ここから出る手段は一つや二つではないでしょうが、仮にそうだとしても無事に逃げおおせるとは思えませんね。ポアロ自身が作戦の指揮を取っているのです。エルキュールに代わってテラスに出てきたとき、私はブーツにアニスの実の油をたっぷり塗っておきました。今ごろは警察犬がわれわれのあとをつけているはずですから、フェルゼンラビリンスの入口の岩のところに必ず導いてくれるでしょう。つまり、あなた方がわたしたちに何をしようが、網はせばまりつつあります。逃げることは不可能ですよ」

マダム・オリヴィエが唐突に笑いだした。

「あいにくだけれど、逃げ道はちゃんとあるわ。その昔のサムソンの場合のように、それは同時に私たちの敵を破滅させる道でもあるんですよ。そうですよねえ、みなさん?」

ライランドはアシール・ポアロの顔を見つめていた。

「しかし、もしもこいつの言っていることがハッタリだったら——」と彼はしゃがれ声で言った。

ナンバー・フォーは肩をすくめた。

「一時間もすれば夜が明けます。そうすればわたしの言っていることがハッタリかどうか、確かめられるでしょう。彼らはすでにわたしの足跡を追って、フェルゼンラビリンスの入口に達しているかもしれませんよ」

彼が言い終らぬうちに、遠くで何かの反響のような物音が聞こえた。と一人の男が意味のわからぬことを口走りながら、部屋に駆けこんできた。ライランドはガバと立ち上がり、そそくさと部屋を後にした。マダム・オリヴィエは部屋の端に行って、私がそれまで気づかなかったドアを開けた。そこは小さいが完備した実験室のようだった。私はパリの彼女の実験室を思い出していた。

一方、ナンバー・フォーは急いで部屋から出て行ったと思うと、ポアロの拳銃をたずさえてもどり、伯爵夫人に渡した。「こいつらが逃げおおせる気づかいはありませんが、いざとなったら、これを持っているほうが安心でしょう」

そう言い残して、彼も部屋を後にした。

伯爵夫人は私たちに近づいてアシール・ポアロの顔をしばらくしげしげと眺めていたが、ふと笑いだした。

「まったく食えない人だわねえ、あなたは、ムッシュー・アシール・ポアロ」と彼女はあざけるように言った。

「マダム、取り引きをしようじゃありませんか。彼らがわたしたちだけにして出て行ったのは、もっけの幸いです。いくらで手を打ちますか？」

「わからないわ。手を打つって、どういうこと？」

「マダム、あなたが手を貸してわたしたちを逃がしてくだされば、相応の代価をお払いしますよ。あなたはここから逃れる秘密の通路をご存じです。どういう代価をご所望ですか？」

伯爵夫人はふたたび笑った。

「わたしの要求する代価は、あなたにはとても払えないでしょうよ。世界中の財産を積んだって、買収なんかされないわ！」

「マダム、金など、問題ではありません。わたしは知力に長けた人間ですからね。ですが掛け値のないところ、のどから手が出るほどほしいものは誰にでもあります。わたしたちの生命と自由と引き替えに、あなたが何よりも願っておいでのことをかなえてさしあげましょう」

「あなたは手品師なの、ポアロさん？」

「そうお呼びになってもよろしいでしょうね」

伯爵夫人は突然、からかうような態度を捨てて、苦悩のにじみ出ている声音で熱っぽく言った。

「馬鹿なことを言わないでちょうだい！　わたしの何よりも願っていることですって？わたしの敵に復讐をする機会をあたえてくれるって言うの？　それとも失った若さと美貌と屈託のない心を取りもどしてくれるの？　死んだ者を生き返らせてくれるとでも？」

アシール・ポアロは謎のような表情を浮かべて伯爵夫人の顔を見つめていた。

「そのうちのどれを、あなたはお望みなんですか、マダム？　あなたが何よりも願っているのは何ですかね？」

伯爵夫人は皮肉な笑い声を上げた。

「不老長寿の薬をわたしにくれるとでも言うの？　そうね、取り引きをしてもいいわ。ずっと昔、わたしには子どもがいたのよ。その子を、わたしに代わって見つけてちょうだい。そうしたらあなたを自由の身にしてあげるわ」

「マダム、承知しました。これは取り引きです。あなたのお子さんはかならず、あなたのもとに帰るでしょう。ポアロを、エルキュール・ポアロを信用してください」

伯爵夫人はまた笑った。今度はとめどなく、奔放に。

「ムッシュー・ポアロ、わたし、あなたを罠にかけたみたいね。わたしの子どもを探してくださるなんて、ご親切だこと。でもわたしにはわかっているのよ、見つかりっこないってことが。ですからね、それは一方的な取り引きだわ。そうじゃありません？」

「マダム、聖なる天使たちにかけてお約束しますよ、お子さんはきっとお手もとにおとどけします」

「わたし、前にも言ったと思うわ。死んでる者を生き返らせることが、あなたにできるとでも言うの？」

「すると――あなたのお子さんは……」

「死んでしまったのかってこと？　ええ」

ポアロは進み出て、伯爵夫人の手首を握った。

「マダム、このポアロがもう一度、お約束します。わたしはかならず、死んだ者を生き返らせてごらんに入れますよ」

伯爵夫人は魅せられたようにポアロの顔をまじまじと見つめた。

「信じてくださらないんですね。わたしは嘘は申しません、証明してごらんにいれましょう。わたしから彼らが奪った紙入れを返してもらいたいのです」

伯爵夫人はいったん部屋から出たが、すぐまたもどってきた。こんなふうな問答を取りかわしているあいだも、拳銃を握って離さなかった。私はこんな具合では、アシール・ポアロとしても生きながらえるチャンスは乏しそうだと思わずにはいられなかった。ヴェラ・ロサコフ伯爵夫人は容易には騙されないだろう。

「開けてごらんください、マダム。左側の蓋つきの――ええ、そこに入っている写真を出してみてください」

言われるままに不思議そうに伯爵夫人は小さなスナップ写真らしきものを取り出し、一目見て、あっと声を上げた。卒倒でもしそうに上体が大きく揺らいだ。それからアシール・ポアロに飛びかからんばかりに矢継ぎ早にきいた。「どこにいますの、あの子は？　ねえ、どこにいるんですの？　お願い、教えて――あの子はどこに？」

「これは取り引きです。お忘れにならないでください」

「ええ、もちろんよ。あなたを信用するわ。さあ、急いで、あいつらがもどってこないうちに！」

アシールの手を無言のままつかんで、伯爵夫人は時をうつさず、部屋を後にした。私もその後にしたがった。あのトンネルにふたたび入ったが、今度は二叉の分かれ道で右に折れた。何度か分かれ道にさしかかったが、そのつど、彼女は躊躇することなく一方を選び、ますます急ぎ足に、しかしつねに確信をもって、私たちの先に立って進んだ。「間に合えばいいんですけどね」と彼女は喘ぎ喘ぎ言った。「大爆発が起こる前に、何とか外に出なければ」

私たちは無我夢中で道を急いだ。どうやらこのトンネルは山の下をつらぬいて続いているようで、反対側のべつな谷に出るものと思われた。汗がダラダラ顔に伝っていたが、私は気にもとめずにただ急いだ。

やがて遠くにかすかに一条の曙光がおぼろにさすのが見えた。なお歩くうちに灌木の茂みが行く手をさえぎったが、私たちはそれを押しのけながら前進した。そのうちに、行く手がカラリと開けた。出たのだ、トンネルから！　夜明けの光線のうちに、すべてのものがバラ色をおびていた。

非常線が張られていると言ったポアロの言葉は嘘ではなく、私たちがトンネルを出たとたん、三人の男が飛びかかったが、驚きの声を発してすぐ手を離した。

「急いで！」とアシールは叫んだ。「ぐずぐずしている暇はありません――」

言い終わらぬうちに足下の大地が震動し、大音響とともに山全体が崩れ落ちたかのような衝撃が走り、私たちの体は宙に舞った。


ようやくわれに返ったとき、私は見知らぬ部屋のベッドに横たわっていた。窓際に誰かがすわっている。その誰かが私のほうに振り向いてベッドに近よった。

アシール・ポアロ――いや、そうだろうか？

私がよく知っている、ちょっと皮肉な声が最後の疑いを払拭した。

「そうですとも、ヘイスティングズ、わたしですよ。わたしの兄のアシールは自分の家に帰って行きました。神話の土地にね。ずっとわたしだったんですよ、あなたのそばにいたのは。役柄を徹底して演じるのは、ナンバー・フォーばかりではありません。目にはベラドンナ、大切にしてきた口髭を涙を呑んで剃り、唇の上に傷をつけました――二カ月前にね。あれは痛かった――しかしナンバー・フォーの炯眼《けいがん》をあざむくには、そこまでしないとね。最後の仕上げにはあなたの知識が必要でした――わたしにアシールという兄がいるという。そう信じこんでいるあなたの援護射撃は、じつに貴重でしたよ！

今度のわれわれの攻撃の成功は、半ばはあなたのお手柄です！　その眼目はエルキュール・ポアロが健在で、作戦の指揮を取っていると思わせることでしたからね。それ以外はすべて本当です。アニスの実の油も、非常線その他も」

「しかしなぜ、あなたみずから……？」

「わたしの援護なしにあなたを敵地に送りこむなんて、そんなことを、このわたしがすると思いますか？　わたしがそんな心なしだと思っていたんですか？　情けない！　それに伯爵夫人をとおして退路はきっと見つかると思っていましたからねえ」

「いったいぜんたい、どうして彼女に信じこませることができたんですか？　彼女にしても、死んだと思ったわが子が生きているという――あんな途方もない話を鵜呑みにするなんて……」

「伯爵夫人はあなたよりよっぽどよく、気がまわりますからね、ヘイスティングズ、最初のうちは彼女もわたしをアシールだと思っていたんでしょう。しかしすぐ気づいた。『まったく食えない人だわねえ、あなたは、ムッシュー・アシール・ポアロ』と彼女が言ったとき、わたしはバレたと思いましたよ。あのときこそ、切り札を使うチャンスだったんです」

「つまり、死んだ子どもをよみがえらせるという、あの途方もない話のことですか？」

「まさにね。わたしは、問題の子どもをちゃんと見つけだしていましたからね」

「何ですって！」

「そうですとも！　わたしの標語は、あなたもよく知っているはずじゃありませんか。〝備えあれば憂いなし〟。ロサコフ伯爵夫人がビッグ4の計画に一枚噛んでいると知ったときから、わたしは彼女の前歴について、手をつくして調査していたんですよ。彼女に子どもがいたこと、その子は殺されたと信じられていることもわかりました。しかしどうも辻褄の合わないふしがあると考えて、ひょっとしたら子どもは死んではいないのではと思うにいたりました。なお調べるうちに、その子が生きていることがわかり、行方をつきとめ、莫大な金を支払って身柄を確保しました。かわいそうに飢え死にしかけていた、その子を安全な場所に移し、親切な人たちに世話をしてもらい、あたらしい環境に落ち着いたところでスナップ写真を撮ったのです。そんなわけで時節が到来したときに目覚ましいどんでん返しが待っていたというわけです！」

「あなたはすごい、ポアロ、まったくすごい人です！」

「それにわたしとしても、わるい気はしませんでしたよ。もともとあの伯爵夫人のファンでしたからね、わたしは。あの人まで爆死するなんて残念しごくです」

「恐ろしくて、すぐにはきく気もしなかったんですが——その——どうなりました——

ビッグ4は?」

「ことごとく死体となって発見されました。ただナンバー・フォーだけがさだかに識別できなかったということです。頭部が砕け散っていましたのでね。残念です。彼の死を確かめられるとよかったんですが。しかしその話はもういいでしょう。これをごらんなさい」

ポアロがさしだした新聞の記事の一つに線が引かれていた。中国の革命のかげの指導者であったリー・チャン・イェンの自殺と、革命の失敗を告げる記事であった。

「好敵手といってよかったでしょうね」とポアロは重々しい口調で言った。「リー・チャン・イェンとわたしは。しかしついに相見えることのかなわぬ運命だったわけです。ここでの破局の報が入ったとき、彼はあっさり人生から退場する道を選びました。偉大な頭脳でしたね、まったく。しかしナンバー・フォーと呼ばれた男の素顔は見たかったですね……万一……いや、馬鹿げた想像です。彼は死にました。そうですとも、モナミ、あなたとわたしは力を合わせてビッグ4を根絶やしにしたわけです。あなたはあなたのチャーミングな奥さんのもとにもどって行き、わたしは——引退しようと思っています。わたしの生涯の最大の事件が無事にかたづいたのですから。この事件の後では、ほかの事件は子どもの遊びのように他愛なく思われるでしょうしね。わたしは引退しますよ。

せいぜいまたカボチャ作りにでも励みましょう！　この際、結婚して身を固めるというのもわるくないかもしれませんね！」

こう言って、声をあげて笑いだしたが、ちょっとテレかくしのようでもあり、ひょっとしたら本気かも——と私はふっと思った。彼のような小男は華やかな、派手な女性に惹かれるものだから……

「結婚して身を固めるというのもわるくないかもしれません」と彼はもう一度、言った。「将来については、神のみぞ、知りたもう——ですからね」

体調はどうですか？
冷凍庫にある
アイスケーキとチョコは
ぜんぶたべていいよ

訳者あとがき

＊このあとがきには一部ネタばらしがあります。なるべく本文のあとにお読み下さい。

一九二七年一月の数週間を、アガサ・クリスティーはマンチェスターに近いチードルにある姉夫婦の屋敷、アブニー・ホールに身を寄せて過ごした。心ならずも全国的に報道されることになってしまった、一カ月前の失踪騒ぎの残した波紋から立ち直るため、ジャーナリズムの関心をそらすため、夫アーチボルド・クリスティー大佐との離婚を前に、あたらしい生活を始める心の準備のためだった。

それまでにアガサはすでに七冊の本を出版していたが、著作で身を立てていくことを本気で考える必要に迫られていた。

そんな彼女にアーチーの兄のキャンベル・クリスティーが、手始めに週刊誌《スケッチ》に彼女が連載していたポアロものの短篇のうち、最新の十二篇をまとめて単行本の形で出版してはと勧めてくれた。一貫した読み物となるように手を加えれば、面白い読み物になると思うと。彼の全面協力を得てまとめた結果がこの『ビッグ4』で、『秘密機関』、『茶色の服の男』、そして『チムニーズ館の秘密』の系列に属するスリラーに仕立て上げられていた。週刊誌の読者の興味をつなぎとめるようにアクションが派手で、場面と筋が変化に富んでいるので、とにかく読ませる。ポアロの炯眼と深慮遠謀、その度しがたい自惚れとヘイスティングズの信じやすさ、愚かさが対照的に描かれて、この二人になじみのある読者をそれなりに満足させたことだろう。著者の名がひとしきり新聞紙上をにぎわした後でもあり、この本は初版の八千五百部をたちまち売りつくしたという。

文中の人物二人に触れておく。一人はアシール。この本の末尾に登場するポアロのこの双子の兄は、はたして実在の人物だったのだろうか？　エルキュールがヘラクレスなら、アシールはギリシア神話のアキレス。しかしふたりそろって顔をならべていたことはないのだし、『ヘラクレスの冒険』（一九四七）で「きみにはアシールというお兄さんがいたそうだね」ときかれたエルキュールは「そう、ほんの短いあいだね」と答えているのである。

もう一人はロサコフ伯爵夫人。ポアロが一種不思議な友情（？）をいだいていたらしい、このロシア生まれの妖艶な女性は、短篇集『教会で死んだ男』の中の「二重の手がかり」に登場する。もう一度は『ヘラクレスの冒険』。さあ、どのお話の中でしょう?

二〇〇四年二月

クリスティーとチェスの問題

小説研究者
若島　正

わたしがペーパーバックを読みだしたころ、まず最初に手をつけたのがクリスティーの作品群だった。なにしろどれもペーパーバックにして二百ページほどの、一気に読み切るにはちょうど手頃な長さであり、英語もとびきり易しい。おそらく、全作品のうち、約六割以上をそのときに読んだのではないかと思う。

ところが、この『ビッグ4』は、現在にいたるまでずっと読んだことがなかった。

それはどうしてかと言えば、一般的にはこれがクリスティーのなかではあまり評価の芳しくない作品に属していること。クリスティーの作風からすれば傍流の国際謀略物とあって、敬遠していたような気がする。

それが、今回初めて読んでみて、意外な拾い物であることを発見した。ふーん、クリスティーはこんなものも書いていたのか、と新鮮な驚きを味わったのである。

その話を書く前に、まず本書の成立事情について触れておこう。

『ビッグ4』が出版されたのは一九二七年の一月だが、実はそのあたりはクリスティーの人生のなかでも最も激動の時期だった。彼女の名声を高めた『アクロイド殺し』が出たのがその前年の六月で、その後に夫のアーチーによる不倫の告白を受け、それが有名な十二月三日の失踪事件へとつながることになる。

失意のどん底にあったクリスティーだが、出版社のコリンズは彼女のさらなる売り出しをもくろみ、『アクロイド殺し』から間を置かずに新作を出版することを求めていた。およそ執筆に戻る気にならなかったクリスティーは、親友でもあった義兄のキャンベル・クリスティーからの提案を受け入れる。それは、一九二四年の一月から三月にかけて《スケッチ》誌に連載された短篇十二本をまとめて、一冊の長篇の形に手直しするというものだった。（この《スケッチ》誌は、当時クリスティーが常連として寄稿していた雑誌であり、一九二三年から一九二四年のあいだにおびただしい数の短篇をそこで発表した。そのうちの多くは、『ビッグ4』の他に、短篇集『ポアロ登場』や『おしどり探偵』としてまとめられている）。クリスティーが自伝のなかで認めているように、そのつぎはぎの手直しにもキャンベルの助けを借りたらしく、そうした他人の筆になる部分がどの程度あったかは不明である。

さて、以上のような事情から、『ビッグ4』を現在の目で読み返してみると、わたしたちがクリスティーに対して普通抱いているイメージからは遠く離れているように映る。短篇をつぎ合わせたために、場面の移動や謎解きを含めた、あらゆる側面でのあまりに速すぎる展開は、ゆったりとした時間が流れているように読者には感じられる、あのクリスティー世界に独特ないつもの居心地良さとはずいぶん違う。このあたりは、今なおクリスティー論として最も優れた一冊でありつづけている、ロバート・バーナードの『騙しの天才』で述べられているように、初期のクリスティーはまだ自分がどのような方向に進めばいいのか模索中だった、という評価が正しいだろう。つまりは、小さな世界の中での探偵小説よりも、大きな舞台での冒険活劇小説が優勢だった当時の土壌にクリスティーもいたのであり、そこからたとえばミス・マープルというドメスティックなキャラクターを創始することによって、初めてクリスティーはクリスティーらしさを発見することができたのである。

それはともかく、ようやく話を最初に戻して、わたしがなぜ本書を意外な拾い物だと思ったのか、その理由を述べておこう。それは「チェスの問題」と題された、第十一章のせいである。

クリスティーとゲームという取り合わせは、珍しいものではない。すぐに思いつくものとしては、『ひらいたトランプ』のブリッジがあるし、さらには『アクロイド殺し』の麻雀の場面も忘れることができない。いずれも、単なる小説の小道具として用いられているのではなく、小説のプロットと有機的につながっていて、そうしたゲームに対するクリスティーの理解が浅いものではなかったことを実証している。しかし、クリスティーとチェスという組み合わせは、わたしにとって意外だった。現在流通している、ハーパーコリンズ社による『ビッグ4』のペーパーバック版では、チェスの駒が表紙のデザインとしてあしらわれている。しかし、表紙と中味がまったく関係ないのはよくあることなので、まさか小説のなかにチェスが出てくるとは予想していなかったのだ。

第十一章「チェスの問題」で言及されている、実在のチェス・プレイヤーは三人。エマヌエル・ラスカー、ホセ・ラウル・カパブランカ、そしてアキバ・ルビンシュタインである。『ビッグ4』が執筆された第一次大戦後の時代は、チェスの世界チャンピオンの座がラスカーからカパブランカに移行した時期でもあった。ドイツ生まれのラスカーは、一八九四年から一九二一年まで、実に四半世紀以上にかけて王座を守った実力者だった。彼はヒルベルトの教えを受けた数学者であり、アインシュタインとも親交があった。本書に登場する、ロシアのチャンピオンとなったサヴァロノフ博士が「ラスカーに次ぐ」人物だと書かれているのは、そうした理由からである。キューバ生まれの新星カパブランカは、一九一一年に世界チャンピオンの座に挑戦しようとしたが、盤外作戦にも長けたラスカーがさまざまな対局条件を付けたために、二人のマッチはすぐには実現しなかった。それがようやく実現したのは、大戦をはさんだ一九二一年のことで、このときにカパブランカが四勝（および引き分け十局）という圧勝でタイトルを獲得することになったのである。本書では、アメリカから出現した新星ギルモア・ウィルソンが「第二のカパブランカ」と称されている。そして、ルビンシュタインの名前が本書に出てくるのもなかなか渋いところで、ポーランド生まれのルビンシュタインは、この時代を代表する華麗な棋風のプレイヤーであった。彼もラスカーに挑戦しようとしたが、対局条件や大戦のためにそのマッチはついに実現することなく終わってしまった。ラスカー、カパブランカ、ルビンシュタイン、そしてそこにもう一人、カパブランカを破って次の世界チャンピオンとなる、ロシアのアリョーヒンを加えれば、当時のチェス界の大まかな見取り図はほぼ完成する。

こうしたチェス・プレイヤーの名前ばかりでなく、実際のチェスの指し手が小説のなかに現れ、それが変死の謎を解く鍵になっているところも、『ビッグ4』では興味深い点だ。ここで言及されている、序盤戦法として最もポピュラーなものの一つ、「ルイ・

ロペス」と呼ばれる定跡の途中局面を図に掲げる。詳しくは本文をもう一度お読みいただきたい。

(3.B-Kt5までの局面)

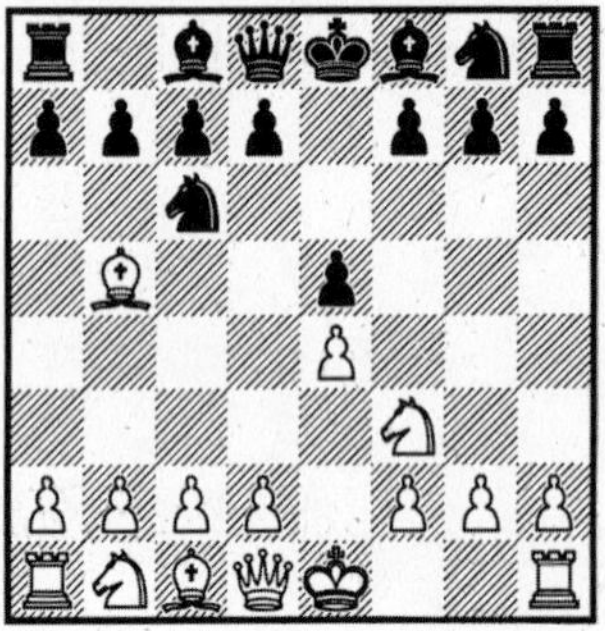

わたしが第十一章「チェスの問題」に興味を覚える理由は、実はもう一つある。「チェスの問題」というこの章のタイトルは、原文では“A Chess Problem”である。もちろん、それが「チェスの対局中に起こった謎の事件」という意味なのは明らかだが、クリスティーがこういう題を付けたのは、文字どおり「チェス・プロブレム」を意識していたからではなかったか、というのがわたしの推理なのだ。

チェス・プロブレムとは、簡単に言えば、詰将棋のチェス版であり、チェス盤と駒を用いて作る芸術パズルを指す。チェスの実戦がゲームであるなら、チェス・プロブレムは純粋なパズルであり、この違いは決定的だ。つまり、古典的探偵小説は、アナロジーで言えばチェスの実戦よりもはるかにチェス・プロブレムに似ているのである。

チェス・プロブレムは、芸術パズルとして十九世紀の後半から急速な進歩を遂げた。どんな新聞や雑誌でも、チェス欄があるところでは、実戦の「次の一手」形式の問題以外に、このチェス・プロブレムが掲載されていた。チェス・プロブレムに興味を持った小説家も珍しくはなく、たとえばS・S・ヴァン・ダインは『僧正殺人事件』（一九二九）でトロイツスキー作の有名なプロブレム作品を借用して、ビショップ一枚でメイトになるという実戦譜を捏造してみせた。またファンタジー作家のダンセイニ卿は、伝統ある書評紙の《タイムズ文芸付録》で自作のプロブレムを数多く発表した。つまり、「チェス・プロブレム」は当時日常的な言葉として、クリスティーの目に映っていたということなのだろう。

ただ、クリスティーにはおそらくそれ以上の知識はなかった。ここでは、「チェス・プロブレム」はあくまでも言葉のレベルにとどまっていて、実際に使われているのはチェスの実戦である。そして、その対局者がロシア人とアメリカ人であるのは、国際謀略物として不思議はない設定だが、チェスの歴史を知っている読者にはなぜか予言めいて見える。ロシアとアメリカがお互いの国威を賭けて、チェスの世界チャンピオンの座を争うのは、ボリス・スパスキーとロバート・フィッシャーがレイキャヴィクで戦った、一九七二年の歴史的な出来事を待たなくてはならないのだから。

灰色の脳細胞と異名をとる

〈名探偵ポアロ〉シリーズ

本名エルキュール・ポアロ。イギリスの私立探偵。元ベルギー警察の捜査員。卵形の顔とぴんとたった口髭が特徴の小柄なベルギー人で、「灰色の脳細胞」を駆使し、難事件に挑む。『スタイルズ荘の怪事件』（一九二〇）に初登場し、友人のヘイスティングズ大尉とともに事件を追う。フェアかアンフェアかとミステリ・ファンのあいだで議論が巻き起こった『アクロイド殺し』（一九二六）、イニシャルのABC順に殺人事件が起きる奇怪なストーリーが話題をよんだ『ABC殺人事件』（一九三六）、閉ざされた船上での殺人事件を巧みに描いた『ナイルに死す』（一九三七）など多くの作品で活躍し、最後の登場になる『カーテン』（一九七五）まで活躍した。イギリスだけでなく、イラク、フランス、イタリアなど各地で起きた事件にも挑んだ。

映像化作品では、アルバート・フィニー（映画《オリエント急行殺人事件》）、ピーター・ユスチノフ（映画《ナイル殺人事件》）、デビッド・スーシェ（TVシリーズ）らがポアロを演じ、人気を博している。

1 スタイルズ荘の怪事件
2 ゴルフ場殺人事件
3 アクロイド殺し
4 ビッグ4
5 青列車の秘密
6 邪悪の家
7 エッジウェア卿の死
8 オリエント急行の殺人
9 三幕の殺人
10 雲をつかむ死
11 ABC殺人事件
12 メソポタミヤの殺人
13 ひらいたトランプ
14 もの言えぬ証人
15 ナイルに死す
16 死との約束
17 ポアロのクリスマス
18 杉の柩
19 愛国殺人
20 白昼の悪魔
21 五匹の子豚
22 ホロー荘の殺人
23 満潮に乗って
24 マギンティ夫人は死んだ
25 葬儀を終えて
26 ヒッコリー・ロードの殺人
27 死者のあやまち
28 鳩のなかの猫
29 複数の時計
30 第三の女
31 ハロウィーン・パーティ
32 象は忘れない
33 カーテン
34 ブラック・コーヒー〈小説版〉

訳者略歴　東京大学文学部卒，英米文学翻訳家　著書『鏡の中のクリスティー』訳書『火曜クラブ』『春にして君を離れ』クリスティー，『なぜアガサ・クリスティーは失踪したのか？』ケイド（以上早川書房刊）他多数

ビッグ4《フオー》

〈クリスティー文庫 4〉

二〇〇四年三月十五日　発行
二〇〇六年四月十五日　三刷

（定価はカバーに表示してあります）

著者　アガサ・クリスティー
訳者　中《なか》村《むら》妙《たえ》子《こ》
発行者　早川浩
発行所　株式会社早川書房
郵便番号一〇一 - 〇〇四六
東京都千代田区神田多町二ノ二
電話　〇三 - 三二五二 - 三一一一（大代表）
振替　〇〇一六〇 - 三 - 四七七九九
http://www.hayakawa-online.co.jp

乱丁・落丁本は小社制作部宛お送り下さい。
送料小社負担にてお取りかえいたします。

印刷・信毎書籍印刷株式会社　製本・株式会社堅省堂
Printed and bound in Japan
ISBN4-15-130004-X C0197